KB041426

그리움이 나를 밀고 간다

그리움이 나를 밀고 간다

지상의 아름다움과
삶의 경이로움에 대하여

헤르만 헤세 지음 | 두행숙 옮김

CONTENTS

1부

나를 부르는 환희, 자연

유년 시절의 기억, 향수

나를 움직이는 힘, 인간

존재의 의미, 예술

일상의 기적, 여행

봄

다시 그것은 갈색 길을 밟고 내려온다.
폭풍이 지나간 산들로부터 아래로
아름다운 그것이 다가올 때, 다시 아름다운
꽃들은 피어나고 새들의 노랫소리도 솟구쳐 오른다.

또다시 그것은 나의 감각을 유혹한다.
이 감미롭게 피어난 순수함 속에서
이 지상은 그곳의 나그네인 내 눈에
숭고한 고향으로 비친다.

1부

나를 부르는 환희, 자연

자연의 언어

우리들의 눈에 보이는 모든 것들은 자연이 구체적 사물로 표현된 것이다. 자연은 모든 형상을 담는 언어이며 다양한 색깔을 표현하는 상형 문자이다. 오늘날 자연 과학이 고도로 발달했음에도, 우리들은 세계를 진실되게 바라볼 준비가 제대로 되어 있지 않다. 또 그렇게 바라볼 수 있도록 길들여져 있지도 않다. 오히려 우리는 자연과는 대체로 반목反目하며 살아가고 있다.

옛날에는 그렇지 않았다. 과거의 모든 시대는 아니더라도, 먼 옛날 인류의 초기 시대로부터 기술과 산업에 의해 이 지구가 점령당하기 이전까지만 해도 달랐다. 사람들은 자연이 지닌 매혹적인 상징 언어를 이해할 수 있는 감수성과 이해력

·을 지니고 있었다. 그 당시의 사람들은 오늘날의 우리들보다 더 소박하고 천진난만한 데가 있었으며 자연을 티 없이 맑게 읽을 줄 알았다.

그러한 감정은 결코 감상적感傷的인 것이 아니었다. 인간이 자연에 대해서 감상적인 태도를 지니게 된 것은 상당히 근래에 와서이다. 사실, 그것은 아마 자연에 대한 우리의 죄책감에서 비롯된 것이었으리라.

자연이 지니고 있는 언어를 이해할 수 있는 감성과, 자연의 도처에 존재하는 풍요롭고 생동감에 넘치는 다양한 사물들을 보고 기뻐하는 감성은 인간의 역사만큼 오래된 것이다. 또한 그처럼 다양하고 복합적인 자연의 언어를 어떤 식으로라도 해석하고 싶어 하는 충동, 아니 그보다 오히려 그 언어에 화답하고 싶어 하는 충동이야말로 인간만큼 오래되었다.

엄청나게 다양한 것들을 간직하고 있는 자연 뒤에는 통일성이라는 성스러운 요소와 조화라는 선한 것이 은밀하게 숨겨져 있다. 인간은 그 사실을 본능적으로 알고 있었고, 많은 것들이 모태인 자연 안에서 태어나 숨어 있다는 것을 알았으며, 온갖 피조물들을 만들어 낸 창조주를 느꼈다. 그리고 인간은 이 세계가 만들어졌을 때 비친 최초의 여명과 그것이 간직한 비밀을 알고 있는 세계로 되돌아가고 싶다는 근원적인 충동을 늘 간직해 왔다. 이것이 바로 모든 예술의 뿌리가 되었으며 오늘날에도 여전하다.

그러나 현대를 살고 있는 우리들은, 다양성 안에서 통일성을 찾고 싶어 하던 마음에서 너무도 멀어진 것만 같다. 그래서 이제는 그렇게 다양한 것들을 담고 있는 자연을 더 이상 숭배하지 않는다.

우리들은 자연스럽게 느껴지는 여러 충동들을 마치 어린아이처럼 솔직하게 표현하는 것을 꺼린다. 그래서 누군가가 우리에게 그 감정을 드러내도록 유도하고 싶을 때에도 그는 그저 농담조로 언급만 해볼 수 있을 뿐이다.

그렇다고 해도, 오늘날 우리 자신이나 다른 사람들이 자연을 두려워하지 않고 숭배하지도 않는다고 치부해 버리거나, 자연의 경건함을 누릴 능력이 없다고 여긴다면 그것은 잘못된 생각이다. 다만 현대를 살고 있는 우리들에게는, 옛사람들이 자연을 묘사할 때 인간에게 해를 끼치지 않으면서도 다양한 내용을 담은 신화로 바꾸고는 했던 일이 어려워졌다. 또한 창조주를 순수한 하나님 아버지로 의인화하여 경배하는 일도 매우 어렵게 되었다. 아니, 사실 그것은 이미 불가능에 가까워졌다.

그래서 우리가 종종 옛사람들이 자연과 신에 대한 경건한 마음에서 지켜 온 외적인 형식들을 보고 그것을 조금 천박하고 장난스러운 것처럼 느끼더라도 그것이 마냥 틀린 것만은 아니다. 또한 현대 물리학이 너무도 강하게 숙명적이고 철학적으로 흐르는 모습을 보고 그러한 변화 과정 역시 근본적인 것이라고 믿는 것도 틀리지는 않다.

이제 우리가 자연에 대해서 경건하고 겸허한 태도를 보이든, 아니면 파렴치하고 오만한 자세를 취하든 상관없다. 혹은 오랜 옛날부터 사람들이 자연은 영혼과 생명을 지니고 있다고 믿어 온 것을 우리가 그저 웃어넘기거나 경시해도 상관없다.

자연에 대해서 우리들이 취하는 진짜 태도는 그것과 다르기 때문이다. 심지어 우리는 자연을 착취 대상으로만 간주할 때조차도, 사실은 아이가 어머니에게 달려들 때와 같은 자연스런 태도를 취한다. 결국, 예나 지금이나 인간이 더할 나위 없는 행복감과 지혜로움을 느낄 수 있도록 자연이 안내해 주던 길들에 새로 덧붙여진 것은 없다.

그 행복과 지혜를 향해서 우리가 갈 수 있는 길에는 무엇이 있을까. 가장 간단하고도 아주 소박한 길이 하나 있다. 그것은 우리가 자연을 보고 경탄하는 일이다. 또한 자연의 언어에 귀 기울이며 두근거리는 가슴을 안고 경청하는 일이다.

괴테[1)]는 자신의 시 한 구절을 통해 이렇게 말하고 있다.

"경탄하기 위해서 나는 존재한다!"

자연의 모습에 경탄하며, 자연의 언어에 귀 기울이는 것은 경이로움으로부터 시작된다. 그리고 그것은 또한 경이로움으로 끝난다.

그렇지만 우리가 가는 그 길은 결코 헛되지 않다. 나는 자연 속에서 이끼나 수정水晶, 꽃 한 송이, 황금풍뎅이 한 마리를 보고 경이로움을 느낄 수 있다. 또 구름이 떠가는 하늘과 바다를 보았을 때, 혹은 마치 큰 숨을 들이쉬었다 내쉬는 거인처럼 의연하게 거대한 파도를 치는 바다를 보았을 때 경이로움을 느낄 수 있다.

수정처럼 정교한 무늬가 짜인 나비의 날개를 보고도 경탄을 감출 수 없다. 그 날개 가장자리에는 복잡하고 다양한 선들이 무수하게 그려져 있으며 마치 형형색색의 보석들을 박아 넣은 듯한 무늬가 있다. 그 무늬 속에 새겨진 감미롭고 매혹적인 문양과 장식을 보라. 또한 그 다양한 색깔들이 서서히 바뀌어 가면서 미묘한 뉘앙스를 만들어 내는 것을 보라. 어찌 감탄하지 않을 수 있으랴!

나는 눈이나 신체의 다른 감각을 통해서 자연의 어느 한 부분을 체험하고는 한다. 그때마다, 맹목적이고 궁핍함으로 가득 차고 온갖 소유욕에 붙잡힌 인간 세계를 그 순간만은 완전히 잊고는 했다. 자연에 이끌려 자연의 존재를 알게 되고 그 속에 계시되어 나타난 형상들에 눈을 뜰 때도 마찬가지였다. 바로 그 순간만큼은 나는 생각하거나 명령하거나, 획득하거나 착취하거나, 투쟁하거나 조직하는 일 따위는 모두 잊었다. 그 대신에 나는 오직 '경탄하는 일'에만 몰두했다. 마치 한때 괴테가 그랬던 것처럼.

자연을 보고 경이롭게 여김으로써, 나는 괴테뿐만이 아니라 다른 모든 시인들, 현자들과 형제가 되었다. 어디 그뿐인가. 나는 내가 경이로움을 느끼며 체험하는 자연 속의 모든 것들, 즉 나비와 풍뎅이, 구름, 강 그리고 산들처럼 생명력이 넘치는 모든 대상들의 다정한 형제가 되었다. 그것이 가능했던 것은 내가 경이롭게 여기는 자연 속으로 들어가면서, 잠시 동안 이별과 단절의 세계에서 벗어나 통일된 세계 속에 발을 들여놓았기 때문이다.

그곳에서는 피조물인 하나의 사물이 역시 피조물인 다른 사물에게 이렇게 말한다.

"그건 다름 아닌 너야."

옛 시대의 사람들이 자연을 대할 때 아무런 해가 없는 순수한 태도를 취했던 것을 생각해 보면, 우리는 이따금 비애를 느낀다. 질투가 느껴지기도 한다. 그렇다고 해도 지금 우리가 사는 시대를 지나칠 정도로 심각하게 비관적으로 여기고 싶지는 않다.

오늘날의 대학들이 학생들을 가르치면서 단순하고 소박한 길을 가라고 하지 않는다고 해서 불평 따위를 하고 싶지도 않다. 사실 대학에서 가르치고 있는 것은 대상에 순수하게 도취하고 황홀해하며 경탄하는 법이 아니라 수를 세고 앞뒤를 재는 그 정반대의 것들이다. 매혹당하거나 마법에 걸리기보다는 정신을 바짝 차리라고 가르치며, 하나이자 전체인 것에 이끌리기보다는 개별적으로 나누어지고 떨어져 나간 것들을 완강히 고수하라고 가르친다.

그러므로 이러한 대학들은 지혜를 가르치는 학교가 아니라, 지식을 가르치는 학교이다. 그러면서도 그 대학들은 무언중에 그들이 가르칠 수 없는 능력을 학생들이 이미 갖추고 있을 것이라고 전제한다. 그것은 체험하고 감동하는 능력, 괴테 식으로 말하면 경탄할 수 있는 능력을 말한다. 그뿐만이 아니다. 그러한 대학들이 내세우는 최고의 학자들도 역시 결국은, 일찍이 괴테나 다른 진실한 사람들이 이미 거쳐 간 것과 같은 단계를 거쳐 가기를 자신들의 고상한 목표로 삼고 있다. 그 이상의 것은 그들도 알 수 없는 것이다.

---

1) Johann Wolfgang von Goethe(1749~1832) : 독일 고전주의 문학의 대표자.
시·소설·희곡 분야에서 많은 작품을 남긴 세계적인 문학가로, 독일에서는 대문호로 불린다. 괴테는 문학 작품과 자연 연구에서 신과 세계를 하나로 보는 범신론적인 세계관을 표현하였다. 주요 작품으로는《젊은 베르테르의 슬픔》,《빌헬름 마이스터의 수업 시절》,《파우스트》등이 있다.

Kristallgebirge

자연과 제도

고향에 대한 나의 애정은 점점 더 부드럽고 감미로워져 갔다. 그러나 나는 결코 대단한 애국자나 민족주의자는 될 수 없었다. 나는 살아오는 동안 내내, 심지어 전시戰時에조차 영역을 가르는 것을 자연스럽거나 당연하거나 혹은 성스러운 것으로 받아들일 수 없었다. 무엇이든 재고 따지고 구분하는 것은 형제처럼 다정한 영역들을 서로 분리시키는 자의적인 일로 보였다. 그래서 일찍부터 그러한 것을 체험한 나는 나라니 국가니 하는 따위를 만드는 일에 심한 불신을 가지고 있었다. 반면에 나는 인간 안에 내재한 모든 것에 대해 내밀하면서도 열정적인 애정을 키워 갔다.

그것의 본질은 경계와 한계를 넘어서, 정치적인 것과는

다른 공통된 소속감을 만들어 내는 것이었다. 또 나는 해가 갈수록, 도처에서 사람들과 민족들을 분리시키기보다는 서로 연결해 주는 것들이 훨씬 더 가치가 높다고 평가하고 싶은 충동을 종종 느끼고는 했다.

작게는 그것을 내가 태어난 자연적인 독일 땅에서 발견하고 체험할 수 있었다. 독일이라는 나라의 땅은 연방주라는 이름으로 경계 지어져 여러 개로 분리되어 있었다. 나는 수년 동안 그러한 경계 지역 근처에서 살았기 때문에 그런 사실을 다 알고 있었다. 그러나 사람들이나 그들이 사용하는 언어나 관습은 본래 다양해서 그런 것에는 지역의 경계선 따위가 전혀 드러나지 않았다. 경계를 그어 놓은 이쪽이나 저쪽 지역의 풍경 속에서도, 풍토와 문화 속에서도, 경계선을 그었기 때문에 생기는 차이는 드러나지 않았다. 건축 양식이나 사람들의 삶에도 눈에 띌 만한 차이가 없었다. 오히려 이따금 기묘하고 우스꽝스럽고 때로는 방해가 될 정도로 부자연스럽고 환상적으로 보이는 사물들 속에 오히려 근본적인 경계를 발견할 수 있었다. 그런데 사람들은 세관이나 여권을 임의적으로 만들고 그런 것들을 관리하는 제도 속에 경계와 한계를 그으려고 했고 나는 그 의도를 알아챌 수 있었다. 그들은 이런 것들을 사랑하고 마치 신성한 것처럼 여기고 있었다.

반면에 주 경계 지역의 양쪽 편에 살고 있는 사람들과 그들의 언어, 삶, 관습은 동일한데도 그 사실은 그저 하찮은 것처럼 여겨지고 있었다. 그러나 나로서는 그런 태도를 취하는 것이 도저히 불가능했다. 나는 사람들이 서로 여기저기 경계를 긋고 적대하던 전쟁으로 인해 마음에 큰 상처를 입었고 그것을 피해 나만이 간직한 저 환상의 세계로 빠져 들어갔다. 환상 속에서는 고향이 민족보다 더 의미가 있었다. 그리고 인간성과 자연이 경계나 제복, 세관, 전쟁 따위보다 더 가치가 컸다.

그러나 사람들은 그것을 '비역사적인 생각'이라며 여러 방면에 걸쳐 나에게 수차례 거친 모욕과 비난의 말을 퍼부었다. 그런데도 나는 그 생각을 바꿀 수 없었다. 만약 경계를 두고 서로 마주 보고 있는 두 마을이 있는데, 서로 친척 관계이고 그들의 생활 풍속도 마치 쌍둥이처럼 비슷하다고 치자. 그런데 전쟁이 일어나서, 한 마을에서는 마을의 청장년들을 모두 전쟁에 내보내서 피를 흘리고 궁핍해지고, 다른 마을은 평화를 주창하며 조용함을 유지하고 계속해서 번영한다면? 그것은 결코 옳지도 좋지도 않은 일이다. 오히려 머리카락이 쭈뼛해지며 기이한 생각이 들 것이다.

그리고 만약 어떤 사람이 정치적인 신념을 가지고 조국에 더 잘 봉사하기 위해 자기 고향을 부정하고 고향에 대한 애정을 무시해야 한다면 어떨까. 그런 사람은 내가 보기에 사랑보다도 복종을 더 신성한 것으로 여겨는 자로서, 자기 어머니에게조차 총을 겨누는 군인처럼 보인다.

Agra

자연은 어디에서나 아름답다

우리는 찾아 나서는 데 그치지 말고 발견해야 할 것이다. 우리들은 판단할 것이 아니라, 바라보고 이해하고 호흡하고 받아들인 것을 가지고 다시 작업해야 할 것이다.

힘, 정신, 의미, 가치들.

그런 것들은 숲으로부터, 가을의 초원 지대로부터, 빙하로부터, 그리고 노란 이삭이 핀 들판으로부터, 모든 감각을 통해서 우리들 안으로 흘러 들어와야 할 것이다. 어느 시골 풍경 속을 방랑할 때면 우리 안에서 최고의 것이 촉진되어 일어나야 할 것이다. 그것은 세계 전체와의 조화를 불러일으켜야 할 것이며, 스포츠처럼 단순히 기분 좋은 자극에 그쳐서는 안 될 것이다.

우리들은 단순히 흥미를 느끼는 정도로 산과 호수와 하늘을 바라보고 감정에 취해서는 안 된다. 그것들은 우리들과 마찬가지로 전체의 일부이며 우리 눈에 보이는 객관적 모양을 하고 있지만 보는 이의 이념이 반영되어 있다. 그러므로 우리는 자연을 바라볼 때에 명료한 감각을 가지고 움직이면서 친숙함을 느껴야 할 것이다.

누구나 자신이 지닌 고유의 능력을 가지고 삶을 살아가야 할 것이다. 어떤 사람은 예술가로서, 어떤 사람은 자연 과학자로서, 어떤 사람은 철학자로서, 각자 자기가 쌓은 교양에 맞는 수단을 가지고 움직여야 할 것이다. 우리들은 단지 우리의 육체뿐만이 아니라, 우리의 본질도 세계를 향해 있다는 것을 느끼고, 그 세계 안에 우리가 속해 있음을 깨달아야 할 것이다. 그럴 때 비로소 우리들은 자연과 진정으로 관계를 맺게 되는 것이다.

예를 들어서, 우리가 '회화적으로만' 자연을 즐긴다면, 그것은 단지 시각적인 인상에만 맞춰지는 것이므로 전체를 만족시키지 못할뿐더러 한쪽으로 치우쳐지게 된다. 예를 들어 우리가 종종 야외를 거닐다가 멈춰 섰을 때 얻는 아주 강렬하고도 독특한 인상은 시각적인 것이 아니다. 우리 눈에 비치는 모든 것을 끌어모아도 우리 귀에 와서 닿는 것과 비교했을 때 그것은 하찮은 것이 되고 마는 때나 장소가 있는 것이다. 귀뚜라미 소리, 새들이 지저귀는 소리, 파도가 부서지는 소리, 바람이 울리는 소리 따위를 들을 때가 그렇다.

또 어떤 때는 후각적인 인상이 가장 강렬한 것이 될 수도 있다. 보리수 잎사귀들이 뿜어내는 향기, 마른풀 냄새, 막 경작을 끝낸 논에서 나는 축축한 냄새, 소금물의 냄새, 타르의 냄새, 해초들의 냄새…….

가장 강렬한 자연의 인상은 아마도 느낌으로 얻는, 즉 신경에 와 닿는 인상들을 들 수 있다. 후텁지근함, 공기에서 흐르는 전류, 온도, 매섭거나 부드러운 바람, 건조함, 축축함, 안개 따위가 그것이다. 이 신경에 닿는 느낌들은 몸집이 큰 건장한 사람들까지도 굴복시키고는 한다. 그것들은 우리의 영혼과 감성에 직접적으로 강한 영향을 미치며, 문학 속에서는 주도적인 역할을 하기도 한다. 그 예로 독일 작가인 뫼리케[1], 슈티프터[2], 슈토름[3] 등의 문학을 들 수 있다.

그러나 아무리 뛰어난 문학이나 회화도 자연의 다양한 인상들과 그 인상들이 합쳐져 미치는 온갖 영향을 제대로 표현하지는 못한다. 심지어 개별적인 것을 표현하는 데도 그런 수단들만으로는 충분하지 못하다. 한껏 교양 있는 언어로 다양한 냄새들의 개념을 정확하게 표현하려고 시도하지만 누구나 늘 실패하는 것이다.

사람들은 이따금 '자연'이 그들에게 아무것도 주지 않는다고 말한다. 자연과 그들은 아무런 관계가 없다는 것이다. 그러나 말은 그렇게 하는 사람들일지라도 이른 봄의 태양을 보면 즐거워하고, 여름날의 태양에는 게을러지며, 공기가 후텁지근할 때는 나른해지고, 눈바람이 불면 다시 생생해진다. 그것만으로도 이미 그들은 자연과 관계를 맺고 있는 것이다. 그리고 그것을 의식하는 것만으로도 이미 자연을 충분히 향유하고 있는 셈이다.

사람들이 자연과 관계하며 말로 표현할 수 없는 만족을 느끼기보다는, 오히려 자연을 의식적으로 체험하고 싶어 하며 자연과 관계를 맺으려 하기 때문에 자연이 그들에게 아무것도 주지 않는다는 말을 하는 것이다.

일단 자연과 인간의 관계가 존재하게 되면, 소위 장소의 '아름다움'이나 멋진 날씨가 주는 '기분 좋음' 따위는 대단한 역할을 하지 않는다. 그러한 아름다움은 존재하기는 하지만, 시각적인 인상에서 나온 것일 뿐, 그것만으로는 자연을 진정으로 향유하는 기준이 되지 않기 때문이다.

자연은 어디에서나 아름답거나 혹은 어디서도 아름답지 않을 수 있다. 낯선 풍경을 자신의 것으로 만들지 못하는 사람, 어느 외국에 나가서도 따스함을 느끼지 못하는 사람, 한번 찾아갔던 장소에 대해 훗날 아무런 동경도 느끼지 못하는 사람은 내면이 텅 빈 사람이다. 그런 사람은 어린아이들이 노는 좁은 방을 나서거나 가까운 사촌 관계만 넘어서도, 다른 낯선 사람들을 이해하지 못하며 그들과 교류하거나 사랑할 수 없는 사람들이다.

가치 있는 인간이라면 자기의 가족이나 주위뿐만이 아니라 모든 인간의 삶, 자연의 삶에 친근함을 느낀다. 혐오감은 그 반대에서 나오는 것이 아니다. 그것은 오히려 친근감과 마찬가지고 우리의 인식과 예감에 근거한다. 따라서 무관심에서 나오는 것이 아니라 오히려 관계를 맺는 데서 나온다.

내가 무엇을 역겹게 생각한다 해서, 그것이 내가 좋아하는 것보다 가치가 덜하거나 내게 존재하지 않는 것은 아니다. 하지만 내가 알지 못하거나 알 수 없는 것, 내가 아무런 관심도 갖지 않는 것, 나와 아무런 관계도 맺지 않는 것, 나에게 아무런 호소를 하지 않는 것, 그런 것이야말로 나에게는 존재하지 않는 것이다. 그리고 그런 것이 많으면 많을수록 나 자신은 더 초라해진다.

---

1) Mörike(1804~1875): 독일의 시인 · 소설가. 독일 남부의 루트비히스부르크에서 태어나 신학을 공부하고 성직자가 되어 각지를 전전했다. 그의 작품은 평온했던 생애처럼 온화하고 부드러우며 조형적이고 음악성이 넘친다. 또한 자연에 대한 감수성도 풍부하여 목가적 민요조의 작품도 썼다. 주요 작품에는 《시집》, 《화가 놀텐》, 동화 《슈투트가르트의 난쟁이》 등이 있다.

2) Adalbert Stifter(1805~1868): 오스트리아의 소설가. 그는 사실주의 시대에 괴테의 전통을 계승한 독특한 이상주의를 펼쳤다. 괴테의 교양 소설의 전통을 계승한 장편 소설 《늦여름》이 그의 대표작이다.

3) Hans Theodor W. Storm(1817~1888): 독일의 시인이자 소설가. 주요 작품으로는 유명한 단편 〈이멘 호수〉와 《백마의 기수》가 있다. 북독일의 항구 도시 후줌에서 태어나 베를린 대학에서 법학을 공부한 후 고향에서 변호사로 활동했다. 그의 작품은 주로 고향 북독일의 슐레스비히홀슈타인의 자연과 생활과 역사를 우수 깊게 표현하고 있다.

아름답고
우울한 구름

산, 호수, 강, 태양은 나의 친구들이었고, 나와 이야기를 나누었으며 내가 자랄 수 있도록 도왔다. 오랫동안 나는 어떤 사람들이나 그들과 나눈 삶보다도 그것들을 더 다정하고 더 친숙하게 느꼈었다. 그러나 내가 반짝거리는 호수와 왠지 서글퍼 보이는 전나무, 햇볕이 내리쬐는 바위보다 더 좋아했던 것은 구름이다.

이 드넓은 세상에서 구름에 대해 나보다 더 잘 알고, 나보다 더 구름을 좋아하는 사람이 있을까! 이 세상에서 구름보다 더 아름다운 사물이 있으면 나에게 가르쳐 다오! 구름은 즐거움을 주면서 위로도 해 주는 존재이다. 그것은 신이 구름에게 부여한 축복이자 재능이며, 분노이면서 동시에 죽음의 위력을 지녔다. 구름은 마치 갓 태어난 생명처럼 감미롭고 부드러우며 평화롭다. 그것은 아름답고 풍요롭고 마치 착한 천사들처럼 너그럽다. 또한 그것은 죽음의 사자처럼 어둡고 벗어날 수 없으며 또 인정사정 보지 않는다.

구름은 얇은 층을 이루면서 은가루처럼 떠다니는가 하면, 가장자리에 황금빛을 띤 채 하얗게 반사하며 항해하기도 한다. 구름은 노란색, 붉은색, 청색으로 변하면서 휴식하는 듯이 멈춰 있다가도 마치 살인자처럼 음울하게 천천히 스쳐 지나간다. 그것은 폭주하는 말을 탄 기사들처럼 거친 소리를 내며 머리 위를 질주한다. 그러다가 우울한 기분에 잠긴 은둔자처럼 창백한 얼굴로 서글픈 꿈을 꾸듯이 매달려 있다.

구름들은 떠 있는 섬의 형태를 보이는가 하면 축복하는 천사의 모습을 띠기도 한다. 그것들은 위협하는 손 같기도 하고, 돛단배의 펄럭거리는 돛과도 같으며, 하늘에 떠서 배회하는 두루미처럼 보일 때도 있다. 또한 그것들은 모든 인간들의 꿈을 아름답게 비유한 존재로서, 신이 계시는 하늘과 메마른 지상 사이를 떠다닌다. 그렇게 하늘과 지상 양쪽에 다 속하며, 지상의 꿈이 되기도 한다. 그 꿈속에서 그들은 오염된 영혼을 순수한 하늘에 매달리게 한다.

구름들은 영원히 방랑하는 것들, 모든 이상과 갈망, 향수의 영원한 상징이다. 또한 그것들은, 땅과 하늘 사이에서 수줍으면서도 꿈꾸듯, 그리고 저항하듯 매달려 있다. 그처럼 인간

Gehöft am Melchenbühlweg bei Bern

들의 영혼도 시간과 영원 사이에서 수줍어하고 꿈꾸면서, 그리고 저항하면서 매달려 있다.

오오, 구름이여, 아름다우면서도 쉴 새 없이 떠다니는 존재여! 나는 아무것도 모르는 어린아이였을 때부터 그것을 사랑했지만 구름을 바라보면서 나 역시 구름이 되어 삶 속을 떠다니게 되리라는 것은 알지 못했었다. 여기저기 낯선 곳을 방랑하면서, 시간과 영원 사이에서 떠다니면서 살아가게 되리라는 것을.

어린 시절부터 구름은 나에게 다정한 여자 친구이자 누이들이었다. 골목길을 지나가다가도 우리들은 마주치면 고개를 끄덕이며 아는 체했고 눈인사를 나누기도 했다. 또 그 당시 구름에게 배운 것 역시 나는 잊지 않았다. 구름의 모양과 색, 하늘에서 즐기는 유희, 함께 빙빙 돌며 추는 윤무, 이어지는 휴식. 그리고 그들이 흘러가면서 지상과 천국에 관해서 들려주는 이상야릇한 이야기들을…….

곧 내가 구름에게 다가갈 시간이 가까워졌다. 나는 높은 곳으로 올라가 구름 사이로 발을 내딛었다. 많은 구름 무리를 위에서 내려다볼 수 있게 되었다.

내가 최초로 산봉우리 위에 올라간 것은 열 살 때였다. 우리가 사는 니미콘 마을 기슭에 있는 알프스 초원 지대의 산꼭대기였다. 그때 나는 정말 처음으로 산들의 모습이 무서우면서도 아름답다는 것을 알았다. 깊이 파여 들어간 협곡들은 얼음과 눈으로 가득 차 있었다.

녹색으로 반짝거리는 빙하, 보기에도 무시무시한 빙하들이 쌓인 산등성이, 그리고 무엇보다도 높고 둥근 하늘. 태어나서부터 10년 동안 산과 호수에만 갇혀 살아 왔고, 가까운 언덕에 둘러싸여 비좁은 공간에서만 살아 온 내 머리 위에, 최초로 거대하고 드넓은 하늘이 펼쳐져 있었다. 그 앞으로는 도저히 경계도 끝도 없는 듯한 지평선이 바라보이던 바로 그날을 나는 잊을 수 없었다.

이미 그 산꼭대기로 올라갈 때부터, 나는 아래쪽에서 보았을 때는 그리 위험해 보이지 않았던 가파르게 경사진 바위벽들이 그처럼 위압적이고 거대한 것을 알고 새삼 놀랐었다.

그리고 나는 그 순간 완전히 제압 당했다. 두려움과 환호의 느낌 속에 돌연 거대하고 드넓은 공간이 내게로 밀려 들어오는 것을 보았다.

세상은 마치 동화 속에서 보던 것처럼 거대했다!

위에서 바라볼 때 우리가 사는 마을 전체는 저 아래 깊숙이 놓여 있어 어디론가 사라질 듯 조그맣고 밝은 반점으로만 보일 듯 말 듯했다. 골짜기 아래에서 바라보았을 때는 좁고 가깝게 여겨졌던 산봉우리들은 실제로는 몇 시간을 가야만 도달할 수 있는 먼 거리에 있었다.

그때 나는 비로소 내가 지금까지 이 세상에 대해 아주 협소한 눈길을 한번 주었던 것일 뿐, 사실은 제대로 바라본 적이 없었다는 사실을 깨닫기 시작했다. 그리고 저 바깥세상에는 거대한 산들이 존재하고 엄청난 일들이 벌어질 수 있는데도, 그에 대한 아주 적은 소식마저도 우리가 사는 이 외딴 산 구석에는 도달하지 않는다는 것을 비로소 알아챘다.

그러나 동시에 내 안에 마치 나침반의 바늘과 같은 무엇이 있어, 무의식적으로 저 멀고도 거대한 세상을 갈구하며 강렬하게 떠는 것이 느껴졌다. 마침내 나는 그 구름들이 지닌 아름다움과 우울함을 완전히 제대로 볼 수 있었다. 내가 본 것은 무한히 먼 것을 동경하면서 방랑하는 모습이었다.

하늘에 떠가는 지상의 존재

나는 풍경 화가들을 바라볼 때면, 종종 그들이 파란색이나 다른 빛깔을 띤 하늘과 그 위로 떠가는 멋지고 소소하며 정취 가득한 구름을 얼마나 빠르고 가볍게 그리는지 놀라곤 했었다. 그것은 마치 우리 시인들이 경이로울 정도로 가볍게 시를 써 가는 것과도 같았다. 그러나 나중에 더 오래 관찰하면 할수록, 그 멋진 시들이나 멋진 그림들도 단지 싸구려 물건처럼 만들어진 것일 뿐임을 느낄 수 있었다. 진정한 시와 구름은 뚜렷한 시선을 가진 눈빛에만 들어올 수 있는 것. 지금까지 수천 개가 넘는 구름 그림을 보아 왔지만, 내가 기억하기로 그중에서 하늘을 떠가는 진짜 구름을 그린 그림을 본 적은 별로 없다. 정말 거의 없다고 볼 수 있다. 겨우 몇 개 있다면 옛날

조반니 세간티니, Death

대가들의 명작들뿐이다.

화가들이 공기와 그 현상을 그림으로 그려 내기 시작한 것은 겨우 수십 년 전부터였다는 말을 종종 들었다. 사실 그러한 기법은 근래의 화가들이 창조해 낸 것이라고 한다. 내가 보기에 정말 구름 모습을 실제처럼 그럴듯하게 그렸다고 칭찬하고 싶은 요즘 화가들 중에 세간티니[1)]와 호들러[2)]가 있다. 세간티니의 그림 중에는 알프스의 구름을 그린 작품이 몇 점 있는데 그 그림들은 어딘가 무겁고 마치 철학적인 느낌이 들지만 그 점만 빼면 마치 신의 손이 그린 것처럼 사실적으로 보인다.

호들러는 몇 번인가 구름 작품을 그렸는데 거의 눈에 띄지 않을 정도로 작은 그림 한 점이 바젤 미술관에 걸려 있다. 그 그림에서는 아주 가볍고 작게 일어나는 하얀 증기들을 볼 수 있는데, 푸른 호수에 반사되어 믿을 수 없을 정도로 섬세하게 떠가는 모습으로 나타나 있다. 마치 공기 전체가 생생하게 움직이는 듯이 그려진 작품이다.

그러나 나는 화가들에 대해서 이야기하려는 것이 아니다. 그런 분야의 일이라면 시인들은 본래 별로 할 일이 없다. 미술 전문가들이 그 자리를 차지하고 있으니 말이다. 물론 전문가들이 정말로 그림을 평하고 그에 대한 인상을 묘사하려 할 때면 대개는 시인들의 도움을 많이 빌린다. 그리고 내면적으로 충분히 설명하고자 할 때면 그들 스스로 다시금 시를 짓기도 한다. 그 이유는, 미학을 위시한 모든 학문은 결정적으로 중요한 순간에는 순수하게 예술적으로 변해야 하고, 동시에 대상을 보는 시각과 그것을 표현하는 언어가 서로 밀접하게 관계하여 의미에 맞게 표현해 낼 능력을 가져야 하기 때문이다.

나는 종종 구름 사진들도 보았다. 모든 색을 감지할 수 있는 감광판은 없지만, 그래도 몇몇의 사진 속에는 완벽하게 표현된 구름들도 있었다고 나는 말하지 않을 수 없다. 땅 한 조각도 보이지 않고 단지 하늘만 찍은 대부분의 사진은 실패작들이었다. 왜냐하면 그런 사진들은 구름이 움직이고 있다는 인상을 별로 주지 못했고, 그 그림을 바라보는 사람에게 주는 불확실한 거리감 때문에 미적인 효과를 모두 상실했기 때문이다.

내가 생각하기에 구름이 아름답고도 의미심장하게 보이는 이유는, 그것이 움직이면서 우리 눈에는 죽은 공간에 불과한 하늘에 거리와 척도, 공간의 차이를 만들어 내기 때문이다. 이처럼 우리의 눈에 느껴지는 거리감이나 척도가 마치 한 번도 본 적이 없는 것을 보는 것과 같은 엄청난 착각을 불러일으킨다는 사실은 전혀 중요하지 않다. 수면 위에서 헤엄치는 대상도 마찬가지로 착각을 불러 온다. 눈은 끊임없이 자기 자신과 대상 사이의 거리를 지나치게 과장하여 측정하는가 하면, 대상과 저편에 있는 해안이나 지평선 사이의 거리를 지나치게 과소평가하기도 한다.

구름이 없을 때는 아무리 허공을 바라보아도 그 무엇도 발견할 수 없고 거리를 측정하려 해도 그 무엇도 가늠할 수 없다. 그러나 구름이 있으면 허공은 눈에 보이는 대상으로 가득 차게 된다. 그것들에 의해서 지상은 허공으로까지 연장되는 것이다. 작게는 새 한 마리, 연 한 개, 로켓 하나도 그런 역할을 할 수 있다. 우리들은 공허하거나 아무것도 없는 것이 아닌, 존재하고 참여하는 공간을 순간순간마다 느낀다. 단순히 허공이 비어 있지 않다고 인식한다고 해서 그렇게 느껴지는 것은 아니다. 눈은 쉽사리 이성의 판단을 믿지 않기 때문이다. 마치 태양이 멈춰 서 있고 지구가 돈다는 것을 증명하는 온갖 증거들이 있는데도, 우리 눈에 태양은 여전히 돌고 지구는 멈춰 서 있는 듯이 보이는 것처럼.

새들이 작은 공간에서 하는 일을 구름은 커다란 공간 속에서 한다. 그것들은 거대한 공간을 직관할 수 있게 해 주며 생기 있게 만들어 주고, 우리의 눈으로 측량할 수 있게 만들어 준다. 그리고 구름은 우리를 그 공간과 연결시킨다. 왜냐하면 그것들은 우리들에게, 즉 지상에 속해 있기 때문이다.

구름들은 지상의 물이며, 한 조각의 흙 그리고 지상의 물질이다. 그것들은 우리들의 눈에 띄게 위로 솟구쳐 오르면서 지상의 존재와 삶을 비가시적인 공간 속에 연결시켜 준다. 그리고 계속 생명의 흐름을 창조해 낸다.

그러므로 오후 나절 한가하게 산책을 즐기는 모든 사람들이 구름을 바라볼 때면, 태양이나, 달, 별들을 바라볼 때와는 전적으로 다른 상상과 감정이 솟아난다. 태양과 달, 별들은 지상의 것들이 아니다. 또한 우리가 눈으로 측량할 수 있을 만큼 가까이 있지 않고 그들 고유의 모습으로 존재하며 생명을 지니고 있다. 그것들은 지상의 한 부분도 아니고, 지상의 공간 속에서 움직이지도 않는다. 또한 그것들의 형태와 움직임은 우리와 가깝고 친숙한 자연의 위력 속에서 발견할 수 없는 것이다.

반면에 구름은 빛과 어둠, 바람과 따스함을 우리들과 공유한다. 구름은 자체의 세계를 가지고 있는 것이 아니라, 우리들의 세계에 속한다. 우리들이 이해하고 느낄 수 있는 법칙 속에서 우리의 눈앞에서 생겨났다가 사라진다. 그리고 다시 끊임없이 지상으로 되돌아온다. 그러나 구름의 이러한 귀환을 보는 것은 쉽지 않다. 비가 크게 쏟아지거나 눈이 엄청나게 내릴 때면 우리는 구름을 보지 못한다. 그리고 그 구름들을 바라보는 동안에도, 우리는 구름을 움직이는 힘이 있다는 사실을 인식하지 못한다.

구름은 우리들이 허공을 볼 수 있도록 했던 것처럼 공기의 움직임도 느끼게 해 준다. 공기의 움직임은 사고 속에서는 이해할 수 있지만, 감각 속에서는 늘 수수께끼처럼 불가사의하게 남아 있다. 그래서 구름은 우리를 매혹시킨다.

내 머리 위로 100여 미터나 300미터 혹은 1,000미터 떨어진 허공에서 공기들이 움직이고 흘러가면서 서로 만나고 교차하고 분리되고 투쟁한다. 그래도 내가 숨 쉬는 것과는 아무런 상관이 없다.

그러나 한 조각의 구름 또는 한 무리의 구름이 흘러갈 때는 느낌이 다르다. 아주 빠르게 혹은 느리게 움직이는가 하면, 멈춰 섰다가 나누어지고, 부풀었다가 형태가 바뀌기도 한다. 또 녹아 없어지거나 저항하다가 찢겨 나가기도 한다. 나는 구름의 그러한 변화를 바라볼 때면, 마치 한 편의 연극을 보듯이 관심을 가지고 참여하지 않을 수 없게 된다.

빛도 그와 같다. 우리는 텅 빈 파란 공간에서는 빛을 감지하지 못한다. 그러나 그 공간에 구름이 떠다닐 때 그것들은 회색이거나 연회색, 백색, 황금색, 연두색을 띤다. 그처럼 높은 허공 속에 빛은 사라지고 없는 것이 아니다. 나는 그 빛을 보고 관찰하고 향유하는 것이다. 이미 오래 전에 태양이 지고 땅에는 불이 꺼진 깊은 밤에도 희미한 빛은 여전히 남아 이글거릴 때, 저 드높은 허공에 뜬 구름이 그 빛에 반사되는 모습을 한 번도 본 적이 없는 사람이 어디 있겠는가!

구름은 지상의 한 부분을 구성하는 재료이다. 그것이 지상 위의 저 높은 공간 속에서 물질적인 삶을 영위하고 있다는 것을 생각해 보자. 우리의 눈에는 그 공간 속에 구름들 외에는 다른 어떤 것도 보이지 않는다. 그때 구름들이 지닌 상징성은 명료해진다. 우리에게 구름은 지상적인 것이 무아지경 속에서 계속 유희하는 것을 의미한다. 그것은 질료가 스스로 해체되려는 시도이다. 지상적인 것이 간직한 은밀한 태도이며, 빛과 높은 것을 갈구하고, 떠다니면서 망아의 상태를 동경하는 태도이기도 하다.

예술에서 인간의 몸을 지니고 지상에 나타난 모습으로, 날개를 가진 채 무게에 저항하며 천사가 되려고 시도하는 것이 천재라면, 자연 속에서 그 천재의 위치를 차지하는 것은 다름 아닌 구름이다.

결국 구름은 여전히 덧없음을 의미하기도 하지만, 대개는 밝음과 해방, 자비로움을 상징한다. 우리들은 구름이 여행하고 투쟁하고 휴식을 취하기도 하고 축제를 벌이기도 하는 것을 바라본다. 그러면서 우리들은 꿈을 꾼다. 그 구름들의 움직임을 해석하고, 그 속에 우리 인간들의 투쟁과 축제, 여행과 유희를 비춰 본다. 이토록 아름다운 그림자의 유희들이 모두 그처럼 순간적으로 변화했다가 사라져 버리곤 하는 것을 바라보고 있노라면 우리들은 즐거우면서도 가슴이 아파 온다.

---

1) Giovanni Segantini(1858~1899): 이탈리아의 화가. 알프스 고원 티롤의 아르코에서 출생하여, 이탈리아의 밀라노에서 미술을 공부했다. 초기 작품은 낭만파에 속했으나, 후에는 알프스 산중으로 이사하여 산 속의 농촌과 호수 등 자연적인 생활과 풍물을 그렸다. 특히 태양 광선의 변화에 따라서 점묘풍點描風으로 즐겨 그렸는데, 그의 풍경화들은 자연 감정이 넘치는 시처럼 묘사되었다. 주요 작품으로는 〈알프스의 한낮〉과 〈인생, 자연 그리고 죽음〉의 3부작 등이 있다.

2) Ferdinand Hodler(1853~1918): 스위스의 화가로 베른에서 소목장이의 아들로 태어났다. 정규 미술 교육을 거의 받지 못했으나, 동시대 작가들 중에서 가장 독창적이었다. 그는 인상주의에 반발하여 그림의 윤곽선을 강조하는 수법으로 독일과 스위스의 화풍을 주도했다. 특히 그림 속에서 인간이나 풍경, 역사에 대한 자신의 사상을 나타내려고 노력했다. 〈밤〉, 〈절망〉 등의 작품이 있다.

즐거운 정원

정원을 소유하고 있는 사람에게 지금은 할 일이 많은 봄을 맞을 준비를 해야 하는 시기이다. 생각에 잠겨 좁은 오솔길을 따라 텅 빈 꽃밭들 사이를 걸어가다 보면, 정원 북쪽 가장자리에는 아직도 누르스름한 빛의 눈이 쌓여 있다. 아직은 봄이 올 듯한 기미가 전혀 보이지 않지만 들판과 시냇가, 경사진 언덕에 위치한 따사로운 포도밭들 주변에는 벌써 갖가지 초록의 생명들이 꿈틀거리고 있다.

또 들판에는 최초의 노란 꽃들이 수줍으면서도 즐거운 듯 생명에 대한 용기를 가지고 풀 속에 모습을 드러내고 서 있다. 꽃들은 어린아이의 눈처럼 열려 있으면서 고요하고도 기대로 가득 찬 세계를 바라보고 있다. 하지만 정원에는 갈란투스 식

Weinreben vor der Casa rossa

물만이 간신히 생명을 유지하고 있다. 이곳에는 봄이 제 발로 찾아오지 않는다. 벌거벗은 꽃밭들은 사람들이 어서 쟁기질을 하고 씨를 뿌려 주기를 묵묵히 기다리고 있다.

일요일에 산책을 하는 사람들이나 자연과 친숙하게 지내는 사람들에게는 이제 다시 좋은 시절이 왔다. 그들은 이리저리 돌아다니면서 생명이 움트는 기적을 만족스러운 눈으로 바라볼 수 있을 것이다. 또한 단조로운 푸른빛의 목초지가 즐거운 색채를 지닌 초봄의 꽃들로 수놓이는 것을 보게 될 것이다. 물기를 머금은 꽃봉오리들은 나무를 뒤덮고 사람들은 은색 버들가지를 잘라서 방 안에 꽂아 둘 것이다. 그러면서 모든 것들이 적절한 때가 되면 싹을 틔우고 개화하는 모습을 즐겁고도 놀라운 마음으로 바라볼 것이다.

그런 생각을 하는 동안 다른 걱정은 하지 않는다. 왜냐하면 그 사람들은 단지 눈앞에 보이는 것들만을 보며 즐길 뿐, 밤의 추위나 풍뎅이 같은 애벌레, 쥐나 다른 해로운 것을 염려할 필요가 없기 때문이다.

하지만 정원을 가진 사람들은 이런 봄날 그런 명상에만 잠겨 있을 수가 없다. 그들은 겨울에 이미 해 두었어야 할 많은 일들을 미뤄 놓고 게으름을 부렸다는 것을 문득 깨닫는다. 올해는 어떻게 해야 할까 고민하면서, 지난해에는 제대로 가꾸지 못했던 꽃밭들과 나무들을 근심 어린 눈으로 둘러본다. 보관하고 있던 씨앗들과 구근들을 살펴보고 정리하며, 정원에서 쓸 공구들을 점검한다. 그러다가 삽자루는 부러져 있고 정원용 가위는 녹슬어 있는 것을 발견한다.

물론 모든 사람들이 다 그런 것은 아니다. 프로 정원사들은 겨울 동안에도 봄이 다가오면 해야 할 일들을 생각하고 있었고 자연을 사랑하는 부지런한 사람들이나 현명한 주부들은 이미 모든 준비를 해 놓았다. 그런 사람들에게는 연장도 충분하며, 칼이 녹슬거나 씨앗 포대가 젖어 버리지도 않았다. 지하실에 저장해 놓은 구근들이나 양파도 썩어 없어지도록 허술하게 관리한 것이 없다. 또 새해가 되면 정원을 어떻게 가꿀지 이미 다 생각해 두었고 혹시 필요하게 될지 모를 비료도 미리 주문해 두었다.

모든 것들이 모범적으로 준비된 상태다. 그들은 칭찬과 경탄을 받을 만하다. 올해에도 그들의 정원에는 게을렀던 우리의 정원과는 비교도 되지 않게 꽃과 열매가 만발할 것이다. 잡초 따위는 찾아볼 수도 없을 만큼.

하지만 우리 같은 아마추어들이나 게으름뱅이들의 정원에는 풀 한 포기 나지 않았다. 우리처럼 꿈을 꾸거나 겨울잠을 자는 사람들은, 미처 준비도 하지 못한 채 느긋하게 겨울잠 속에 빠져 있던 동안에 어느새 다시 봄이 찾아 온 것을 보고 깜짝 놀라고, 부지런한 이웃들은 이미 모든 준비를 마친 것을 보고는 당혹스러움을 감추지 못한다. 부끄러워진 우리는 소스라치게 놀라 일어나 태만했던 것을 뒤늦게 벌충하려고 그제야 정원용 가위를 갈고 조급하게 씨앗 상인에게 편지를 쓰고 하다가, 제대로 한 일도 없이 또다시 하루를 흘려보내고 만다.

그러나 결국에는 우리들도 준비를 끝내고 일을 시작한다. 물론 언제나 그렇듯이 처음 며칠 동안은 좋은 예감으로 가득 차서 기쁘고 흥분된 마음에 일이 잘 풀리는 것처럼 보인다. 하지만 역시 일은 늘 어렵다. 새해 들어 처음으로 흘리는 땀이 이마를 타고 내린다. 우리들이 신은 가벼운 장화는 무거운 흙 속에 빠져 버리고 삽자루를 든 손에는 물집이 잡혀 붓고 아프다. 그러노라면 어느새 따사롭던 3월의 태양이 벌써 너무 무덥게 느껴질 정도로 강렬하게 내리쬔다.

피로에 젖어 등이 아파 올 때쯤 우리들은 몇 시간 동안 힘들였던 일을 뒤로 하고 집 안으로 들어간다. 난로의 열기가 갑자기 매우 놀라우면서도 낯설고 좀 우습게 느껴지기까지 한다. 저녁이 되면 전등불 밑에 앉아 정원에 관한 책자를 읽는다. 그 안에는 새로운 봄이 되어 정원을 가꾸는 일에 관해 흥미로운 내용들이 많이 들어 있지만 힘들기만 하고 재미는 없는 작업에 대한 이야기도 꽤 많이 들어 있다.

어쨌든 자연은 너그럽다. 결국에 가서는 모두의 정원 안에는 시금치와 상추로 가득한 텃밭이 가꾸어질 것이고 얼마간의 과일과 즐거운 눈요깃감이 되는 여름 꽃들이 무성할 것이다. 힘들게 땅을 일구다 보면, 애벌레, 풍뎅이, 거미줄 같은 것들이 여기저기서 나타난다. 그것들을 발견하면 우리는 즐거운 기분에 들뜨면서도 얼굴을 찡그리며 그것들을 잡아 없애 버린다. 가까운 곳에서는 익숙한 목소리로 지빠귀가 울어 대고 박새들도 지저귄다.

덤불과 나무들도 용케 겨울을 견뎌 냈다. 나뭇가지들 위에는 갈색의 꽃봉오리들이 솟아나며 약속으로 가득 찬 미소를 짓는다. 장미 덤불들은 바람에 살랑살랑 몸을 흔들며 찬란하게 꽃필 것을 꿈꾸고 고개를 끄덕인다. 매 순간순간 모든 것들은 우리에게 다시 친근하게 다가온다.

우리들은 곳곳에서 여름이 오는 것을 느낀다. 어떻게 그 길고 우중충한 겨울을 견뎌 낼 수 있었을까. 이해하기 어려운 듯이 고개를 저어 본다.

지난겨울은 그 얼마나 황량했던가. 길고 어두운 다섯 달을 우리들은 정원도 없이 지냈다. 향기도 없고, 꽃도 없고, 녹색의 잎사귀들도 없이 말이다!

그러나 이제 그 모든 것들이 다시 시작된다. 정원은 아직 황량해 보이지만, 그 안에서 일하는 사람은 다른 것을 느낄 수 있다. 모든 것들이 맹아의 상태로 숨 쉬고 있으며 우리들의 상상 속에는 이미 존재하고 있다.

정원은 생명을 지니고 있다. 채소밭에서는 반짝이는 푸른빛을 띤 상추들이 자랄 것이고 화단 저쪽에는 재미난 모양의 강낭콩이, 이쪽에는 딸기가 자랄 것이다. 우리들은 파헤쳐진 땅을 다시 평평하게 고른다. 끈을 쳐 놓은 대로 예쁘장하고 반듯하게 줄을 긋고 그 안에 씨앗을 뿌릴 것이다. 그리고 화단 안에 어떤 색과 어떤 형태의 꽃들을 심을지 고심하며 씨앗을 나눠 놓는다. 하늘색과 하얀색을 여기저기에 심고, 미소 짓는 듯한 붉은색 꽃들을 그 사이에 흩트려 심을 것이다. 이쪽은 물망초로, 저쪽은 레세다 꽃으로 화려하게 가장자리를 다듬는다.

햇빛이 찬란하게 내리쬐는 여름이 되면 그곳에 탁자를 가져다 놓고 앉아 밀크가 조금 들어간 커피를 마시고, 또 가벼운 식사를 하며 포도주를 마시리라. 그러면서 무를 심을 장소도 눈여겨 봐 둔다.

이제 일이 진정되어 가면서 어린아이처럼 마구 날뛰던 기쁨과 흥분은 가라앉고 마음이 차분해진다. 그리고 다른 생각이 꼬리에 꼬리를 물면서 놀랍게도 이 작고 풍성한 정원의 존재가 우리를 사로잡는다. 정원을 가꾸면서 마치 자신을 창조자로 느끼는 즐거움과 우월감이 그것이다. 사람들은 땅 한 뙈기를 자신의 생각과 의지대로 바꾸어 놓는다. 그리고 여름을 기대하며 그들이 좋아하는 과일, 좋아하는 색, 좋아하는 향기를 창조해 낼 수 있다. 사람들은 작은 꽃밭, 몇 평 안 되는 헐벗은 땅을 갖가지 색채들의 물결이 넘치는 천국의 작은 정원으로 만들 수 있는 것이다. 그것은 우리들의 눈을 즐겁게 하며 위안을 주지만 그것만으로는 한계가 있다.

결국 사람들은 자연스럽게 솟구치는 갖은 욕구와 환상을

마음껏 즐기기 위해 자연을 보살피려고 한 것이다. 그러나 자연은 냉엄하다. 자연은 얼마간은 인간의 아첨도 눈감아 주고, 무언가를 내어 주기도 하고, 알면서도 한 번쯤 속아 넘어가 주기도 한다. 하지만 그럴수록 나중에 가서는 더욱 강하게 자연 자신의 권리를 요구한다.

취미로 정원사 노릇을 하는 사람들은 몇 달밖에 안 되는 따뜻한 기간에 많은 것들을 관찰할 수 있다. 스스로 원해서 시작한 것이라면, 혹은 누군가에게 정원을 가꾸어 달라는 부탁을 받고 정원 일을 시작한다면 온통 즐거운 것만 보게 된다. 키우고 모양을 다듬어 가는 가운데 넘쳐 나는 자연의 힘. 자연 속에 드러나는 다양한 형상과 색채들 사이에서 노닐고 싶은 욕망과 환상적인 느낌. 여러 면에서 인간적인 여운을 주는 작고 즐거운 생명들.

재배 식물들 가운데는 좋은 것들도 있고 나쁜 것들도 있다. 힘을 절약하여 피어나는 것이 있는가 하면 자신의 능력을 뛰어넘어 풍성하게 열리는 식물도 있다. 자신의 처지에 만족하고 긍지를 갖는 것이 있는가 하면 다른 식물에 기생하여 생명을 유지하는 것들도 있다. 어떤 식물들은 종류와 생명력이 고루하고 평범하여 활기가 없는 식물이 있는 반면 어떤 식물들은 즐겁게 피어나는 모습이 당당한 신사 같다. 그들 가운데는 좋은 이웃도 있고 나쁜 이웃도 있다. 다정한 것이 있는가 하면 혐오스러운 것들도 존재한다. 어떤 식물들은 제멋대로 거칠게 피어나 마음껏 생명을 누리기도 하지만 내내 굶주리고 창백한 모습으로 힘겹게 생명을 유지하느라 온 힘을 다하다가 죽어 가는 것들도 있다. 어떤 식물들은 열매를 맺고 증식하면서 믿어지지 않을 정도로 풍성하게 성장해 가지만, 어떤 식물은 힘들게 애써 가꾸어야만 그 씨라도 겨우 얻을 수 있다.

나는 정원 안에 머무는 여름이 늘 너무도 황급히 왔다가 황망하게 간다는 사실이 놀랍고 염려스럽다. 그것은 겨우 몇 달 동안 지속될 뿐이다. 이 짧은 시간에 정원에는 여러 종류의 식물들이 자라고, 마음껏 생명을 누리다가 결국엔 시들어 죽어 간다. 화단에 어린 채소들을 심고 물을 주고 비료를 주자마자 금세 흙을 뚫고 나와 자라다가 덧없이 사라진다. 그러다 두세 번 달이 바뀌고 나면 어느덧 어린 식물들도 늙고 죽어 간다. 이곳에서의 목적을 다 이루었으므로 뿌리는 뽑히고 새로운 생명에게 자리를 내주어야 한다. 이 무렵의 정원사들만큼 분주한 사람도 없을 것이다. 정원사들은 여름이 너무나 순식간에 저만치 물러나는 것을 지켜본다.

이때의 정원에서는 모든 생명의 덧없는 순환을 다른 어디에서보다도 분명하고 명확하게 볼 수 있다. 정원에 해가 뜨자마자 벌써 쓰레기와 시체들이 널린다. 잘린 어린 싹, 부러진 줄기, 여러 이유로 죽어 버린 식물들. 매주 그 양은 더욱 많아질 것이다. 그것들은 사과, 귤, 달걀 껍질 같은 온갖 종류의 음식물 쓰레기와 함께 섞여 거름더미 위에 쌓일 것이다.

이것들이 시들고 부패하여 사라지는 것은 하찮은 게 아니다. 오히려 소중하게 다뤄지며 어느 하나도 그냥 버려지지 않는다. 햇빛과 비, 안개와 공기, 차가운 기운은 정원사가 세심하게 보관한 그 쓰레기 더미를 분해하여 그것들은 한 해가 지나고 나면 다시 여름이 찾아온 정원에 화려한 꽃들과 식물들을 피어나게 할 것이다. 시체가 되었던 모든 것들이 어느새 썩고 분해되어 땅을 검고 기름지고 비옥하게 만들었기 때문이다.

얼마 안 가서 우중충한 쓰레기 더미와 죽음을 뚫고 새싹들이 솟아오른다. 썩어 분해되었던 것들이 새로운 힘을 가지고 아름다운 색채를 띤 모습으로 되살아난다. 그러한 자연의 순환은 단순하면서도 명징하다. 그것은 사람들에게 너무나도 많은 것을 생각하도록 도와주고 모든 종교는 예감에 가득 차 자연을 경배하며 그 의미를 해석해 낸다. 이 모든 정원 안에서는 조용하면서도 빠르고 명확한 일들이 일어나고 있다.

지난해의 죽음에서 양분을 얻어 소생하지 않는 여름은 없다. 모든 식물이 흙에서 자라 나올 때 그러했듯, 모든 식물이 땅으로 돌아간다.

봄이 온 것을 기뻐하면서 내 작은 정원에도 콩, 샐러드, 레세다, 겨자 따위의 씨앗을 뿌린다. 앞서 죽어간 식물의 잔해를 거름으로 주면서 땅으로 돌아간 것들을 돌이켜 생각하고, 앞으로 피어난 식물의 모습도 미리 그려 본다. 모든 사람들이 그러했듯이 나도 이 질서정연한 자연의 순환을, 자명하면서도 비밀스럽고 아름다운 사실로 받아들인다.

이따금 씨앗을 뿌리고 수확을 할 때면, 한 순간 나의 마음 속에는 땅 위의 모든 피조물 가운데 유독 우리 인간만이 이와 같은 사물의 순환에서 어딘가 제외되어 있다는 생각이 든다. 모든 생명의 덧없음을 깨닫지 못하고, 오로지 자신을 위한 특별한 것을 소유하려는 욕심이 너무나 이상하게만 여겨진다.

숲으로 이어진 길

나에게는 인간의 정신세계가 야기하는 모든 의문점들보다도 더 이상야릇하고, 이해할 수 없으면서 매혹적인 것이 있었다. 그것은 산들이 어떻게 하늘을 향해 솟아 있고, 공기가 어떻게 소리도 없이 골짜기 속에 머물러 있으며, 노란 배나무 잎사귀들이 어떻게 가지에서 자연스럽게 떨어질까, 또 한 무리의 새들은 어떻게 푸른 하늘을 날아가는 것일까, 하는 것들이었다. 이런 질문은 평소 같았으면 알지 못하는 것들에 대해서도 아는 체 하기 좋아하던 사람들의 교만한 마음도 수그러들게 만든다. 사람들은 그런 사실을 감사의 마음으로 받아들이고 자연 앞에 겸손해지면서도 자연 앞에 굴복하려 들지는 않는다. 오히려 인간들이야 말로 이 거대한 우주에서 가장 귀한 존재라는 자부심을 느끼기도 한다.

나는 숲의 가장자리로 난 길을 걷고 있었다. 숲의 이편은 비바람이 많이 몰아치는 곳이었다. 나는 기분 전환을 하기 위해서 기괴하게 뻗은 나무둥치들과 잔가지와 뿌리들이 뒤엉켜 있는 곳에 잠시 멈춰 섰다. 그 어떤 것도 그처럼 강하고 내밀하며, 환상적으로 어우러질 수는 없을 것이다.

주위를 둘러보면 자연이 주는 첫인상은 대개 우스꽝스러울 뿐이다. 뒤얽혀 있는 나무뿌리들과 갈라진 땅의 틈새, 멋대로 뻗은 가지와 떨어진 잎사귀 더미들. 그런 것들은 어떤 때는 마치 잔뜩 찌푸린 사람의 얼굴 같기도 하고, 어떤 때는 풍자화 한 편을 보는 것처럼 느껴질 때도 있다.

그 순간, 나의 눈은 감각적으로 살아나서 일부러 의도하지 않아도 자연은 한 떼의 기이하고 경이로운 모습으로 무리를 지어 눈앞에 나타난다. 그러면 처음 느꼈던 우스꽝스러움은 사라져 버린다. 모든 자연들은 단호하면서도 대담하며 더욱 확고부동한 자세로 그 자리에 서 있기 때문이다. 말없이 서 있는 그들은 자연스럽게 형성된 규칙성과 그곳에 자리해야 하는 이유를 암시해 줄 뿐이다.

마침내 자연은 범접할 수 없는 위엄으로 인간 앞에 선다. 진짜 모습은 감추고 스스로 만든 여러 가면을 바꾸어 써 가는 인간들은, 자연적으로 무성하게 자라난 것들의 무리를 마주대할 때면 소스라치게 놀라고 만다.

고독하고 의연한 나무들

나무들은 언제나 나의 시선을 가장 많이 끄는 설교자였다. 나는 그것들을 숭배한다. 많은 사람들 사이에서 자라는 나무들, 가정집 안에 심어져 있는 나무들, 크고 작은 숲 속에서 살고 있는 나무들을 숭배하며, 한 그루씩 홀로 서 있는 나무들은 더욱 숭배한다.

나무들은 마치 고독한 존재와 같다. 하지만 현실에서 벗어난 나약한 은둔자들과는 다르다. 마치 베토벤이나 니체처럼 위대하고도 고독하게 삶을 버티어 낸 사람들 같다.

나무 꼭대기에는 세계가 윙윙거리고 나무뿌리들은 무한한 영역 속에 들어 있다. 나무들은 그 안에서 모든 생명력을 끌어 모아 오직 하나만을 위해서 분투한다. 그것은 바로 나무들이 가지고 있는 고유의 법칙을 따르는 일이다. 나무들 고유의 모습을 완성해 가면서 스스로를 표현하는 일이다. 아름답고 강인한 나무보다 더 성스럽고 완벽한 것은 없다. 어떤 나무가 톱에 잘린 채 죽어 가면서 상처를 햇볕에 드러내면, 잘려진 둥치의 밝은 부분, 즉 묘석이 되어 버린 그 상처 위에서 나무의 역사를 읽을 수 있는 것이다.

나이테와 상처가 아문 자리에는 그 나무가 겪었던 온갖 투쟁, 고뇌, 아픔, 그리고 행복과 번영이 고스란히 담겨 있다. 가는 나이테는 나무가 힘들었던 해를 말해 주고, 풍성하고 굵은 나이테는 나무가 행복했던 시간을 보냈음을 말해 준다. 그렇게 나무는 한낮의 햇볕과 폭풍우의 힘든 공격을 이겨 내고 서 있는 것이다.

젊은 농부들이라도 모두 알고 있는 것이 있다. 가장 강인하고 고귀한 나무가 어떤 것인지를. 높은 산꼭대기에 서서 늘 계속되는 위험에 처해 있으면서도 결코 쓰러지지 않고 가장 단단한 둥치로 자라는 나무가 가장 촘은 나이테를 가지고 있다는 사실을.

나무들은 성스럽다. 나무와 함께 대화하며 나무가 하는 말에 귀 기울일 줄 아는 사람은 진실을 체험한다. 나무들은 무슨 교훈을 이야기하거나 처방을 내리거나 하지 않는다. 개개인이 겪는 일에는 무관심할지 몰라도 삶의 근원적인 법칙을 알려줄 뿐이다.

한 그루의 나무가 이렇게 말했다.

"내 안에는 하나의 핵심이, 하나의 불꽃이, 하나의 생각이 숨겨져 있으며 나는 영원한 생명을 지니고 있다. 영원한 자연의 어머니는 나와 함께 전무후무한 일을 감행했다. 내 모습, 그리고 내 피부 속에 흐르는 혈관은 다른 어디서도 찾을 수 없는 유일한 것이다. 내 가지 꼭대기에 있는 가장 작은 잎사귀가 벌이는 유희조차도, 내 가지에 난 아주 작은 상처조차도 유일한 것이다. 내 사명은 바로 그런 일회적인 것에서 영원한 모습을 보여주는 것이다."

그러자 다른 한 그루의 나무가 이렇게 이야기한다.

"나의 힘은 믿음에서 온다. 나는 내 조상이 누군지도 모른다. 해마다 내 몸에서 탄생하는 수천의 자손들에 대해서도 알지 못한다. 그저 나는 씨앗이 지닌 비밀을 지닌 채 끝까지 살아갈 뿐이다. 그밖에 어떤 것도 내가 걱정하고 염려할 일이 아니다. 내 안에 신이 있으며, 나는 그렇게 주어진 내 의무가 성스럽다고 믿는다. 이 믿음 덕분에 나는 이렇게 살고 있다."

우리가 더 이상 삶을 버텨 내기 힘들어 서글퍼질 때, 나무는 우리에게 이렇게 이야기한다.

"조용히 하라! 조용히 하라! 나를 바라보라! 삶은 쉬운 것이 아니다. 하지만 어려운 것도 아니다. 그것들은 모두 어린아이의 생각과 같다. 오직 신이 네 안에서 말씀하시도록 하라. 그저 너는 침묵하라. 네가 두려워하는 이유는 네가 가는 길이 너를 어머니로부터, 고향으로부터 멀리 떨어져 나가게 하기 때문이다. 그러나 내딛는 걸음마다, 매일 주어지는 삶이 너를 새롭게 어머니와 고향에게로 다시 이끌어 간다. 고향이란 여기에 있거나 혹은 저기에 있는 것이 아니다. 고향은 너의 내면에 있든지, 아니면 그 어디에도 없다."

밤바람에 소슬거리는 나무들에게 귀를 기울이고 있으면 어디론가 떠나고 싶은 욕구가 일어난다. 조용히 오랫동안 귀 기울이고 있으면, 그 마음이 원하는 것이 무엇인지 알게 된다. 그것은 고통이며, 고통을 겪으면서도 거기에서 벗어나고 싶지 않은 그 욕망이다. 그것은 또한 고향을 그리는 향수이며, 어머니를 기억하려는 마음과도 같고, 삶의 의미를 찾으려는 노력이기도 하다.

모든 방랑은 고향 집으로 달려간다. 모든 길은 고향으로 향해 있으며 모든 걸음은 탄생이며 죽음이다. 그리고 그것이 묻혀 있는 모든 무덤은 어머니이다.

그처럼 나무는 저녁에 우리가 어린아이처럼 불안해할 때 솨솨 소리를 내며 위로의 말을 건넨다. 그들은 긴 생각을 지니고 있으며 우리들보다도 더 긴 삶을 살아 내어 길고 고요한 호흡을 한다. 우리가 나무들에게 귀를 기울이는 한 그들은 우리보다 현명하다. 나무들의 속삭임에 귀를 기울이는 법을 배우면서 생각이 짧고 어린아이같이 서두르던 우리들은 더할 나위 없는 즐거움을 느낀다.

나무들이 하는 이야기에 귀 기울이는 법을 배운 사람은 더 이상 나무가 되려고 발버둥 치지 않는다. 그는 자신 이외의 다른 무엇이 되려 하지도 않는다. 바로 그것이 고향이며 행복이다.

Obstblüte im April

농가

나는 이 집과 작별을 고한다. 앞으로 오랫동안 이 집을 볼 수 없게 될 것이다. 지금 나는 알프스 등산로에 다가가고 있기 때문이다. 여기서부터는 북독일식의 건축 양식이 나타나지 않는다. 독일의 풍경도 더 이상 볼 수 없고, 독일어로 말하는 사람들도 없다.

이런 경계선들을 넘어선다는 것은 얼마나 멋진 일인가! 여기저기 방랑하는 여행자는 여러 관점에서 보면 원시적인 사람이다. 유목민들이 농부로 보이지 않고 원시인으로 여겨지듯이 말이다.

나 같은 부류의 사람들이 어느 한 곳에 정착하려 하지 않고 이곳과 저곳의 경계를 뛰어넘어 다니다 보면 미래를 향한

이정표를 볼 수 있게 된다. 만약 내가 마음속으로 바라는 것처럼 나라 사이에 경계가 필요 없다고 생각하는 사람들이 많다면 이 세상에는 아마 전쟁도 없고 국경 폐쇄도 사라질 것이다.

경계보다도 더 혐오스럽고 어리석은 것도 없다. 그것은 마치 전쟁터의 장군들, 혹은 대포들과 같다. 인간의 이성이 살아 있고, 평화가 유지되는 동안 사람들은 그런 경계 따위에 별다른 감정을 느끼지 못하며 오히려 그것을 하찮게 여긴다. 그러나 전쟁 같은 미치광이 현상이 벌어지면 곧 경계들은 아주 소중하게 여겨지고 신성한 것이 되기도 한다. 전쟁이 벌어졌던 수년 동안 우리 같은 방랑자들에게 그런 경계들은 얼마나 고통스러운 감옥 같은 것이었던가! 그것들은 악마한테나 가버리기를!

나는 스케치북에 내가 마지막으로 본 집을 그렸다. 친근한 느낌의 독일식의 지붕과 들보, 그리고 처마에 익숙해졌지만 고향의 느낌을 주는 그것들과 이제는 작별을 고했다. 보고만 있어도 친밀감이 드는 고향의 모든 것들을 사랑하지만 이제는 이별할 때가 되었다. 내일이면 나는 다른 지방의 지붕들, 다른 오두막집들을 사랑하게 될 것이다.

나는 연애편지를 쓰듯이 내 마음을 이곳에 두고 떠나지는 않을 것이다. 아, 아니다. 내 마음을 가지고 떠나야 한다. 저 알프스를 넘어가서도 언제든지 그 마음이 필요할 것이다. 왜냐하면 나는 농부가 아니라 유목민이기 때문이다. 예측할 수 없는 모든 것에 대한 환상이 나를 사로잡는다. 내 사랑을 지상의 어느 한 곳에 머물게 하고 싶지는 않다.

나는 우리가 사랑하는 것들은 늘 우리의 마음을 비유적으로 보여 주는 것들이라고 생각한다. 우리의 사랑이 한곳에 머물러 있으면서 그것이 믿음직스럽게 여겨지고 아름다운 것으로 간주되는 것만큼 경멸스러운 것은 없다.

농부들에게 축배를! 가진 자들과 한곳에 정착한 자들, 충직한 자들과 여러 미덕을 지닌 자들에게 축배를!

그런 사람을 사랑할 수 있고, 존경할 수 있으며, 부러워할 수는 있다. 하지만 나는 그런 사람들이 미덕이라 부르는 것들을 모방하려다가 내 인생 절반을 잃어버리고 말았다. 내가 될 수 없는 것이 되려고 애쓴 덕분이다.

나는 시인이 되고 싶었지만 시민이 되려고도 했다. 예술가가 되고 싶었고 환상적인 인간이 되고 싶었으면서도 보통의 미덕을 갖추고 고향에 정착하는 삶을 누리려 했었다. 그러나 사람은 그 두 가지를 다는 이룰 수 없고, 가질 수도 없다는 것을 알게 되기까지는 꽤 오랜 시간이 걸렸다. 나는 유목민이지 농부가 아니라는 사실, 무언가를 찾는 사람이지 무엇을 보관하고 있는 사람이 아니라는 것을 알게 되기까지 말이다. 오랫동안 나는 나에게 우상에 불과했던 신들을 섬기고 여러 법칙들을 지키느라 고행의 시간을 보냈다.

그것은 나의 잘못이었고 고통스러운 시간이었다. 나는 이 세계를 하찮게 만드는 데 일조하는 실수를 저지르고 말았다. 나 스스로를 괴롭혔으며 그것을 이겨 내려는 시도도 하지 못했다. 구원으로 이끄는 길은 왼쪽에 있지도 않고 오른쪽에 있지도 않다. 그 길은 오로지 자신을 가슴속으로 걸어갈 수 있게 만들 뿐이다. 오직 그 안에만 신이 있고 평화가 존재한다.

산에서 나오는 습기를 머금은 강한 바람이 나를 스친다. 저편에는 푸른색 창공의 섬들이 이국의 땅을 내려다보고 있다. 저 하늘 아래서 나는 이따금 행복해질 것이다. 고향 생각도 날 것이다.

나와 같은 부류의 인간들은, 순수한 방랑자가 되고 싶다는 소망을 가지고 있다면 향수병을 앓아서는 안 된다. 나 역시도 온전하지 못하다는 것을 안다. 그렇게 되려고 애쓰지도 않는다. 그저 내가 기쁨을 누리듯이, 나의 향수도 그저 음미하고 싶다. 내가 거슬러 올라가는 이 바람에서 경이롭게도 저 세상과 먼 타향의 냄새가 난다. 분수령의 냄새, 언어의 경계에서 나오는 냄새, 산 너머 남쪽의 냄새가 난다.

그 냄새는 약속으로 가득 차 있다.

잘 있거라, 작은 농가들과 고향과 같은 풍경이여! 젊은이가 어머니와 작별하듯이 나는 그대에게 이별을 고하노라. 젊은이는 자기 어머니를 떠나야 할 시간이 왔음을 안다. 또한 원하더라도 결코 자신의 어머니를 완전히 떠날 수 없다는 것도 잘 안다.

봄의 발걸음

작고 투명한 눈물이 새싹에 대롱대롱 매달려 있다. 공작의 깃은 햇빛을 받으며 그 고상한 융단 옷을 접었다 펼쳤다 한다. 사내아이들은 팽이와 돌로 만든 포탄을 가지고 장난을 친다. 부활절은 한 주 앞으로 성큼 다가와 있다. 곳곳에 멋진 소리가 넘쳐 나며 즐거운 기억들이 가득하다. 부활절 달걀에 울긋불긋한 그림을 그리던 어린 시절의 기억, 겟세마네 동산과 골고다 언덕 위에서 벌어진 예수님 이야기와 마태가 겪은 수난 이야기를 들었던 기억이 떠오른다.

처음으로 사랑에 빠졌던 유년 시절과 사춘기 시절의 반향도 떠오른다. 습지에는 아네모네 꽃들이 고개를 숙인 채 피어 있고 민들레꽃들은 냇가에 지천으로 깔려 반짝인다.

고독한 방랑자인 나는, 내면에서 여러 충동과 억압된 감정들이 일어나는 것은 외부 세계에서 수천 가지의 소리를 들려주며 내 주위에서 콘서트를 벌이는 것과 별반 다르지 않다고 생각한다. 나는 도시를 떠났고 시골에 머문지 오랜 시간이 지났지만 여전히 사람들 틈에 서 있었다. 이제 즐겁고 가벼운 바람이 내 얼굴 위로 스쳐 간다. 바람은 흔들거리며 피어 있는 아네모네 위로도 불어 간다.

산들거리는 바람이 내 안에 숨어 있던 옛 기억을 회오리바람처럼 불러일으킨다. 고통스러웠던 기억과 세월의 덧없음을 깨달은 마음이 내 혈관으로부터 의식 속으로 흘러 들어간다.

길 위에 있는 돌이여, 너는 나보다 더 강하다. 초원 속의 나무여, 너는 나보다 더 오래 견딜 것이다. 심지어 작은 딸기 덤불이여, 심지어 장밋빛 아네모네까지도 아마 나보다 더 강인할 것이다.

한숨을 내쉴 때면 나는 느낀다. 여느 때보다 더 깊이 존재의 덧없음을 느끼는 것이다. 나 스스로 변하고 싶은 충동에 휩싸인다. 나는 돌에, 땅에, 딸기 덤불에, 나무뿌리에 이끌리고 있다.

땅과 물, 시든 잎사귀를 보고 있노라면 갈등이 일어난다. 내일이나 모레면 나도 곧 너희처럼 될 것이다. 나는 잎사귀이고, 땅이며, 뿌리이다. 종이에 글을 써넣지도 못하고, 화려하게 칠한 황금 니스의 냄새도 맡지 못한다.

구름이여, 하늘로 헤엄쳐 흘러가라. 냇물이여, 물결치며 흘러가라. 덤불의 잎사귀들이여, 피어나라. 나는 망각 속으로, 수천 번이나 갈망해 온 변형 속으로 서서히 가라앉았다.

열 번, 백 번, 천 번, 다시 너는 나를 붙들고 매혹시키고 얽어맬 것이다, 언어의 세계, 의견의 세계, 인간들의 세계여. 상승하는 쾌락과 뜨겁게 끓어오르는 불안한 세계여, 너는 나를 수천 번 희열에 빠지게 하고 놀라 두렵게 할 것이다.

노래를 부르고, 신문을 보고, 전보를 치고, 부고와 신청 서류들과 온갖 대단한 허섭스레기들로 가득 찬 세계여, 너 쾌락과 불안으로 가득 찬 세계여! 부조리한 멜로디로 가득 찬 귀여운 오페라여! 결코 더 이상 신은 없으리니. 나에게서 완전히 상실되고 말 것이다, 덧없는 기도, 변용의 수난곡, 죽음에 대한 대비, 재탄생의 의지 따위는.

부활절은 늘 그렇게 다시 찾아올 것이다. 매번 똑같은 불안을 느끼고, 매번 똑같은 구원을 갈구하며 불안을 느끼는 우리에게. 슬픔도 없는 덧없는 노래가 나와 함께 길을 갈 것이다. 긍정과 준비와 희망에 가득 찬 모습으로.

Weg im Weinberg

나비

나비는 사람들이 매우 좋아하는 곤충이다. 나비는 특히 좋은 기운을 뿜어내는 곤충으로 경이롭다고까지 여겨진다. 나비는 우리가 특별한 경험을 할 수 있게 해 주는 사랑스러운 곤충이다. 나비를 바라볼 때면 놀라울 정도로 신기한 기분을 느끼게 되고, 삶을 더 사랑하게 된다.

나비는 화병에 꽂혀 있는 꽃처럼 장식물 같다. 보석처럼 보이기도 하고, 작고 반짝거리는 예술 작품처럼 보이기도 한다. 또 아주 다정하면서도 사람을 기분 좋게 만드는 영리한 천재로 태어난 것처럼 보이기도 한다. 마치 창조자가 부드럽고 감미로운 기분을 느끼기 위해 만들어 낸 것 같기도 하다.

만약 나비를 보면서도 어린아이처럼 황홀해하거나 괴테

처럼 경탄의 숨을 내뱉을 수 없는 사람이라면, 아마 그는 장님이거나 마음이 얼어붙은 사람일 것이다. 내가 이렇게 단언할 수 있는 이유는 나비에게는 정말 특별한 무언가가 있기 때문이다.

나비는 다른 곤충들과는 다르다. 삶에서 가장 화려하고 소중한 상태에 머물러 있는 존재이다. 예전에는 잠자는 인형이었으며 그 이전에는 탐욕스러운 애벌레였던 것이 이제는 최고로 화려한 시점에 다다랐다. 나비는 가장 창조적이면서도 죽음을 대비하는 동물이기도 하다.

나비는 배를 채우고 그저 시간만 보내면서 살지 않는다. 오로지 사랑하고, 생명을 품기 위해서 살 뿐이다. 그러기 위해 나비는 다른 곤충들에게서는 보기 드물게 화려한 옷으로 가득 치장을 하고 자기 몸보다도 몇 배나 더 큰 날개를 가지고 있다. 그리고 그 날개에 새겨진 줄과 색깔, 비늘과 표피에는 나비의 비밀이 아주 다양하면서도 섬세한 언어로 나타난다.

나비는 오로지 현재를 충실히 산다. 그것은 다른 개체를 더욱 매혹적으로 유혹하여 자손을 번식하는 행위를 더욱 화려하게 이루어 내기 위해서다.

이처럼 나비의 의미와 그것이 지닌 화려함에 대해서는 어느 시대 어느 민족이나 공통적으로 느껴 왔다. 그것은 아주 단순하고도 명확하다. 나비는 화려한 사랑을 펼치는 동물이다.

찬란한 빛을 내뿜으며 변화하는 존재이며, 영원을 상징하면서도 짧은 생을 상징하기도 한다.

'나비'(독일어로 슈메털링Schmetterling이라고 함 - 옮긴이)라는 단어는 오래된 것이 아니다. 독일의 여러 지방에서 나타나는 방언들에 공통적으로 쓰였던 단어도 아니다. 그런데도 이 특이한 단어는 가장 생생한 생명력을 지니고 있다. 반면 거칠고 부정적인 뉘앙스도 띠고 있다. 이 단어는 독일의 작센 지방과 튀링겐 지방에서만 사용했었는데 18세기에 와서야 비로소 독일어의 문어체에서 쓰이면서 일반화된 것이다. 독일 남부 지역이나 스위스 쪽에서는 나비라는 단어를 알지도 못했다. 그 지역에서 나비를 지칭하는 단어로 가장 오래되고 멋진 것으로는 '피팔터Fifalter' 또는 '츠비슈팔터Zwiespalter'[1]가 있다.

그러나 나비의 접힌 날개 위에 표현된 언어가 이성과 계산에 의해서 만들어진 것이 아니듯 인간의 언어도 마찬가지다. 인간의 언어는 무언가를 새롭게 만들어 내며 아름다운 것을 보고 시로 노래하는 유희의 힘에서 나온 작품들이다. 그러므로 서민들이 사랑하는 모든 사물들이 그렇듯 한 가지 단어만으로 나비를 지칭하는 것에 만족하기는 쉽지 않다. 그래서 나비를 나타내는 여러 개, 때로는 그보다 더 많은 이름들이 만들어졌다.

오늘날에도 스위스에서는 여전히 나비는 대개 피팔터 혹은 새(낮새, 밤새), 여름새라고 불린다. 온갖 종류의 나비들이 버터플라이, 몰켄디프 같은 아주 많은 이름을 지니고 있다. 이것만 봐도 풍경에 따라, 방언에 따라, 나비의 종류에 따라 얼마나 많은 이름들이 있는지 짐작할 수 있을 것이다. 아니, 좀 더 정확히 말하자면 여러 종류의 이름들이 '있었다'고 해야 옳을 것이다. 왜냐하면 토종 꽃 이름들이 사라지고 있듯이 나비의 이름들도 점차 소멸하고 있기 때문이다.

나비를 사랑하고 수집하는 아이들이 없어진다면 경이로움으로 가득 찬 대부분의 나비 이름들도 차츰 사라질 것이다. 이미 여러 지역에서는 다양한 종류의 나비들이 도시의 산업화와 농촌의 현대화로 인해서 죽거나 사라져 버리고 말았기 때문이다.

그나마 나비를 수집하는 사내아이들과 노인들 덕분에 나비에 대해서 좀 더 관심을 둘 수 있었다. 수집가들은 나비들을 죽여서 뾰족한 침에 끼워 표본을 만드는데 그렇게 해야만 가장 아름답고 오래 보존할 수 있기 때문이다. 그런 방식은 이미 장 자크 루소가 살던 200여 년 전부터 전해진 잔인한 방법이라고 비난 받아 왔는데, 실제로 1750년에서 1850년 사이에 쓰여진 문학 작품에서는 나비를 죽여 침에 끼운 후 감상할 때만 나비를 즐기고 경이롭다고 여기는 남자를 우스꽝스럽고 고루한 인물로 묘사하고 있다. 나비를 표본으로 만드는 방식은 이미 그 당시에도 어느 정도 잔인한 행동으로 간주되었던 것이며, 오늘날에는 말할 것도 없다.

사내아이들이나 어른들 가운데는 그 정도까지는 가지 않고, 나비를 잡기는커녕 살아서 자유롭게 날아다니는 모습을 즐겨 바라보는 애호가들도 존재한다. 나비 수집가들 가운데 좀 더 욕심 많은 이들마저도, 사람들이 나비를 잊지 않고, 여기저기 많은 지역에서 예전의 경이로운 나비 이름들이 그대로 보존될 수 있도록 애쓰는 정도다. 그들은 옛날부터 지금까지 그저 사랑스러운 나비들이 여전히 우리 곁에 존재할 수 있도록 노력할 뿐이다. 그것은 사냥 애호가가 사냥하는 법만 익히는 것이 아니라 결국에는 짐승들을 보호하는 법도 배우고 익힐 수 있도록 노력하는 것과 같은 이치이다.

나비 사냥꾼들 또한 많은 종류의 식물들이 멸종되거나(예를 들어 쐐기풀처럼), 동식물이 살아가는 자연스러운 방식을 인간이 강제로 바꾸려고 한다면 나비의 종과 숫자도 빠르게 소멸된다는 것을 깨달은 최초의 사람들이다.

농부들이나 정원사들이 싫어하는 곤충을 없애는 것만 문제가 있는 게 아니다. 만약 어느 지방의 사람들이 나비의 숫자를 그들 마음대로 조절하려고 한다면, 의도하지 않았더라도 귀하고 아름다운 나비 종種들마저 어느새 사라져 버리고 말 것이다.

진정으로 나비를 사랑하는 사람이라면 나비 애벌레나 그 알까지도 조심스럽게 다루며 자기 주변에 가능한 많은 종류의 나비들이 살아갈 수 있도록 조처한다. 나 역시 마찬가지다.

나는 이미 수년 전부터 나비를 수집하지 않고 있으며, 나비들을 위해서 정원에다 쐐기풀을 심곤 했다.

나비를 수집하는 소년들이라면 누구나 한 번쯤 무더운 나라인 인도나 브라질, 마다가스카르에 살고 있다는, 우리가 볼 수 있는 평범한 나비들보다 훨씬 크고 울긋불긋하여 더할 나위 없이 화려한 나비에 대한 이야기를 들었을 것이다. 또 많은 사람들이 그런 종류의 나비를 직접 보기 위해서 박물관이나 수집가의 집을 방문하기도 했다. 요즈음에는 그런 이국적인 나비들을 유리 밑에 솜을 대고 그 위에 표본으로 만들어 놓은 것(사실 그것들은 종종 매우 아름답게 만들어져 있다)을 살 수 있기 때문이다. 직접 보지 못한 사람들일지라도 책이나 그림을 보고 잘 알고 있을 것이다. 나도 젊었을 적에 책에 씌어 있는 것을 읽은 기억이 난다.

5월이 되면 스페인의 안달루시아 지방에서 날아다닌다는 나비들을 볼 수 있기를 얼마나 간절히 원했는지 모른다. 친구들 집에서나 박물관에서 열대 지방에서 채집해 온 크고 화려한 나비들을 볼 때마다 나는 무언가 말할 수 없는 유년 시절의 감동 같은 것이 내 안에서 꿈틀거리는 것을 느꼈다. 그것은 내가 소년 시절에 아폴로 나비를 처음 보았을 때 느꼈던 것 같은 숨 막힐 듯한 벅찬 희열이었다.

내가 느끼는 그 희열 속에는 슬픈 마음도 포함되어 있었다. 나는 그 경이로운 나비들을 볼 때마다, 꼭 시적으로만 이뤄지지 않는 삶을 살면서도 괴테의 작품을 읽고 경탄하며 매혹적인 기분을 느꼈던 것과 같은 체험을 하고는 했다. 열망하던 것을 타인으로 인해 채웠을 때 느끼는 감정 말이다.

시간이 흘러서 불가능하게만 여겨졌던 일이 내게 벌어졌다. 나는 넓은 바다 위로 배를 타고 가서, 뜨거운 이국의 해안에 내렸고 열대의 숲을 통해 거대한 악어들로 가득 찬 강 위쪽으로 차를 타고 달리면서 열대의 나비들이 바로 그곳에서 살아 숨 쉬는 모습을 볼 수 있었다.

소년 시절에 꾸었던 수많은 꿈들이 이루어진 순간 나는 곧 흥미를 잃곤 했다. 그렇지만 나비의 매력은 사라지지 않았다. 이 말할 수 없이 경이로운 것에 이끌려, 나는 이 '놀라운 경이로움'에 이르는 숭고하면서도 지칠 줄 모르는 길을 걸어갔다. 발을 헛디뎌 넘어지는 일도 없었다.

살아 있는 열대의 나비들이 날아다니는 것을 말레이시아 페낭에서 처음으로 보았다. 쿠알라룸푸르에서는 그것들을 몇 마리 채집하기도 했다. 그곳에서 짧지만 멋진 시간을 보내며 밤에는 거친 폭풍이 정글로 몰려들어 오는 소리를 들었고 낮에는 숲 속에 햇빛이 비치는 가운데 이국의 나비들이 날아다니는 모습을 보았다. 그 나비들은 내 평생 본 적도 들은 적도 없는 녹색과 황금색을 띠고 있었다.

그 나비들은 그야말로 보석 같은 색을 띠고 있었지만 일단 그 나비들이 표본으로 만들어져 침에 눌려 유리 밑에 들어 있는 것을 보면 그 어느 것도 더 이상 나의 흥분을 불러일으키지 못했다. 숲 속에서 흔들거리며 변하는 그림자와 찬란한 빛들 사이에서 보았을 때처럼 환상적으로 느껴지지도 않았다. 나비들이 살아서 움직일 때, 찬란한 색들이 날개 안에서 솟구쳐 나오는 것처럼 반짝이며 춤을 출 때, 풍부한 색채를 드러내며 비밀스러운 날갯짓을 할 때와는 달랐다. 나비들이 살아 움직일 때 느껴지는 그 경이로움은 단순히 나의 무미건조한 호기심을 충족시키는 것으로 그치지 않았다. 오히려 나는 사냥꾼처럼 숨어서 나비가 움직이는 그 순간순간을 직접 보아야만 했다.

　사람들은 여전히 놀라울 만큼 나비들을 잘 보존한다. 하지만 색깔을 지닌 모든 생물은 동물이건 식물이건 간에, 아무리 표본을 잘 했다 하더라도 죽는 순간 가장 아름다운 하나를 잃고 마는 것이다. 사냥꾼이 막 쏴서 죽인 새의 날개를 한번 보라. 거기에는 아직도 붉거나 푸른 빛깔, 혹은 누렇거나 울긋불긋한 색이 남아 있다. 그러나 이미 그것을 앗아가는 숨결이 새의 몸을 스쳐 갔고 그 자리에는 무엇인가가 빠져나가고 말았다. 아직 희끄무레한 무언가가 보이지만 더 이상은 반짝이지 않는다. 빛은 이미 꺼져 버렸고 다시는 되돌릴 수 없다.

　나비나 풍뎅이들은 별로 차이가 없다. 그것들은 죽어서도 다른 동물보다는 화려한 색채를 훨씬 더 잘 보존한다. 사람들은 그것을 매우 오래, 수십 년 동안도 보존할 수 있다. 다만 그런 곤충들은 빛, 그러니까 태양의 직사광선만 잘 피하면 된다.

내가 말레이를 여행하고 있을 때, 그곳 사람들은 나비라는 종 전체를 가리키는 '슈메털링'이라는 명칭을 자기들 나름의 단어로 부르고 있었다. 나는 그 독일어 단어를 들으면 언제나 몸이 두 부분으로 나뉘어져 날아다니는 생물이 생생하게 떠올랐다. 옛날 독일어에서는 나비를 '둘로 나뉜 것'이라는 뜻으로 '츠비슈팔터' 또는 '피팔터'라고 불렀고, 이탈리아어로는 '파르팔라'라고 불렀다.

말레이에서는 대개 나비를 '쿠푸쿠푸'라고 부르거나 혹은 '라파라파'라고 불렀다. 그 두 이름 모두 마치 날개를 파닥거리는 소리처럼 들린다. 이 '라파라파'라는 이름도 역시 살아있는 아름다운 것이다. 의도한 것은 아니지만 토종 나비의 검게 그을린 날개 위에 하얀색으로 C자 모양이 새겨져 있는 것처럼, 또는 마치 공작의 깃털 끝에 달린 눈처럼 풍부한 언어로 표현한 것이다.

---

1) 독일어로 츠비슈팔터(Zwiespalter)는 '둘로 나뉜 것'이라는 뜻인데, 여기서는 나비의 양쪽 날개가 대칭을 이루면서 활짝 펴지는 모습을 따서 지은 명칭인 듯하다.

여름

그때는 내가 경험했던 유월 중 가장 화창한 날이었다. 이제 곧 있으면 그때와 같은 화창한 날이 다시 올 것이다.

도르프 가에 있는 내 사촌의 집에는 작은 화원이 딸려 있었다. 그곳에는 꽃들이 향기를 내뿜으면서 아주 자유롭게 활짝 피어 있었고, 굵은 달리아 꽃들은 담장을 뒤덮어 높이 피어 솟아 있었다. 그 꽃들은 둥글고 단단한 봉오리를 달고 있었으며 갈라진 틈새로는 노랗고 붉은 어린 꽃잎들이 시들어 있기도 했다. 계란풀꽃은 아주 화창하고 풍성하게 불타오르고 있었는데 이제 막 무성하게 피어나는 레세다 꽃에게 자리를 내줄 시간이 다가왔음을 알고 있다는 듯 마지막 향기를 애처롭게 내뿜고 있었다.

알을 품고 있는 듯한 모양새의 봉선화들은 유리처럼 투명한 굵은 줄기 위에 받쳐져 있었고 붓꽃은 꿈꾸는 듯 가느다란 몸으로 서 있었다. 즐거운 듯 분홍색을 더해 가는 장미 덤불도 피어나고 있었다. 정원은 마치 좁은 꽃병에 꽂힌 울긋불긋하고 화려한 큰 꽃다발인 양, 꽃들이 오밀조밀하게 가득 피어 있어서 바닥의 흙은 조금도 보이지 않았고 화단 가장자리에는 장미 덤불 속에 니겔라 꽃들이 자리하여 거의 질식할 것처럼 느껴졌다. 한가운데 불꽃처럼 피어 있는 산나리 꽃들의 크고 무성하게 자란 꽃잎들이 강한 생명력을 무기로 파렴치하게 영역을 확장해 가고 있었다.

이 주 전부터 땅 위로 무더운 푸른 하늘이 펼쳐져 있었다. 아침에는 순수한 미소를 띠는 듯 하다가도 오후가 되면 구름덩어리들이 낮고 느리게 밀려들어 와 정원을 둘러쌌다. 밤이 되면 폭풍이 가라앉았지만 귓가에는 여전히 천둥소리가 들려왔다. 하지만 매일 아침 눈을 뜨면 창공은 햇빛이 반짝였고 온 대지는 빛과 열기로 흠뻑 젖어 있었다.

나는 내 방식대로 여유 있게 여름을 맞았다. 따스하게 숨쉬는 들판에는 노란 이삭이 높이 여물어 있었고 그 사이로 들판 길이 찬란하게 빛났다. 그 길은 메마른 날씨 탓에 갈라져 있었고 나는 그 들판 길을 따라 산책을 하고는 했다. 여기저기 핀 양귀비꽃, 달구지 국화, 살갈퀴 꽃, 밀밭에서 자라는 독초인 선옹초와 메꽃들이 웃고 있었다.

Blick auf Hesses Wohnung in der Casa Camuzzi

오랜 산책 후에 숲 가장자리에 잔디가 높이 자란 곳에서 몇 시간가량 휴식을 취했다. 내 머리 위로 황금풍뎅이들의 가물거리는 소리, 꿀벌들의 윙윙거리는 소리가 들렸다. 바람마저 잔잔한 깊은 하늘 아래서 고요히 쉬고 있는 나뭇가지들이 보였다.

저녁때가 되었을 때, 나는 떠다니는 먼지도 보일 만큼 밝은 햇살을 지나고, 불그스레하게 빛나는 황금빛 들판을 지나 기분 좋은 느린 걸음으로 집까지 되돌아 걸어갔다. 다 자란 암소의 피로 가득한 울음소리가 허공으로 퍼졌다. 그때부터 자정까지는 길면서도 나른한 시간들이 이어졌다.

홀로 단풍나무나 보리수 밑에 앉아서, 또는 아는 누군가와 함께 앉아서 포도주를 앞에 놓고 더운 밤 내내 되는 대로 잡담이나 하면서 밤을 지새운다.

그러다가 멀리 어디에선가 천둥소리가 들리기 시작하고 바람소리가 놀란 듯 소슬거리며 일어나면 공기 속에서 느리면서도 환희에 젖은 듯한 빗방울들이 무겁지만 부드럽게 떨어진다. 그것들은 소리도 들리지 않게 먼지 속으로 사라진다.

나는 어느 때보다도 기분이 좋았다. 말없이 들판과 초원을 지나고 어슬렁거리며 호밀밭을 지나 마른풀과 높이 자란 독미나리들 사이를 뚫고 걸어갔다. 아름답고 따사로운 경치 속에서 움직이지도 않고 누운 채로, 조용히 숨을 쉬면서 알을 품고 있는 한 마리 뱀처럼 은밀한 시간을 즐기고 있었다.

그때 들려온 여름의 음향! 그 소리를 듣고 있으면 기분이 좋으면서도 서글퍼졌다. 자정이 넘어서까지 줄기차게 지속되는 매미의 울음소리. 나는 그 여름의 음향을 너무나 사랑했다. 그것을 듣고 있노라면 마치 바다를 바라보는 듯이 나 자신을 완전히 잊을 수 있었다.

파도처럼 물결치는 이삭들이 내는 풍만한 소슬거림. 멀리 떨어져 있지만 계속 숨어 있는 나직한 천둥소리. 저녁이 되면 들려오는 모기들이 윙윙대는 소리. 멀리까지 부르르 떨리며 깊은 인상을 주는 낫의 소리. 밤이 되면 부풀어 오르는 따스한 바람과 갑자기 무지막지하게 쏟아져 내리는 소나기 소리.

이 짧으면서도 기세등등했던 몇 주 동안에 만물은 더욱 열정적으로 피어나고 호흡했다. 생명의 향기를 더욱 깊게 발산했고 더욱 뜨겁게 타올랐다. 너무나도 풍성한 보리수나무들에서 풍겨 오는 향기가 부드러운 안개처럼 골짜기 전체를 가득 메웠다. 피곤한 듯 무르익은 밀 이삭들 곁에는 화려한 색깔의 들꽃들이 탐욕스러운 듯이 생명을 이어가면서 뽐내고 있었다. 밀 이삭들은 순간을 재촉하면서, 무성하게 번식해 나가면서 뜨겁게 타올랐다. 그러나 그렇게 자라 버린 밀 이삭들에 낫의 손길도 일찍 가해질 것이다.

오래된 나무에 대한 탄식

10여 년 전, 낯설고 반갑지 않았던 전쟁이 끝난 후부터 나는 다른 이들과 모든 교제를 끊은 것이나 다름없었다. 그러니까 나는 사람들과 지속적으로 신뢰를 쌓아 나가는 만남을 더 이상 갖지 않은 것이다. 물론 나에게는 여러 친구들이 있기는 했지만 그들과는 축제 같은 때나 만났을 뿐, 일상적으로 만남을 주고받지는 않았다. 이따금씩 서로를 방문하기는 했지만 나는 지속적으로 다른 사람들과 일상을 나누는 생활 습관을 버린 것이다.

나는 혼자 살고 있다. 그래서 사람들을 만나는 대신에 작은 사물들과 일상적인 교류를 나눈다. 산책을 나갈 때 가지고 가는 지팡이, 우유를 마실 때 쓰는 찻잔, 책상 위에 놓여 있는 꽃병, 과일이 담긴 그릇, 재떨이, 녹색 갓을 쓴 책상 전등, 인도에서 가져온 청동으로 만든 크리슈나 신상, 벽 위에 걸린 그림들, 이런 작은 물건들이 나와 친분을 나누는 것들이다. 그중에서 가장 좋은 것을 말하자면 나의 작은 아파트의 벽을 가득 채우고 있는 많은 책들이다.

책꽂이의 책들은 내가 일어나고 다시 잠이 들 때까지, 식사를 할 때나 일을 할 때, 날씨가 좋을 때나 궂을 때나 항상 나와 함께 있어 준다. 마치 친숙한 얼굴들을 마주 대한 것처럼 고향집에 있는 듯한 기분 좋은 환상을 불러일으킨다.

친숙한 물건들에는 책 말고 다른 것들도 많다. 내가 보고 만지는 것들이 전부 그렇다. 그들은 말없이 나를 도와준다. 그들의 침묵 어린 언어는 나에게 없어서는 안 되는 것처럼 사랑스럽게 보인다. 만약 이 물건들 가운데 하나라도 나를 떠나거나 내게서 멀어진다면 나는 어떻게 될까. 만약 오래된 그릇이 깨진다면, 꽃병 하나가 바닥으로 떨어진다면, 주머니칼을 잃어버린다면, 그것은 나에게 큰 상실감을 줄 것이다. 그제야 나는 잠시 마음을 가다듬고 그 사물들과 작별을 고한 후 뒤에서나마 그것들의 이름을 부르지 않을 수 없을 것이다.

내가 일하는 서재는 벽이 약간 기울어져 있다. 바닥에 깔린 황금빛 카펫은 색이 바랬고 낡았으며, 천장의 회반죽은 여기저기가 깨졌다. 하지만 그곳은 나의 친구이자 동료들이 있는 멋진 방이다. 만약 내게서 그 방을 빼앗아 간다면 나는 어찌할 바를 모를 것이다.

그 방에서 진짜 멋진 것은, 작은 베란다로 통해 있는 입구이다. 그곳에서 내다보면 루가노 호수뿐만 아니라 해안과 산, 마을까지 보인다. 10여 개가 넘는 멀고 가까운 마을들이 산 마메테[1] 마을까지 이어져 있다. 나는 그 베란다에서 마법에 걸린 듯 오래되고 조용한 정원을 내려다보는 것을 가장 좋아한다. 그 정원에는 오래된 나무들이 바람이 불거나 비가 내릴 때에도 흔들거리면서 대견스럽게 서 있다. 좁고 가파른 내리막으로 되어 있는 정원 테라스에는 아름답고 키 큰 종려나무들과 풍성한 동백나무들, 그리고 석남꽃과 목련꽃들이 피어 있다. 주목朱木, 잎이 빨간 너도밤나무, 인도산 수양버들, 키가 큰 상록수인 여름목련들도 자라고 있다.

내 방에서 바라본 정원 테라스와 덤불, 그리고 나무들이 있는 그 광경들은 내가 앉아 있는 방과 그 안에 있는 물건들보다도 더 내 삶에 가까이 닿아 있다. 그것들이야말로 내 진정한 친구이며 이웃이다. 나는 그들과 더불어 살아가고 있으며 그들은 나를 지탱해 주는 믿을 만한 존재이다.

내가 정원 위로 애정 어린 눈길을 보내면, 그것들은 나를 단지 황홀한 눈길을 보내는 이방인쯤으로 대하지 않는다. 정원은 나에게 수없이 많은 것들을 준다. 지난 수년 동안 밤낮으로, 매 시간, 모든 계절과 모든 날씨를 불문하고 정원이 나와 친숙하고 친밀해졌기 때문이다.

그곳에서 자라는 모든 나무들의 잎사귀들과 그들이 꽃피고 열매 맺는 모습은 물론, 태어나 자라고 소멸해 가는 모든 과정도 나는 이미 잘 알고 있었다. 그 모든 것들이 내 친구였고 나는 그 모든 것들의 비밀을 알고 있었다. 오직 나만이 알고 있었고 다른 누구도 알지 못했다. 그 나무들 가운데 한 그루라도 잃는다면 나는 친구 한 명을 잃는 것과 다름없다.

나는 그림을 그리거나 글을 쓰다가도, 혹은 깊은 생각을 하거나 책을 읽다가도, 일이 잘 풀리지 않거나 피곤해질 때면 발코니에 나가 나를 올려다보는 나무들을 바라보면서 기분 전환을 했다.

봄이 되면 정원은 동백꽃들로 불타오르듯이 붉어진다. 여름이면 종려나무들이 활짝 피고, 푸른색의 등나무 줄기들은 나무 꼭대기까지 기어오른다. 인도산 수양버들은 작고 이국적인 나무인데 크기가 작은데도 불구하고 아주 오래돼 보인다. 몇 년이 지나서야 비로소 잎사귀를 피우는 수양버들은 1년 중 절반쯤은 추워서 벌벌 떨고 있는 듯이 보이는데 8월 중순경이 되어야 비로소 꽃이 피기 시작한다.

하지만 이 모든 나무들 가운데 가장 아름다웠던 나무는 이제 그 자리에 없다. 며칠 전 폭풍이 몰아쳤을 때 부러지고 말았다. 부러진 나무가 땅에 그대로 누워 있는 것이 보인다. 무겁고 나이 많은 거목이 부러지고 찢겨 나간 둥치를 안고 쓰러져 있는 것이다. 그 나무가 서 있던 자리를 바라보니 그곳에는 커다랗고 넓은 구멍이 생겼다. 그 구멍 사이로 멀리 밤나무 숲과 지금까지는 보이지 않았던 오두막집 몇 채가 들여다보인다.

쓰러진 나무는 서양박태기나무였다. 일명 유다의 나무라고 하는데 구세주 예수를 배반했던 제자 유다가 목매 죽은 나무라는 전설에서 유래된 이름이다. 그러나 그 나무를 바라보고 있으면 이 당혹스러운 전설을 떠올리기는 쉽지 않다. 오히려 이 나무는 이 정원에서 가장 아름다운 나무였다. 처음부터 내가 이 아파트를 빌린 이유도 바로 이 나무 때문이었다.

나는 전쟁이 끝난 무렵에 이 지방에 왔는데, 그때 나는 혼자였고, 도피자의 심정이었다. 지금까지의 내 삶은 전쟁으로 인해 좌절한 상태였고, 나는 이곳에서 생각을 하고 글을 쓰면서 파괴된 세계를 나의 내면으로부터 다시 일으켜 세우고 싶었다. 그러기 위해서는 머물 곳이 필요했던 것이다.

그래서 나는 작은 집을 하나 구하기 위해 이곳저곳 둘러보았는데 지금 내가 살고 있는 이 집을 보았을 때 그럭저럭 마음에 드는 정도였다. 그러나 여주인이 나를 작은 베란다가 있는 이곳으로 데려간 순간 나는 이곳에서 살기로 결정했다. 거기에 서니 돌연 내 발치에 '클링조어'의 정원[2)]이 있는 것이 보였던 것이다.

정원 한가운데에는 분홍색으로 환하게 빛나는 꽃이 가득한 큰 나무 한 그루가 서 있었다. 나는 곧바로 그 나무 이름을 물어보았다. 아! 그것이 바로 저 유다의 나무였다.

그 나무는 이후로도 매년 수백만 개의 불그스레한 꽃들을 피웠다. 그 꽃들은 서양닥나무처럼 줄기 아주 가까이에 피었고 4주에서 6주 동안 만발한 후에는 연녹색의 잎사귀가 나왔다. 나중에 가서 그 연녹색의 잎사귀에 짙은 자줏빛이나 신비스러운 푸른빛의 완두콩 깍지들이 피어 매달렸다.

유다의 나무에 대해서 알아보려고 사전을 펼쳐 보아도 별다른 내용은 없다. 유다나 구세주 예수에 대해서는 한마디도 없다! 그 대신 이 나무는 콩과 식물에 속하며 라틴어 명칭은 체르치스 실리쿠아스트룸이라고 씌어 있다. 원산지는 남유럽이고 도처에서 관상용 관목으로 쓰인다고 한다. 또 그 나무는 '가짜 요한의 빵'이라고도 불린다. 도대체 어떻게 하다가 유다와 가짜 요한이라는 이름이 뒤섞이게 되었는지는 아무도 모를 일이다!

하지만 '관상용 관목'이라는 대목을 읽었을 때 나는 불행한 내 처지는 까맣게 잊고 웃음을 터트렸다. 그 거대한 나무가 관상용 관목이라니! 그 둥치는 너무도 굵었다. 내가 가장 건강하게 지내던 시절에도 내 몸집이 그 나무를 따라가지는 못했을 것이다. 그 나무는 정원의 깊은 땅 속에서부터 뻗기 시작해서 거의 내 방의 베란다 높이까지 자라 올라와 있다. 정말 화려한 나무였고, 그야말로 진짜 배의 돛대처럼 보였다! 나는 이 관상용 관목 아래에 서 있기를 좋아했었는데 최근에 몰아친 폭풍에 마치 오래된 등대처럼 갈라지고 무너져 내려 버렸다.

어쨌거나 이미 지난 시절은 그다지 찬사를 보낼 만한 게 못 되었다. 날씨가 갑자기 변해 버려 마치 병이 들고 죽음이 다가오는 것처럼 느껴졌다. 마침내 첫 가을비가 내리던 날에 나는 내 다정한 친구(나무가 아니라 사람이었다)를 무덤으로 보내야 했다. 그 후로는 서늘해진 저녁이나 비가 자주 내리는 날에는, 더 이상 예전과 같은 포근함을 느낄 수 없었다. 나는 이미 이곳을 다시 떠나야겠다는 마음을 굳히고 있었다.

가을 냄새가 났다. 죽음의 냄새, 시체를 담은 관과 무덤가의 화환들이 내뿜는 냄새였다.

어느 날 밤이었다. 한동안 북미 대륙과 대서양을 휩쓸던 허리케인이 늦은 여독을 풀며 거칠게 불어왔다. 포도밭들은 모두 망가졌고 굴뚝들은 꺾여 무너져 버렸다. 심지어 내 방 앞의 작은 석조 베란다마저 뭉개져 버렸고 마지막 순간에는 내가 사랑하는 유다 나무가 뿌리째 뽑혀 버렸다.

젊은 시절에 나는 하우프[3]나 호프만[4]의 낭만적이고 멋진 소설들 속에 나오는 무시무시하게 불어오는 열대의 폭풍을 얼마나 사랑했던가. 지금도 나는 그 장면이 생생하다. 그날의 폭풍이 그 소설 속의 장면과 꼭 같았다. 그처럼 막강하고 무시무시하고 난폭했다. 무겁고 뜨거운 바람은 목을 조여 누르는 것 같았다. 마치 사막에서 불어오는 것 같은 그 바람은 우리의 평화로운 골짜기에 북미 대륙의 미국인들이 좋아하는 못된 장난을 펼쳐 놓는 듯했다. 정말 지긋지긋한 밤이었다. 한숨도 잘 수 없었다. 마을 사람들도 어린아이들을 빼고는 누구도 밤새 눈을 붙일 수가 없었다.

아침이 되자 부서진 지붕 박공들과, 깨어진 유리창들, 줄기가 부러진 포도나무들이 곳곳에 쓰러져 있었다. 그러나 나에게 가장 가혹하고 끔찍한 모습으로 다가온 것은 바로 쓰러진 유다 나무의 처참한 모습이었다. 물론 그 앞에 좀 더 나이가 어린 유다 나무를 심기로 했지만, 그 나무가 앞서 그 자리에 당당하고 멋지게 서 있던 유다 나무의 절반 정도의 크기로 자랄 때쯤이면 이미 나는 이곳에 없을 것이다.

얼마 전 가을비 속에서 사랑하는 친구를 무덤에 묻고 그의 관이 차가운 구덩이 속으로 사라지는 것을 보았을 때, 나는 죽음이 그에게 위안이 되었으리라고 느꼈다. 그는 비로소 안식을 찾은 것이었다. 그는 때때로 자신에게 매정했던 이 세계로부터 떨어져 나갔으며 투쟁과 근심에서 벗어나 다른 해안으로 들어섰다. 하지만 죽은 유다의 나무에게는 이런 위안이 없었다. 오직 우리 같은 가련한 인간들만이 우리들 중 누군가 죽어 매장되면 스스로에게 보잘것없는 위안의 말을 건넬 뿐이다.

"이제, 잘된 거야. 차라리 그가 정말 부러워."

나는 유다의 나무에게는 그런 말을 할 수 없다. 그 나무는 정말로 죽고 싶지 않았을 테니까. 그 나무는 나이가 아주 많아질 때까지 해마다 수백만 개에 달하는 화려하고 찬란하게 빛나는 꽃들을 풍성하게 피웠었다. 나무에 열리는 녹색 열매들은 처음에는 갈색이었다가 다음에는 자주색으로 물들었다. 그 나무는 죽어 가는 사람을 바라보면서 그의 죽음을 부러워한 적이 한 번도 없었다. 그 나무는 우리 인간들을 별로 대수로이 여기지 않았을 것이다. 아마도 그 나무는 이미 유다가 살던 시대부터 우리 인간들에 대해 알고 있었을 테니까. 이제 그 나무의 거대한 시체가 정원 안에 누워 있다. 둥치가 부러지고 떨어져 내리면서 무수한 작고 어린 식물들이 깔려 죽게 만들었을 뿐이다.

---

1) 스위스 국경 지역에 위치한 호반에 있는 아름다운 마을.

2) 헤세는 여기서 자신의 소설《클링조어의 마지막 여름》에 등장하는 정원을 비유적으로 시사한 것으로 보인다.

3) Wilhelm Hauff(1802~1827):독일의 낭만주의 시인이자 소설가. 오늘날에는 동화 작가로 더 많이 알려져 있다. 주요 작품으로《하우프 동화집》이 있다.

4) Ernst T. Amadeus Hoffmann(1776~1822):독일 후기의 낭만파 소설가. 음악에도 뛰어난 재질이 있어서 음악 평론가이자 작곡가 겸 지휘자로도 활동했으며, 낮에는 베를린 대심원 판사로 공직公職에서 일하고, 밤에는 술집에서 지내면서 시인들과 더불어 문학이나 음악에 대해 이야기하고 작품을 쓰는 이중생활을 했다. 그의 작품들은 특히 괴기하고 환상적이거나 기지와 풍자를 담은 것들이 많다.《악마의 묘약》,《수코양이 무르의 인생관》 등의 작품이 있다.

대립

여름이 한창이다. 몇 주일 전부터 이미 커다란 여름목련 나무가 내 방 창문 앞에 활짝 꽃핀 채 서 있다. 그 나무는 남쪽 지방의 여름을 상징한다. 언뜻 보기에는 느긋하고 무관심하고 굼뜬 것처럼 보이지만, 실제로는 다급하면서도 마치 흥청거리듯이 풍성한 꽃을 피워 낸다. 눈처럼 하얗고 거대한 꽃받침 가운데는 많아야 여덟 개 내지는 열 개밖에 안 되는 꽃잎이 동시에 피어난다.

나무는 두 달가량 일정한 크기의 꽃을 피워 낸다. 그런데 이 탐스럽고 커다란 꽃잎들은 너무나도 덧없이 지고 만다. 어떤 꽃송이도 이틀 이상은 살지 못한다. 꽃들은 대개 이른 아침에 연녹색의 꽃봉오리로부터 피어나는데 그것은 아주 순수한 백색이다. 꽃잎은 마치 마법 속에서 나타난 듯이 비현실적으로 하늘거리며 하늘을 받치는 거대한 아틀라스의 하얀 기둥처럼 빛을 반사한다. 그리고 어둡게 반짝거리는 강인한 상록수 잎사귀들 곁에서 하루 동안 젊음을 간직한 채 반짝거리며 흔들린다. 그런 다음에 꽃잎은 색이 바래기 시작한다. 가장자리가 노랗게 변하면서 형체를 잃어 가고 피로에 지쳐 굴복한다는 시적인 표현이 어울릴 만큼 늙어 가기 시작하는 것이다.

이 모든 노쇠 현상이 일어나는 데 겨우 하루밖에 걸리지 않는다. 하얀 꽃송이는 이미 색이 바래 연한 계피 색으로 변했다. 어제만 해도 아틀라스 기둥처럼 단단했던 것들이 오늘은 마치 섬세하고 부드러운 천연 가죽처럼 힘없이 늘어진다.

목련나무는 꿈처럼 경이로웠다. 숨결처럼 부드러우면서도, 단단하고 실한 모습이었다. 그렇게 나의 거대한 여름목련나무는 매일같이 눈처럼 순수한 꽃잎을 피우며 늘 같은 모습으로 서 있었다. 꽃잎에서 나는 섬세하고도 자극적이며 진귀한 향기. 그것이 내 서재로 불어올 때면 레몬 냄새가 떠올랐다.

거대한 여름목련나무는 그토록 아름답기는 해도 항상 나의 다정한 친구는 아니었다. 어떤 때에는 근심 어린 생각을 하면서, 사실은 적대감을 가지고 그 나무를 바라보고는 했다. 그 나무는 자라고 또 자랐는데 나와 이웃으로 지냈던 10년 동안 너무도 무성하게 뻗어 나갔다. 그래서 봄가을의 몇 달 동안은 얼마 안 되는 아침 햇빛이 그 나무에 가려 내 방의 베란다에는 들어오지도 못한 채 그냥 지나가 버리고는 하였다. 그 나무는 거인처럼 자랐다. 어떤 때 보면 굉장한 양의 수액을 흘리면서 하늘 높은 줄 모르고 자라나는 것 같았는데 그럴 때에는 마치 강인한 힘으로 빠르게 위를 향해 나가면서도 어딘가 모르게 흐느적거리는 젊은이처럼 보인다. 그러다가 한여름이 되어 꽃이 피는 시절이 되면 그 나무는 화려함으로 가득 찬 근엄한 모습을 띠다가도 때론 한없이 부드러운 모습으로 서 있다. 바람 속에서도 변함없이 빛나면서 사각사각 소리를 내고, 나뭇잎들은 마치 니스 칠을 한 것처럼 반짝거린다. 그러면서도 너무나도 연약한 꽃잎을 보호하려고 애쓴다.

커다랗고 투명한 꽃잎들을 피워 내는 이 거대한 나무 건너편에는 다른 나무가 서 있다. 그 나무는 마치 난쟁이처럼 왜소한 나무인데 나의 작은 베란다에 놓인 화분에 심어져 있다. 이 둥그스레한 난쟁이나무의 이름은 실측백나무다. 키는 채 1미터도 안 되는데 이미 수령은 4년 정도 되었고, 작은 마디가 불거져 있는 자의식이 강한 난쟁이다. 위엄으로 가득 차 있으면서도 마치 기인처럼 웃음을 자아내는 자극적인 모습이 조금은 감동적이고 조금은 우스꽝스럽다.

이 나무는 최근에 생일 선물로 받아 베란다에 세워 놓은 것인데, 개성이 참 강해서 가지들은 마치 수십 년 동안 폭풍우에 시달린 것 같은 마디를 가지고 있지만 사실 그 길이는 겨우 손가락만하다. 난쟁이나무는 건너편에 서 있는 그의 거대한 형제를 관심 없다는 표정으로 건너다보고 있다. 그 거대한 나무에 매달린 꽃잎들 두 개만 합쳐도 이 품위 있는 난쟁이나무를 덮어 버리기에 충분할 것이다. 하지만 여름목련나무는 난쟁이나무에게 어떤 자극도 주지 못한다. 오히려 실측백나무는 여름목련나무에게 시선도 주지 않는다. 큰 키에 포동포동 살이 쪄 잎사귀 한 장으로도 난쟁이나무 전체를 덮을 만큼 큰 거인나무인데도 말이다. 난쟁이나무는 작은 기념비처럼, 깊은 생각에 잠긴 듯이, 혹은 자신 내면의 세계로 들어간 듯이 특이한 모습으로 서 있을 뿐이다. 그 나무는 나이를 아주 많이 먹은 나무처럼 보인다. 인간 세계에서도 난쟁이들은 종종 형용할 수 없을 만큼 나이가 많거나, 혹은 시간의 영향을 받지 않는 것처럼 보이듯이 말이다.

몇 주 전부터 우리를 지배하고 있는 뜨거운 여름 햇살 때문에 나는 덧문을 닫아 놓은 채 작은 방 안에 갇혀 살고 있다. 그 거인나무와 난쟁이나무만이 나와 교감하는 생명체이다.

거대한 목련나무는 나에게는 성장하는 것, 충동적이면서 자연스러운 모든 생명을 상징한다. 또한 걱정 근심 없고 여유로운 풍요로움을 상징하며 나를 유혹하는 소리로 여겨진다.

침묵을 지키는 난쟁이나무는 정반대이다. 그다지 많은 공간을 차지하지도 않는 그 나무는 무언가 낭비하는 법도 없다. 그것은 자연이 아니라 정신이며 충동이 아니라 의지이다. 사랑스러운 작은 난쟁이나무여, 깊은 생각에 잠겨 있는 네 모습은 참으로 경이롭구나! 창조의 모습을 간직한 너는 참으로 강인한 모습으로 그곳에 서 있구나!

건강하고 씩씩하며 낙천적인 것, 모든 심각한 문제들도 웃으면서 대할 줄 아는 자세, 비난의 말은 거부하며, 순간을 즐기면서 얻는 생명력. 이 모든 것들은 우리가 사는 시대가 내세우는 슬로건이다. 이런 식으로 이 시대는 세계 대전에 대한 부담스러운 기억을 허위虛僞 속에 잊어버리려고 한다. 마치 아무런 문제가 없는 듯이 과장되게 행동하고, 지극히 미국적인 것을 따라한다. 살찐 아기처럼, 분장한 배우처럼 일부러 과장되고 어리석게 굴면서 믿기 어려울 정도로 행복해하고 환하게 웃는다. 영어로 '스마일링smiling'이라고 하던가. 그런 낙관주의가 팽배하다. 환하게 빛나는 꽃잎들로 매일 새로운 치장을 하고 새로운 영화배우의 사진들을 걸고, 신기록을 나타내는 숫자들을 보며 즐거워한다.

위대해 보이는 이 모든 것들은 곧 사라질 것들이다. 모든 그림들과 기록적인 숫자들은 단지 하루살이 같은 것일 뿐이다. 하지만 이것에 의문을 제기하는 사람은 없다. 끊임없이 새로운 것들이 나타나기 때문이다. 과대평가 되어 있는 낙관주의. 그것은 전쟁과 비참함, 죽음과 고통을 사람들이 그저 환상으로 떠올리는 것으로 치부할 뿐이다. 그러면서 어떤 근심이나 문제 따위는 알려고 들지도 않는다.

미국식 모형을 본떠 지나치게 비대해진 낙관주의 때문에

우리들 정신 역시 과장되고 억눌리고 자극받는다. 그리하여 한쪽에서는 이러한 사태를 또한 지나치게 비판적으로 바라보며, 적대감을 가지고서 분홍빛 순수한 어린아이 같은 세계를 거부하려고 한다. 이런 사고방식은 시류를 따르는 철학자들의 저서나 잡지들에서 찾아볼 수 있다.

나의 이웃인 두 그루의 나무. 경이로울 정도로 생명력이 넘치는 목련나무와 외형을 불리는 것을 거부하고 순수한 정신으로 남은 난쟁이나무 사이에 앉아서, 나는 두 개의 대립물이 벌이는 유희를 관찰하며 생각에 잠기기도 하고 더운 날에는 약간 졸기도 하면서 시간을 보낸다. 담배를 피우면서 저녁이 되어 서늘해진 공기가 숲에서 불어오기를 기다리기도 한다.

도처에서, 내가 행동하고 읽고 생각하는 것 안에서, 오늘날의 세계가 겪는 것과 똑같은 분열이 내게도 부딪쳐 온다.

매일같이 몇 통의 편지를 받는다. 모르는 사람들에게서 온 편지들도 많다. 대부분은 선한 의도를 가지고 좋은 마음으로 쓴 것들이다. 그 편지에는 내 의견에 동의하는 것들도 있고 이따금 불평을 토해 내는 것들도 있다. 모두가 같은 문제들을 드러내고 있는데 그것은 하나같이 거칠고 다듬어지지 않는 낙관주의를 가지고 있다는 것이다. 그래서 비관주의자인 나를 대놓고 질책하거나 비웃거나 불쌍히 여기곤 한다. 때로 그들은 내가 궁핍과 절망으로부터 벗어날 수 있도록 현실을 과장하거나 환상적으로 볼 수 있는 권리를 주기도 한다.

물론 목련나무와 난쟁이 분재는 낙관주의자와 비관주의자로서의 권리 모두를 가지고 있다. 다만 나는 전자를 좀 더 위험하다고 여긴다. 그 나무가 지나치리만큼 만족스럽고 포만한 미소를 짓는 것을 볼 때마다 1914년의 일과 누구나 건강하다고 여겼던 낙관주의가 떠오르기 때문이다.

그 당시에 모든 독일 국민들은 낙관주의를 토대로 모든 것은 훌륭하고 황홀하다고 생각했다. 그래서 전쟁을 일으켰으며, 전쟁이란 원래 매우 위험하고 폭력적인 사업이라고 말하는 사람들, 전쟁은 아마도 독일 측에 우울함만 안겨 주고 말 거라고 말하는 모든 비관주의자들을 벽에다 세워 놓고 위협했었다. 그렇게 비관주의자들은 조롱을 당하기도 하고 골목 끝까지 몰리기도 했다.

낙관주의자들은 소위 위대한 시대를 축하하면서 환성을 질렀다. 정말로 몇 년 동안은 전쟁에서 승리했으며 그들과 온 국민이 지쳐 쓰러질 때까지 환호성을 지르며 기뻐했고 힘겨운 승리를 계속해 갔다. 그러다가 돌연 무너지고 말았다. 그리하여 그들은 이제 옛날 그들이 비난했던 비관주의자들이 건네는 위로를 받아야 했다. 계속 살아 나갈 수 있도록 그들에게서 용기를 얻어야만 했다.

나는 그때의 그 경험을 결코 잊을 수 없다. 우리 같은 정신적인 비관주의자들도 우리가 살고 있는 시대에 대해 그저 불평만 하고 나쁘게 평가하거나 비웃기만 할 권리는 없다. 하지만 결국, 우리 같은 정신적인 사람들(사람들은 우리들을 오늘날의 낭만주의자들이라고 부른다. 그리고 그 말이 물론 우호적인 뜻을 담고 있지는 않다)도 이 시대의 한 구성원이 아닌가. 그러므로 우리들도 우리의 이름으로 말할 권리가 있지 않은가. 트로피를 받은 권투 선수나 자동차 생산 업자처럼 우리도 이 시대의 한 부분을 만들어 갈 당당한 권리를 가지고 있지 않은가. 뻔뻔스러울지 모르지만 나는 이 질문에 긍정적으로 대답한다.

그 두 그루의 나무는 놀라울 만치 대립한 채 서 있다. 그러나 자연의 모든 사물들처럼 정작 대립 자체에 대해서는 개의치 않는다. 둘 다 자기 자신과 자기가 지닌 권리를 확신하고 있다. 둘 다 강인하고 질기다. 목련나무는 끈끈한 수액을 넘치도록 만들어 내고 풍성한 꽃잎들은 후텁지근한 향기를 뿜어낸다. 그리고 난쟁이 분재는 자기 자신 속으로 더욱 깊이 침잠한다.

여름에서 가을로 가는 길목

이번 여름의 대부분은 궂은 날씨와, 아픈 몸, 그리고 이런 저런 일들 때문에 언짢게 지나가고 말았다. 그러나 여름과 가을 사이의 이 시기는 다르다. 절정으로 치닫던 무더운 여름밤이 막바지에 이르고 첫 번째 과꽃이 피어나는 이 시기에 나는 내 모든 숨구멍을 통해서 자연의 기운을 빨아들인다.

이때가 나에게는 1년 중 가장 마음이 충만한 때이다. 겨울이나 봄이 되어 이 여름 막바지 무렵을 생각하면 정말 아름답고 숭고하면서도 덧없는 영상들이 머릿속에 떠오른다. 풍만하게 활짝 핀 장미꽃들의 모습, 꽃들이 가지에 매달려 무겁게 고개를 숙인 모습, 달콤한 향기에 취한 내 모습 같은 것들 말이다.

복숭아꽃의 모습도 떠오른다. 자줏빛을 띤 잘 익은 복숭아를 적당한 순간에 줄기 받침대에서 따 낸다. 말하자면 특유의 단맛이 가득하게 잘 익어 삶에 대한 집착에서 벗어날 때, 바로 그 순간에 따는 것이다. 그때 복숭아는 더 이상 애쓰지 않고 망설임 없이 우리 손 안에 떨어진다.

사랑의 감정으로 삶의 절정기에 다다른 아름다운 여인의 영상도 떠오른다. 흐트러짐 없는 외모를 가진 그녀는 위엄 있고 성숙한 몸짓을 한다. 지성과 충만한 힘을 지닌 채 삶의 절정에 이른 모습이다. 마치 장미처럼 덧없는 우울한 숨결을 내뿜으면서 무언가에 고요히 굴복하는 모습 같기도 하다.

이런 날들은 기껏해야 9월 중순까지밖에 누릴 수 없다. 늦여름의 태양이 작열할 때면, 단단해진 잎사귀들 속에서 포도알은 푸른색으로 변하기 시작한다. 밤이 되면 내 서재에 켜 둔 등불 주위로 수천 마리의 작은 나비들이 보석처럼 반짝이며 날갯짓을 하고 흰무늬가 섞인 노랑나방들과 풍뎅이들은 윙윙 소리를 낸다. 아침이 되면 정원에는 흐릿하게 반짝이는 커다란 거미줄 사이에 맺힌 이슬방울들이 벌써 가을의 빛깔을 띠고 있다. 한 시간쯤 지나서야 땅과 식물의 세계는 침묵 속에서 밤새 빨아들인 열기를 수증기로 내뿜는다.

여름과 가을 사이에 맛볼 수 있는 이런 날들을 나는 어린 시절부터 무척이나 사랑했다. 이 시기가 되면 자연의 부드러운 소리들을 모두 받아들일 수 있는 감수성으로 다시 충만해지기 시작한다. 온갖 색채들이 작열하는 이 짧은 세계에 대한 호기심이 인다. 그래서 나는 사소하게 벌어지는 하찮은 일들에 까지도 모두 사냥하듯이 귀를 기울이고 눈을 크게 뜬다. 일찍 시드는 포도 잎이 햇빛 속에서 몸을 돌리며 말려드는 모습도 볼 수 있고, 작은 황금빛을 띤 거미가 거미줄에 매달린 채 나무에서 살금살금 떨어져 내려오는 모습도 볼 수 있다. 햇빛을 가득 머금은 돌 위에 도마뱀이 솜털처럼 부드럽게 달라붙어 누워 쉬고 있다. 햇살을 만끽하려고 납작하게 몸을 붙인 모습이다. 장미 가지에 붉은색이 다 바랜 꽃잎이 매달려 하나하나 떨어지는 모습도 보인다. 이제는 짐에 불과한 그 꽃잎들이 소리 없이 떨어져 내리고 나면, 짐을 덜어 몸이 가벼워진 가지가 살짝 튕겨 오른다.

이 모든 것들이 다시금 매우 소중한 것으로 다가와 나에게 말을 건다. 내가 어린 소년이었을 때 느꼈던 것들이다. 오래 전에 사라져 간 수많은 여름날의 영상들이 내 안에서 다시금 생생하고 밝게 나타난다. 때로는 변덕스러운 내 기억 속에서 빛을 내며 숨을 쉰다. 나비 채를 들고 뛰어다니던 소년 시절, 양철로 만든 식물 채집통을 들고 부모님과 함께했던 산책길, 여동생의 밀짚모자 위에 꽂혀 있던 달구지 국화도 생각난다. 또 다리 위에 서서 산 속을 포효하면서 흘러내리던 강물 속을 내려다보면서 현기증을 느끼며 떠돌던 기억, 뾰족하게 솟은 바위 절벽 위 손 닿지 않는 곳에 피어 흔들거리던 돌패랭이꽃들, 이탈리아 식 시골 별장들 담장에 붙어 연한 분홍빛으로 피어 있던 협죽도 꽃, 독일 흑림 속 높은 야생의 초원 지대 위를 덮고 있던 푸른빛의 아지랑이, 보덴 호숫가에 이어진 정원 담장들, 감미롭게 찰랑이는 호수의 표면에 매달린 듯 이어져 있는 꽃들, 부서진 거울 같은 수면 위로 비치는 과꽃과 수국, 제라늄 꽃들.

기억 속의 영상들은 다양하다. 그러나 그 모든 영상들에 공통점이 있다. 뜨겁게 타오르는 한낮의 열기, 갖가지 꽃들이 피워 내는 향기, 정오의 느낌, 무언가에 대한 기다림, 복숭아의 부드러운 솜털, 삶에서 가장 아름다운 때를 보내고 있는 여인들이 약간은 의도하며 내뿜는 우울한 기운.

마을과 주변의 풍경을 지나쳐 가면, 이제는 작열하듯 피어 있는 니겔라 꽃들 사이로 농가들이 보인다. 정원 안에는 푸르고 붉은 자줏빛 과꽃들이 피어 있고 흐드러지게 피어 있는 복숭아꽃들 밑에는 붉고 감미로운 꽃잎들이 가득 떨어져 있다. 잎사귀들 위에는 벌써 초가을의 빛깔이 서려 금속처럼 어두운 청동빛이 희미하게 반짝인다. 아직 절반쯤 녹색 빛이 남아 있는 포도나무에는 첫 열매들이 파랗게 매달려 있다. 이미 많은 열매들은 짙은 푸른색을 띠고 있어서 호기심에 하나 따 먹어 보면 달콤한 맛이 난다. 숲 속 여기저기에는 청록색의 아카시아 나무가 시들어 떨어진 가지 위에 황금빛 작은 반점들이 어려 마치 호각의 신호처럼 밝고 순수한 여운을 띠고, 너도

밤나무들에서는 철 이르게 여기저기 녹색 가시가 달린 열매들이 떨어진다.

그 질긴 녹색 껍질은 가시가 돋쳐 까기가 힘들다. 가시들은 연해 보이지만 순간적으로 살 속으로 파고 들어온다. 작고 거친 그 열매는 자신의 생명이 위협받는 것을 완강하게 방어하는 것이다. 껍질을 까 보면, 절반쯤 익은 개암나무 열매처럼 견실하지만 맛은 그보다 훨씬 더 쓰다.

최근 며칠 동안 계속된 답답한 더위에도 나는 개의치 않고 종종 밖으로 나갔다. 이 아름다움이 얼마나 덧없고, 얼마나 빨리 이별을 재촉하는지 나는 알고 있었다. 이 달콤한 성숙함이 얼마나 갑작스럽게 시들어 변해 버리는지를 너무나 잘 아는 나는 이 늦여름의 아름다움을 보면 이기적이고 탐욕적이 된다. 늦여름의 모든 것을 보고, 모든 것을 느끼고, 모든 것의 냄새를 맡고 싶다. 모든 것으로 충만한 여름이 내 감각에 끼치는 모든 것을 맛보고 싶다.

갑작스러운 소유욕에 사로잡힌 나는 잠시 쉬는 것도 잊었다. 곧 닥칠 겨울날에도 이 여름의 모든 기억을 간직하고 나이가 들어서까지 잊지 않기를 원한다. 나는 다른 때에는 이다지 열정적으로 무엇을 가지고 싶어 한 적이 없다. 오히려 소유욕을 느낄 새도 없이 쉽게 벗어난다. 하지만 지금은 내가 비웃었던 것들을 꽉 붙들어 두고 싶은 욕망에 사로잡혀 괴롭다. 정원에서, 테라스 위에서, 탑 위의 풍신기 아래에서 나는 며칠 동안이나 몇 시간씩 꼼짝 않고 앉아 있다.

그러다가 나는 갑자기 부지런을 떨었다. 연필과 펜, 붓과 물감을 들고서 화려하게 피었다가 사라져 가는 이런저런 것들의 풍요로움을 내 곁에 남기려고 애쓰며 정원 계단 위에 서린 아침 그늘을 꼼꼼히 스케치한다. 굵은 참등나무의 뱀같이 뒤얽힌 덩굴과, 멀리 저녁 산들에 감도는 유리 빛 같은 색깔들을 그려내느라 애쓰고 있다. 그것들은 가는 숨결처럼, 귀한 보석들처럼 빛나고 있다.

피곤해진 나는 집으로 돌아온다. 정말이지 몹시도 피곤하다. 그날 저녁, 종일 모은 잎사귀들을 내 서류철 안에 넣는다. 그것을 보면, 그 모든 아름다움들로부터 내가 기록하고 보존할 수 있는 것이 얼마나 적은지 깨닫고 슬퍼진다.

이제야 저녁 식사를 한다. 약간 어스름한 방 안의 어둠 속에 앉아서 과일과 빵을 먹는다. 곧 나는 7시가 되기 전에 불을 켜야 할 것이다. 어떤 때는 좀 더 일찍 켜기도 한다. 이따금은 어둠과 안개, 추위와 겨울에 익숙해질 것이다. 그리고 세계가 한때는 그처럼 찬란하게 빛나고 완벽한 모습을 띤 적이 있었다는 것을 더 이상 기억하지 못할 것이다.

식사를 마치고 나는 생각을 돌리기 위해 약 10분 동안 책을 읽는다. 이 시간에는 특별히 고른 좋은 책만 읽는다. 방 안은 어두워지지만 밖에는 아직도 낮의 기운이 살아 있다. 나는 일어나서 정원 테라스로 나간다. 테라스에서 담쟁이덩굴이 뒤덮은 흙벽 너머로 카스타놀라, 간드리아 등을 바라본다. 살바토레 뒤쪽으로는 몬테게네로소 산이 불그스름한 빛을 내뿜고 있다. 저녁 무렵의 이 행복한 광경을 바라보는 데는 약 15분 정도 소요된다. 나는 등의자에 앉아 있다. 사지는 피곤하고, 눈도 마찬가지다. 그러나 싫증이 나거나 마지못한 기분이 들지는 않는다. 오히려 모든 감수성은 깨어나고 오로지 휴식을 즐기며 무념의 상태가 된다.

아직도 햇볕이 따스하게 비치는 정원 테라스 위에는 몇 송이의 꽃들이 마지막 저녁 빛 속에 피어 있다. 희미하게 빛나고 있는 잎사귀들은 서서히 졸음에 겨워 낮 시간과 작별을 고한다. 이국적이고 낯선 거대한 선인장이 서 있다. 황금빛 가시를 달고 뻣뻣하게 서 있는 모습이 마치 자신만을 위해 피어 있는 듯하다.

여자 친구가 선물해 준 그 동화 같은 식물은 나의 지붕 테라스에서 가장 영예로운 자리에 놓여 있다. 그리고 그 곁에서 산호층처럼 피어 있는 복숭아꽃들이 미소를 보낸다. 그것들은 자줏빛의 피튜니아 꽃의 꽃받침을 어둡게 가리고 있고, 패랭이꽃, 살갈퀴속, 과꽃, 산나리들은 이미 시들고 말았다. 꽃들은 몇 개의 화분과 상자들 속에 바투 심어져 있어서 잎이 거무스름해지면 더욱 격렬하게 빛을 발한다. 몇 분 동안이지만 그것들은 마치 대성당 안의 스테인드글라스처럼 훨훨 불타오른다.

그 후에 꽃들은 서서히 시들어 간다. 일생일대의 장렬한 죽음을 위해 매일 천천히 작은 죽음을 겪는 것이다. 빛은 서서히 사라져 간다. 어느새 초록빛은 검은색으로 변하고, 경쾌하던 붉은색과 노란색은 퇴색하여 밤새 죽어 간다. 종종 뒤늦게 나비가 꽃들에게 날아오는 일도 있다. 나비는 꿈꾸듯 날개를 파닥거리면서 열렬히 사랑을 갈구한다. 그러다가 곧 그 짧고 매혹적인 밤은 사라진다.

어둠 속 저 너머에 서 있는 산들이 돌연 무겁게 보인다. 아직 별 하나 보이지 않는 연녹색의 하늘에서 박쥐들이 날개를 퍼덕이며 나타났다가 번개처럼 사라진다. 발치에 보이는 골짜기 깊은 곳에 한 남자가 하얀 반소매 셔츠를 입고 풀이 무성한 들판으로 가서 풀을 베기 시작한다. 마을 변두리의 어느 시골 별장에서 약간 졸린 듯한 피아노 소리가 희미하게 들려온다.

나는 방으로 돌아와 불을 켠다. 날갯짓을 하는 거대한 그림자가 방 안으로 들어온다. 커다란 밤나방 한 마리도 나직한 날갯짓을 하며 불빛을 지나 녹색 유리 꽃받침을 향해 날아들더니, 밝은 불빛을 받으면서 유리 위에 내려앉는다. 나방은 길고 가는 날개를 접으면서 가는 솜털이 덮인 촉수를 부르르 떤다. 그 나방의 검고 작은 눈들은 젖은 역청 방울처럼 반짝거린다. 접은 날개 위에는 마치 대리석처럼 무수히 가지를 친 부드러운 무늬들이 서려 있다. 무늬에는 시들어 가는 잎사귀의 희미하고 불분명한 색도 서려 있는 듯하고, 갈색과 화색樺色을 비롯한 온갖 색들이 혼란스럽게 뒤섞여 있는 듯도 하다. 그리하여 나방의 날개는 융단같은 부드러운 색조를 띠는 것이다.

내가 만약 일본인이었다면, 그 색채들과 느낌들을 혼합하는 방법에 대해 선조들에게서 풍부하고 자세한 설명을 들을 수 있었을 것이다. 그랬다면 그 색조들에 이름을 붙일 수 있었을 텐데. 하지만 생각해 보니 그것은 그리 중요한 일은 아니다. 스케치를 하고, 그림을 그리고, 생각에 잠기고, 글을 쓰는 일도 사실 꽤 많은 일을 해내는 것이니까 말이다.

나방의 날개에 감도는 적갈색과 자주색, 그리고 회색. 거기에는 창조의 모든 비밀이 새겨져 있다. 온갖 마법과 저주, 그리고 수천의 얼굴을 가진 그 비밀은 우리를 바라보고 있다. 반짝 시선을 던졌지만 다시 꺼져 간다. 그것들 중 어느 것도 우리는 확실하게 잡아 둘 수 없다.

지나간 여름날의 빛

참 이상하면서도 대단하다. 너무도 아름답고 강렬하게 타오르던 여름마저 때가 되면 흘러가 버린다는 것은. 사람들이 벌벌 떨면서 갑작스런 추위에 어안이 벙벙해진 채 방 안에 틀어박히게 되는 순간이 찰나처럼 다가오는 것도. 그렇게 앉아서 밖에서 내리는 빗소리에 귀 기울이면 곧 희미하고 차갑고 빛이 없는 상태에 둘러싸이게 된다. 사람들도 그 사실을 금세 깨닫는다.

어제 저녁만 해도 우리 주위에는 다른 세계의 공기가 감돌고 있었다. 따스하고 불그스레한 빛이 부드러운 저녁의 구름 위로 흐느적거리고 들판과 포도밭 너머에서 깊고 웡웡거리는 여름 노래가 들려오고 있었다. 그러다가 문득 우리는, 무겹고 깊이 잠들었던 밤을 지내고, 잿빛의 색 바랜 한낮을 쳐다보며 놀라고 만다. 창문 앞의 잎사귀들 위로 끊임없이 내리는 차가운 빗줄기 소리를 들으며 이제 그 여름이 지나가 버린 것을 깨닫게 된다.

이제 가을이 되었고, 곧 겨울이 올 것이다. 새로운 시간, 새로운 삶이 시작되는 것이다. 방 안 스탠드 불빛에 의지해 책을 읽고, 때로는 음악을 들으면서 시간을 보내는 삶 말이다. 그런 삶 역시 아름답고 내면적인 힘을 지니고 있다. 다만 그런 식의 삶으로 옮겨 가는 것이 쉽지 않고 흥이 나지 않을 뿐이다. 추위에 떨며 슬픔에 젖고 내면에서는 그것을 거부하고픈 마음이 생겨나기 때문이다.

내 방은 갑자기 모든 게 변해 버렸다. 몇 달 동안 나는 그곳에서 휴식을 취하거나 작업을 할 때에는 바람이 통하도록 했었다. 방문과 창문을 활짝 열어 놓았고 그곳으로 바람과 나무들의 향기와 달빛이 들어왔었다. 이 방에서 나는 그저 손님일 뿐이었다. 휴식을 취하거나 독서를 하면서 보낼 뿐, 나의 진짜 생활은 방이 아닌 밖에서 이루어졌었다.

숲과 호수, 그리고 푸른 언덕 위에서 내 삶이 펼쳐졌다. 그림을 그렸고, 가벼운 옷차림에 얇은 무명 재킷을 걸쳐도 걱정이 없었고 셔츠를 풀어 놓은 채 산책하며 정처 없이 거닐곤 했었다.

그런데 이 방이 다시금 소중한 존재가 되었다. 돌아와야 할 고향, 혹은 피할 수 없는 감옥과 같은 장소가 된 것이다. 일단 계절이 바뀌고 난로에 불을 지피다 보면, 어느새 그 생활에 길들여져 다시 방 안에 갇혀 지내는 생활이 익숙해진다. 그것도 물론 아주 멋진 일이 될 수 있다. 그러나 처음에는 고생을 해야 한다. 나는 이 창가에서 저 창가로 어슬렁거리면서 구름에 싸여 감춰진 산들을 바라본다. 어젯밤만 해도 그 위로 여전히 밝은 달빛이 비치고 있었다. 차가운 빗방울이 나뭇잎들 속으로 떨어지는 것을 보면서 그 소리를 듣는다. 나는 추위에 떨면서 왔다 갔다 하다가도 내가 입고 있는 따뜻하고 멋진 옷들이 부담스럽게 느껴진다.

아아, 셔츠 바람으로 밤이 다 새도록 정원 테라스 위에서 누워 보내던 시간은 어디로 갔는가! 감미로운 바람결이 높이 나부끼는 숲 속 나무들 밑에 앉아서 보내던 시간은 어디로 흘러갔는가!

꽃들 속으로, 푸른 포도송이들 속으로, 빛바랜 숲 속으로 비가 내리고 있다. 나는 다락방으로 기어 올라가 석탄 난로를 찾는다. 이 볼품없지만 없어서는 안 될 작은 우상 앞에 쪼그리고 앉아 그것을 잘 손질해야 한다. 그래야만 난로는 따뜻한 불을 피워 나에게 온기를 줄 것이다. 작은 꽃병은 비어 있다. 아, 한때 그 안에 담겨 있던 꽃들은 얼마나 푸르렀고, 얼마나 화창한 여름날의 빛을 띠고 있었던가!

Häuser mit Sonnenblumen

가을의 숲

가을은 금세 찾아왔다! 금년에는 결코 끝나지 않을 것처럼 늦여름이 오래 지속되었다. 사람들은 매일같이 가을이 찾아올 조짐이 없는지 살폈다. 바람이 불기를 기다리고 안개가 피어오르기를 기다렸지만 매일매일 따사로운 황금빛 태양이 호수 골짜기 너머로부터 환하게 솟아올랐다. 태양은 매일매일 조금씩 늦게 솟아올랐다. 그러다가 여름의 태양은 더 이상 전과 같은 모습으로 솟아오르지 않았고 일출 지점은 멀리 코모 지역 근처로 이동해 가고 있었다. 사람들은 이 사실을 뒤늦게 알아차렸고 조급함을 버리려고 노력했다.

그래도 한낮에는 여전히 태양이 비치는 날들이 이어졌다. 아침의 강렬한 태양은 한낮이 되면 무섭게 타올랐다가 저녁에는 불그스레한 색조를 띠었다. 그리고 겨우 이틀 후에 아주 짧은 기후 변화가 있고 나서, 갑자기 가을이 찾아왔다. 지금도 한낮이 되면 햇볕이 따사롭고 저녁은 여전히 황금빛으로 물들지만 벌써 오래 전에 여름은 가 버렸다. 하늘의 공기 속에는 죽음과 이별의 냄새가 배어 있다.

나는 내일 이곳을 떠나 몇 달 동안 여행할 것이기에 작별을 고하면서 숲 속 이곳저곳을 거닐었다. 멀리서 바라보면 이 숲은 아직도 녹음을 짙게 드리우고 있지만 가까이 다가와 보면 이 숲도 나이가 들어 이제 죽음의 문턱에 있는 것을 알 수 있다.

밤나무 잎사귀들은 점점 더 누렇게 변해 바싹 메말라 바스락거린다. 숲 속의 축축하고 차가운 장소나 협곡에 있는 아카시아 나뭇잎들은 여전히 청색을 띠고 바람결에 노래를 부르고 있지만 거기에도 이미 시든 가지들이 도처에 줄지어 있다. 반짝거리던 현란한 금빛 잎사귀들도 조금만 입김을 불면 곧 바스라지고 만다.

무덤가에 있는 나무들도 하늘에 닿은 부분은 아직도 찬란히 빛나고 있지만 이미 발밑에는 시든 잎들이 쌓여 있다. 지난 봄 부활절이 되기 전에 나는 이곳에서 두 가지 색의 아르니카를 처음 보았었다. 야생 아네모네가 피어 있는 거대한 초원을 본 것도 이곳이다. 풀 냄새를 축축하게 풍기는 이곳은 그 당시에도 나무들이 싱싱함을 그득 머금고 있었으며 이끼에는 물방울들이 촉촉이 서려 있고 새싹이 피어나고 있었다. 물기를 가득 머금은 풀 냄새가 얼마나 싱그러웠고 이끼와 새싹들은 얼마나 아름다웠던가!

그런데 지금은 모든 것이 메말라 빳빳하게 죽어 있다. 시들어 굳어 버린 풀과 황량해진 나무딸기 줄기들. 바람이 일면 바싹 마른 모든 것들이 서로 거칠게 부딪쳐 소리를 낸다. 그런데 나무들에서는 여전히 휘파람 소리가 난다. 아마 일곱 명의 잠자는 사람들[1)]이 내는 소리일 것이다. 하지만 겨울이 되면 그들도 침묵을 지킬 것이다. 나는 코를 크게 벌리고 사라지는 여름으로부터, 무섭게 다가오는 가을로부터, 가능하면 많은 것들을 들이마시기 위해 노력한다.

아아, 어디선가 아직도 즐거움의 냄새가 난다. 축축하면서도 어딘지 무거운 냄새가 버섯 냄새를 떠올리게 한다. 여기서는 자주 맡을 수 없는 돌버섯 냄새다. 테셍[2)]의 주민들은 돌버섯을 매우 즐겨 먹기로 유명하다. (리소토에 넣은 돌버섯은 그 맛이 기막히게 좋다) 그들이 눈에 불을 켜고 찾아 나서기 때문에 쉽게 찾기 힘든 버섯인데 마침 그곳 주민을 한 명 만났다. 그는 마치 사냥꾼처럼 몸을 낮추고 여기저기를 살피더니 내 곁을 스쳐 숲 속으로 들어갔다. 그의 눈은 땅바닥을 예리하게 살피고 있었다. 손에는 홀쭉하고 가벼운 나뭇가지를 하나 들고

Cortivallo

돌버섯이 있을 것처럼 보이는 장소마다 메마른 잎사귀들을 헤치고 살폈다. 그러나 이곳에서도 그 사내는 머리가 굵고 단단한 돌버섯을 발견하지 못했다. 오히려 눈먼 내가 하나 발견했다. 오늘 저녁에 그것을 먹어야겠다.

내일이 되면 나는 이곳을 떠나 여행을 시작한다. 하지만 몇 달이 지나면 나는 다시 도시의 옷차림을 하고 있을 것이다. 깃을 세운 셔츠를 입고 넥타이를 매고 조끼를 입고 외투를 걸칠 것이다. 그런 옷차림으로 도시 안에서, 사람들 사이에서 겨울을 보낼 것이다. 레스토랑도 찾아가고 콘서트에도 가고 댄스홀에도 갈 것이다. 그곳에는 돌버섯도 없을 뿐더러, 여름이 되어도 붉고 푸른 아르니카 꽃도 피지 않을 것이다. 가을이 되어도 양치식물 하나도 살랑거리지 않을 것이다. 이제, 하나님의 가호를 빌 수밖에!

어제는 한 낯선 신사가 우리 집에 왔었다. 그는 내가 내년이면 쉰 살이 된다는 사실을 일깨워 주었다. 그러면서 나로 하여금 온갖 종류의 내 이야기를 하게 만들고 그것을 취재하기 위해서 나를 찾아왔다는 것이다. 내 50번째 생일을 축하하는 신문 기사를 쓰기 위해서 말이다.

이 신사가 나를 위해 그토록 수고스러운 일을 해 주니 그것이야말로 감동이지만, 나로서는 할 이야기가 전혀 없다, 라고 말해 주었다. 하지만 그가 이 기념할 만한 사실을 상기시켜 준 것만은 매우 감사했다. 마치 죽어 가는 사람에게 한 낯선 신사가 다가와, 그가 곧 세상을 떠나게 될 것임을 알려 주면서 가장 추천할 만한 좋은 관을 만드는 공장의 상품 카탈로그를 손에 쥐어 준 것처럼. 나는 그 낯선 남자를 돌려보냈지만 혀 위에 남은 불쾌한 맛은 가시지 않았다.

가을이 되었다. 건조한 냄새, 잿빛 머리카락의 냄새, 기념이 될 만한 일들의 냄새, 공동묘지의 냄새가 난다. 여기저기 아직도 작고 붉은 돌패랭이꽃들이 피어 있다. 그것들은 시든 풀들 사이로, 축축하게 고개를 숙이고 있지만 갈색의 나뭇잎들 뒤에서 죽어 가는 노래를 함께 부르지는 않는다. 그것들은 아직도 웃으면서 활활 타오르듯 피어 있으며 작고 붉은 깃발들을 휘날리고 있다. 첫서리가 내리면 비로소 그것들은 죽음을 맞게 된다.

너희들을 사랑한다, 작은 형제들이여. 너희들은 내 마음에 소중하다. 나는 너희들, 작게 불타오르듯 피어난 패랭이꽃들 가운데 한 송이를 따서 가져간다. 그것을 호주머니 속에 넣어 저 너머 다른 세계로 가져간다. 도시 속으로, 겨울 속으로, 문명 속으로.

---

1) 중세의 전설로, 박해를 피하여 200년간 동굴에서 잠을 잤다는 성자들을 말한다.

2) 스위스의 최남부에 위치한 주의 이름.

봄날

덤불 속에 이는 바람과 새의 휘파람 소리
드높은 하늘의 짙은 청색
고요하고, 당당히 떠가는 구름의 배…
나는 금발 머리의 여인을 꿈꾼다.
나의 청춘 시절을 꿈꾼다.
푸르고 광활한 저 높은 하늘은
내 향수의 요람,
그 안에서 나는 고요한 심정으로,
지극한 행복과 따사로움 속에
누워 나직이 중얼거린다.
어머니의 품안에
누운 어린아이처럼.

2부

유년 시절의 기억, 향수

유년 시절의 마법사

유년 시절에 나는 부모님과 선생님들의 품 안에서만 자라지는 않았다. 숭고하고 은밀하며 신비로운 힘들 또한 나를 키워 주었다. 자연에서 숨 쉬던 신 판Pan[1)]도 그 힘들 가운데 하나였다. 춤추는 신상의 모습을 하고 있던 그 인도 신은 할아버지의 서재 유리 책장 안에 들어 있었다.

이 신상과 함께 또 다른 신들이 나의 유년 시절을 보살펴 주었다. 내가 글을 읽고 쓸 줄 알게 되기 훨씬 이전부터, 내 머릿속은 태곳적부터 먼 동방의 나라들에 존재해 온 수많은 형상들을 떠올리는 생각들로 가득 차 있었다. 그리하여 훗날 어른이 되어 인도나 중국에서 온 현인들과 만날 때마다, 나는 마치 오랫동안 알고 지내 온 친구를 다시 만난 듯한, 혹은 고향으로 되돌아온 듯한 느낌이 드는 것이었다.

하지만 나는 유럽인이다. 게다가 내 별자리는 적극적인 성격을 띠고 있다는 궁수弓手 자리다. 별자리처럼 나는 오랜 세월 동안 격렬하면서도 강한 욕구를 느꼈고, 진정시킬 수 없는 호기심을 누르지 못하고 계속해서 그것들을 충족하려고 노력했다. 그런 정신은 유럽인들이 높게 평가하는 덕목이었고, 다행스럽게도 나는 학교에 들어가기 전에 이미 인생에서 빼놓을 수 없는 가장 값진 것이 무엇인지를 배웠다.

나는 사과나무와 비, 태양, 강과 숲, 꿀벌과 풍뎅이들에 대해서 배웠다. 숲 속을 다스리는 판 신에 대해서도 배웠고, 할아버지가 방에 간직하고 있는 수많은 보물들과 우상들에 대해서도 배웠다. 나는 세상에 대해서 이미 알고 있었다. 그리고 아무런 겁도 먹지 않고 동물들과도 친하게 지냈고, 하늘에 떠 있는 별들과도 다양한 감정을 나누고는 했다.

나는 과일이 열리는 정원에 대해서도, 물속에 사는 고기들에 대해서도 잘 알고 있었다. 또 가곡도 꽤 많이 부를 줄 알았으며 심지어 마술 부리는 법도 알고 있었다. 또 동화와 전설, 지혜로운 격언들도 많이 알고 있었다. 아쉽게도 얼마 안 가서 잊어버리고 말아, 훗날 나이가 많이 들어서 다시 배워야만 했지만.

어디 그뿐인가. 학교에서 배우는 것들도 나한테는 쉽고 재미있었다. 학교에서는 현명하게도 우리들에게 인생을 살아

가는 데 꼭 필요한 진지한 전문 지식을 가르치려고 애쓰기보다는, 주로 재미를 느낄 수 있는 멋진 오락 거리들을 가르쳐 주었다. 나는 그런 것들에 재미를 붙였으며, 학교에서 배운 어떤 것들은 평생 동안 나에게 알찬 도움이 되었다.

지금까지도 나는 그 당시 배웠던 기지 넘치는 멋진 라틴어 낱말들과 시구, 격언들을 많이 알고 있다. 심지어 이 세계의 수많은 도시들에 살고 있는 주민들의 수까지도 기억하고 있다. 물론 요즈음의 수치는 아니고 과거의 수치들이기는 하지만 말이다.

열세 살이 될 때까지도 나는 장차 내가 무엇이 될지, 그리고 어떤 직업을 택하기 위해서 공부하게 될지 한 번도 진지하게 생각해 본 적이 없었다. 다른 모든 소년들처럼 좋아하고 선망하는 직업이 몇 개 있기는 했다. 사냥꾼, 뗏목을 젓는 사람, 짐수레꾼, 줄 타는 광대, 북극 탐험가 등이 그것이었다. 그중에서도 가장 되고 싶었던 것은 마법사였다. 내면에서 일어나는 강한 충동을 느꼈기 때문이었다.

그 충동이란, 보통 사람들은 '현실'이라고 부르는 어른들의 세상에 대해 내가 이따금 반항하고 불만을 갖는 데서 나온 것이었다. 그 세상은 내가 보기에는 어른들끼리의 불합리한 협상에 의해서 지탱되는 어리석은 것에 지나지 않았다. 나는 일찍부터 이 세상을 얼마간은 불안하게, 얼마간은 조소적으로 거부하는 일에 익숙해져 있었으며 그런 현실에 마법을 걸어

Wendeltreppe zum Türmchen der Casa Camuzzi

그 불안하고 조소적인 세상을 숭고하게 만들고 싶은 불같은 열망을 가지고 있었다.

마법사가 되고 싶었던 내 유년 시절의 열망은, 어린아이다운 목표를 성취하려는 욕구로 표현되었다. 예를 들면 나는 겨울에도 사과나무가 자라게 하고 싶었고, 마법을 써서 내 지갑 속에 금과 은이 가득 차게 하고 싶었다. 또 주술을 걸어서 나를 괴롭히는 무리들의 몸을 꼼짝 못하도록 마비시키는 꿈도 꾸었다. 내가 용감무쌍하게 활약하여 승리를 거두고 황공하게도 왕으로 선포되는 꿈을 꾸기도 했다. 나는 어딘가에 숨겨진 보물을 찾아내고 싶었고, 죽은 사람들을 다시 살려 일으키고 싶었다. 다른 사람들 눈에 내가 전혀 보이지 않게 변신하고 싶기도 했다.

나는 온갖 마법의 힘을 가지고 싶은 열망에 사로잡혀 있었다. 특히 몸이 안 보이게 변신하는 기술은, 내가 정말로 터득하고 싶어 했고 마음속 깊이 바라고 바라던 것이었다. 그 소망은, 훗날 무수한 변화를 겪어 가는 동안 나를 줄곧 따라다녔다.

그런 이유로 훗날 내가 어른이 되어 문학가로서 활동하는 동안에도, 나는 이따금 내가 쓴 문학작품들 뒤로 숨곤 하였다. 본명을 쓰지 않고 의미가 풍부하면서도 유희적인 뉘앙스를 띤 필명을 써서 나 자신을 숨기려고 시도했다. 하지만 이상하게도 그 시도는 문학을 직업으로 삼은 다른 동료들한테서 종종 비난을 받고 불신을 샀다.

그렇지만 나의 온 생애는 다름 아닌 이런 마법의 힘을 가지고 싶은 열망으로 가득 차 있었다. 내가 소망하고 성취하고자 했던 마법의 힘은 세월이 가면서 함께 변해 갔다. 나는 서서히 외부 세계로부터 벗어나 나 자신 속으로 침잠해 들어갔고 더 이상 외부의 사물들을 변화시키려고 하지 않았다. 오히려 나 자신을 변화시키려고 했다.

나는 나이가 들면서 졸렬하게 사물을 마법의 가면 밑에 숨겨 보이지 않게 하는 기술 대신에, 많은 것을 알고 있는 자를 마법의 가면 밑에 숨겨 보이지 않게 하는 방법을 알기 원했다. 그 자신은 많은 것을 알고 있으면서도, 다른 사람들은 그것을 인식하지 못하는 그런 지혜로운 자 말이다. 그에 관한 이야기야말로 바로 내 삶을 온전히 드러내는 이야기이다.

어린 시절의 나는 활달하고 늘 행복해하는 소년이었다. 형형색색을 띤 아름다운 세계를 돌아다니며 즐겁게 놀면서 장난을 쳤고 어디에 있든지 마음이 편안했다. 동물들이나 식물들과 함께 있을 때도 그랬다. 나는 환상을 꿈꾸었고 많은 소망을 간직하고 있었다. 그래서 나는 내 힘과 능력이 뒤엉켜 있는 원시의 숲 속에 있는 것처럼 즐거웠다.

나는 불타는 소망들을 간직하고 있었는데, 그 때문에 몸이 쇠약해지기보다는 오히려 행복했다. 그 당시 나는 잘 알지도 못하면서 여러 가지 마술을 시도해 보았다. 하지만 훗날 어른이 되어 다시 해 보았을 때보다 그때 했던 마술이 훨씬 더 완벽했다.

나는 사람들에게서 쉽게 사랑을 받았고, 쉽게 다른 사람들에게 영향을 미치기도 했다. 어렵지 않게 지도자의 역할을 맡고는 했으며 어떤 때는 쉽게 구애를 받기도 했고, 어떤 때는 신비로운 자처럼 여겨지기도 했다. 나는 오랜 세월 동안 지니고 있었던 마법의 힘을 믿을 수 있게 하는 수단을 가지고 있었기 때문에 사람들은 나를 놀랍게 여기거나 두려워하기도 했다. 그들은 내가 자연 속의 정령들을 지배할 수 있다고 믿었으며 내가 보물과 왕관을 감추고 있으면서 그것을 마음대로 쓸 권한을 가지고 있다고 생각했다.

오랫동안 나는 천국에서 살았다. 나의 부모님은 일찍이 나에게 죄의 상징인 뱀의 존재를 가르쳐 주셨지만, 내 유년 시절의 꿈은 오래 지속되었으며 온 세계는 나의 것이었다. 모든 것들이 바로 지금, 멋진 유희의 대상으로 내 주위에 존재하고 있었다.

내 마음속에 불만이 생기거나 무엇을 바라는 마음이 솟구칠 때면, 그러니까 이 기쁨에 넘치는 세계가 잠시나마 내게 그늘지거나 절망적인 모습으로 보일 때면, 나는 대개는 그런 것들을 쉽게 떠났다. 그러고는 좀 더 자유롭고 저항이 없는 다른 환상의 세계로 들어가는 길을 찾았다. 그 세계에서 다시 나왔을 때 바깥 세계는 다시 새롭고 성스럽고 사랑스러운 모습으로 다가왔다. 오랫동안 나는 그런 식으로 천국에서 살다 돌아온 것이었다.

내 아버지 집의 조그만 정원 안에는 나무 격자로 만든 칸막이가 있었다. 그곳에다 나는 작은 토끼와 길들인 까마귀를 길렀다. 그곳에 한번 들어가면 나는 그 따스한 곳에서 내가 소유한 것들을 보며 기쁨에 취해서 몇 시간이고 시간 가는 줄 모르고 놀곤 했다. 그곳에서 내가 보내는 속세의 시간은 영원한 것으로 바뀌었다. 토끼들에게서는 생명의 냄새와 젖 냄새, 피와 출산의 냄새가 풍겼다. 까마귀의 검고 강인한 눈 속에는 영원한 삶의 등불이 비치고 있었다.

바로 그곳에서 나는 세상의 시간과는 다른 영원한 시간을 보내고는 했다. 밤새 타고 남은 촛불의 온기가 남아 있는 동안 나는 잠들어 있는 따스한 동물들 곁에서 시간을 보냈다. 어떤 때는 나 혼자였고 어떤 때는 친구와 함께할 때도 있었다. 우리들은 수많은 보물을 찾아 캐내는 계획을 함께 세우기도 하고, 만드라고라[2)]의 뿌리를 얻을 궁리를 하기도 했다. 또 나는 기사도 정신을 발휘해서 이 세계를 구원하기 위한 원정을 떠나기도 했다. 결국 강도들을 붙잡아 심판하고, 불행한 사람들을 구해 주며, 포로들을 해방시키고, 도둑의 소굴을 불태워 버리고, 배반자들을 십자가에 매달아 사형시키고, 변절한 신하들을 용서하고, 왕의 딸들을 아내로 얻고, 동물들이 하는 말을 이해하는 환상의 모험 여행을 즐기기도 했다.

할아버지의 널찍한 서재 안에는 엄청나게 크고 무거운 책이 한 권 있었다. 나는 종종 그 책을 뒤적거리면서 읽어 나갔다. 그 안에는 무궁무진한 것들이 들어 있었으며, 놀랄 만큼 멋진 오래된 그림들도 들어 있었다. 그런 것들은 내가 책을 펼치자마자, 혹은 책장을 몇 장 넘긴 후에 바로 나타났고, 마치 나를 그 세계로 초대하는 듯이 강하게 끌어당겼다. 그런데 어떤 때는 아무리 오랫동안 찾아도 보이지 않았다. 마치 마법에 걸린 듯이, 아니면 전혀 존재한 적조차 없었던 듯이 어디론가 사라져 버리고 없었다.

그 책에는 정말 재미있으면서도 영원히 이해할 수 없는 이야기가 하나 들어 있었다. 나는 그 이야기를 종종 되풀이해서 읽었다. 그 이야기도 늘 찾을 수 있는 것은 아니었다. 한 시간 정도 뒤적거리다가 찾으면 그래도 다행이었고, 어디론가 완전히 사라져 꼭꼭 숨어서 나타나지 않을 때가 더 많았다. 때때로 그 이야기는 본래의 자리에서 다른 데로 옮겨 가 있는 것처럼 여겨졌다. 어떤 때는 신기하면서도 다정하게 느껴져 거의 이해할 수 있을 것 같다가도, 또 어떤 때는 마치 어두운 다락방 문을 꼭꼭 잠그고 모습을 드러내지 않으려고 하다가 해가 지고 나면 그 문 뒤에서 가끔 나타나 킥킥거리기도 하고 한숨을 내쉬기도 하는 유령들의 소리처럼 들리기도 하였다. 그러다가 그 이야기는 또다시 신비로움 속으로 모습을 감춰 버리고 마는 것이었다.

그 모든 것들이 나에게는 너무나도 현실 같았으며, 또 마법으로 가득 차 있기도 했다. 현실과 마법은 서로 친숙하게 교감하고 있었다. 물론 양쪽 모두 나의 세계였다.

할아버지가 인도에서 돌아오실 때 가져오셔서 아끼시던 인도의 춤추는 신상神像도 그랬다. 그것은 할아버지의 보물 상자인 유리 책장 안에 들어 있었는데, 볼 때마다 다른 표정을 짓고 있었다. 그 신상이 추는 춤도 늘 같은 것이 아니었다.

그 신상은 어떤 때 보면, 멀고 낯설어 생소하기만 한 나라에서 우리가 이해할 수 없는 민족의 손으로 만들어져 숭배될 때처럼 어딘가 이상야릇하고 익살스러운 표정을 띠고 있었다. 그러다가 또 다른 때 바라보면 그것은 마치 마법사처럼 의미심장하면서도 뭐라고 말할 수 없이 섬뜩하고 무시무시했다. 희생 제물을 바라는 탐욕스러운 시선으로 나를 바라봤고, 불신으로 가득 찬 사악한 조소를 입가에 띠고 있었다. 그 신상은 마치 내가 그를 비웃도록 자극한 다음에 나에게 복수를 하려는 것 같았다.

그것은 노란 빛깔을 띤 구리로 만든 것이었다. 그런데도 눈빛을 마음대로 바꿀 수 있는 듯했다. 어떤 때는 곁눈질로 나를 바라보았으며, 또 어떤 때는 추하거나 아름답지도 않고, 사악하거나 선하지도 않고, 우스꽝스럽거나 무시무시한 표정을 짓지도 않은 채 그저 상징적인 모습으로만 존재했다. 마치 바위에 새겨진 고대 문자인 양, 이끼의 흔적인 양, 단순하고 오래된 모습만 간직하고 있을 뿐 아무것도 표현하지 않았다. 그럴 때 그 신상은 마치 조약돌 위에 새겨진 무슨 기호 같아 보이기도 했다. 그 신상의 형태와 얼굴 뒤에는 신이 존재하고 있었다. 무한한 존재가 군림하고 있는 것이었다. 어린 소년이었던 나는 신상의 이름이 무엇인지 몰랐지만 그래도 상관없이 한껏 그 신상을 숭배했다.

훗날 어른이 되었을 때, 나는 그 신상에게 시바 신, 비슈누 신, 생명의 신, 브라만, 아트만, 도道, 혹은 영원한 어머니라는 이름들을 붙여 주었다. 그 신상은 아버지이자 어머니였고, 여자이자 남자였으며, 태양이자 달이었다.

그 신상이 들어 있던 유리 책장 옆에는 또 다른 책장들이 서 있었다. 그것들도 모두 할아버지 소유였다. 그 책장들 안에도 다른 많은 신상들이 서 있거나 연장들, 사슬, 염주처럼 나무로 만들어 엮은 구슬 같은 것들이 놓여 있었다. 고대 인도의 문자가 씌어진 종려나무 잎으로 만든 두루마리도 있었고, 녹색이 감도는 납석蠟石으로 된 거북이 상도 놓여 있었다. 나무, 유리, 석영, 흙으로 만든 작은 신상들이 있는가 하면, 수놓은 비단과 면 식탁보, 노란 구리로 만든 술잔과 접시들도 들어 있었다.

그것들은 먼 인도나 양치식물과 종려나무로 가득한 해안이 있는 실론에서 가져온 것들이었다. 그 섬에는 노루처럼 부드러운 눈을 가진 스리랑카 사람들이 살고 있었다. 또 타이와 버마에서 가져온 것들도 있었는데, 모두 낯선 바다와 향료의 흔적을 담은 먼 이국의 냄새가 났으며 계피 향기와 자작나무 향기를 풍기는 것들도 있었다.

그것들은 모두 갈색이나 노란 피부를 가진 사람들의 손을 거쳐서 온 것이었다. 열대 지방의 비를 맞고 갠지스 강물에 몸을 담근 후 적도의 태양 아래서 건조되거나, 원시의 깊은 숲속 그늘에서 캐낸 것들이었다.

이 모든 물건들은 다름 아닌 나의 할아버지의 소유물이었다. 할아버지는 나이가 아주 많았으며 존경할 만한 분이었다. 위엄이 넘쳤고 얼굴 가득히 하얀 수염을 휘날리고 있었다. 그는 모든 것을 알았고, 아버지나 어머니보다 더 막강한 힘을 가지고 계셨다. 할아버지는 그 외에도 많은 물건들과 위력을 지니고 계셨다. 인도에서 가져온 신상들이나 오락 기구들도 모두 그의 소유였고, 어디 그뿐인가, 온갖 조각품들, 그림, 마법을 써서 만들어진 듯 신성해 보이는 물건들, 야자나무로 만든 술잔과 백단으로 만든 궤짝 그리고 그 모든 것들이 들어 있는 커다란 방과 서재도 그의 것이었다.

또 할아버지는 마법사처럼 신비로운 사람이면서 많은 것을 알고 있는 현자이기도 했다. 할아버지는 인도의 고대 팔리어나 산스크리트어를 쓰고 말할 줄 아셨으며, 카나리아 군도, 벵갈, 힌두스탄, 스리랑카의 노래도 부를 줄 아셨다. 또한 마호메트 교도들과 불교 신자들이 외우는 기도의 주문들도 이해하셨다.

할아버지는 기독교도로서 삼위일체의 신을 믿고 계셨지만, 수십 년 동안 무섭고 위험이 가득한 동양의 여러 나라들을 돌아다니셨다. 여행할 때에는 작은 보트나 소달구지를 타고 다니거나, 어떤 때는 말이나 당나귀를 타야 했다.

독일이라는 땅은 이 지구상에 있는 수많은 나라들과 넓은 땅의 아주 작은 일부분에 지나지 않는다는 사실을 할아버지만큼 잘 아는 사람은 아무도 없었다. 할아버지는 또 수천만 명의 사람들이 우리 기독교도들과는 다른 종교를 가지고 있고, 다른 풍습과 다른 언어를 가지고 있으며, 피부색도 다르고, 섬기는 신들도 다르다는 사실을 알고 계셨다. 그리고 그들이 미덕이라고 여기거나 죄악이라고 부르는 것들에 대해서 우리와는 다른 생각을 할 수도 있다는 사실도.

나는 할아버지를 사랑하고 존경했으며 두려워했다. 나는 그에게 모든 것을 기대했고 모든 것을 믿고 맡겼다. 할아버지와 할아버지가 가지고 계시는 신상이 마치 숲의 판 신처럼 우상의 모습으로 변장하며 나타나는 것을 보면서, 나는 끊임없이 무엇인가를 배웠다. 그분은 나의 어머니의 아버지였으므로 나에게는 외할아버지였다. 그의 얼굴은 하얀 수염에 덮여 있어서, 온갖 비밀들로 가득 찬 숲 뒤에 숨어서 살고 계시는 것처럼 느껴졌다. 할아버지의 두 눈에서는 세계의 슬픔이 흘러나왔고 쾌활한 지혜가 빛을 뿌렸다. 그는 고독한 지식에 대해서도 알고 계셨고, 상황에 따라 신의 짓궂은 장난이라고 불리는 운명을 이해했다.

수많은 나라에서 할아버지를 존경하는 사람들이 찾아왔다. 그럴 때면 할아버지는 그 사람들과 함께 영어, 프랑스어, 인도어, 이탈리아어, 말레이어를 써 가면서 자유자재로 이야기를 하셨다. 오랫동안 대화를 나누고 나면 그 사람들은 다시 흔적 없이 떠나갔다. 아마 그들은 할아버지의 친구들이거나, 혹은 여러 나라에서 파견된 대사들인지도 몰랐다. 아니면 그 사람들이 보낸 하인들이거나 그들에게서 임무를 받고 대신 온 사람들인지도 몰랐다.

어머니의 주위를 감돌고 있던 신비로운 분위기도 역시, 근원을 다 캘 수 없는 신비로움으로 가득 찬 외할아버지한테서 물려받았음을 나는 알았다. 그것은 태곳적의 신비를 담은 것이었다. 어머니도 외할아버지를 따라 오랫동안 인도에 가서 살다 오셨다. 그래서 말레이어와 카나리아 군도의 말을 하고 그 나라 말로 노래를 부를 줄도 알았다. 어머니는 나이가 많은 할아버지와 마치 마법처럼 낯설고 기이한 낱말들을 종종 주고받았다. 또 그런 나라들의 속어로 서로 대화하며 어머니도 할아버지처럼 이따금 그 이방인들이 짓는 미소를 짓곤 했다. 그것은 신비의 베일에 가린 듯한 지혜의 미소였다.

그러나 나의 아버지는 달랐다. 그는 혼자였다. 그는 인도에서 온 신상들의 세계에 속해 있지도 않았고, 외할아버지가 살고 있는 세계에 속해 있지도 않았다. 그렇다고 해서 일상적인 도시의 삶에 속해 있는 것도 아니었다. 아버지는 홀로 떨어져서 살고 있었다. 외로움에 고통스러워하면서도 무엇인가를 추구하며 지내고 있었다.

아버지는 학식이 있는 선량한 분이었다. 그릇된 일은 하지 않고 오로지 진리에 봉사하려는 열성으로 살았다. 그렇지만 그의 미소는 할아버지의 그것과는 거리가 멀었다. 명료하고 투명한 세계 속에서 살고 있었지만, 그렇기 때문에 어떤 비밀도 간직하고 있지 않았다.

아버지에게서 선량한 마음이 떠난 적은 한 번도 없었고, 분별력도 마찬가지였다. 그러나 그는 결코 할아버지가 머물고 있는 마법의 구름 속으로 사라지는 법이 없었다. 천진스럽고 신성한 어린아이의 세계 속으로 길을 잃고 빠져 들어간 적이 전혀 없었다. 아버지가 하는 유희는 이따금 슬픔처럼 보였다. 어떤 때는 섬세한 조소를 띠고 있는 듯이 느껴졌으며, 어떤 때는 묵묵히 자신 속에 침잠해 있는 가면 쓴 신처럼 보이기도 했다.

아버지가 어머니와 인도어로 이야기한 적은 없었다. 그는 영어를 사용하거나, 순수하고 멋있고 나직한 발트 해 연안 지방[3]의 악센트가 섞인 독일어로 또박또박 말했다. 나는 아버지가 쓰는 그 독일어를 배우면서 자랐고 그 언어를 습득했으며 그 언어로 교육을 받았다. 종종 나는 아버지를 보며 경탄했으며 분발해서 아버지를 따라가려고 노력했다. 하지만 나의 진짜 뿌리는 오히려 어머니 쪽의 검은 눈동자와 비밀 가득한 토양 속에 깊이 박혀 자라고 있음을 나는 느끼고 있었다. 어머니는 음악적인 소양이 많은 분이었으나, 아버지는 노래 한 곡도 제대로 부를 줄 몰랐다.

나는 누나들과 두 명의 형들도 있었다. 형들은 정말 멋졌고, 늘 나의 선망과 숭배의 대상이 되었다. 우리 집 주위로는 작은 도시가 둘러싸고 있었다. 오래되어 땅이 구불구불 기복이 진 도시였는데, 주위에는 숲이 울창하여 어쩐지 무섭고 어두컴컴한 산들이 있었다. 그 가운데로 완만하고 느릿느릿 흐르는 아름다운 강이 있었다.

나는 그 모든 것들을 사랑했고 그곳이 나의 고향이었다. 숲과 강바닥에서는 덤불들이 흙 속에 터를 잡고 자라고 있었다. 그 사이에 암석과 동굴들이 이어져 있고 새, 다람쥐, 여우 그리고 물고기들이 서로 어울려 사는 것을 나는 잘 알고 있었다. 모든 것들은 나의 세계에 속해 있었으며, 내가 가진 전부였다. 바로 나의 고향이었다.

그것 말고도 할아버지의 서재와 그 안에 놓인 유리 책장이 있었다. 그리고 모든 것을 알고 계신 듯한 할아버지의 얼굴에 떠오르는 선량한 미소도 있었다. 또 검은 눈을 지닌 어머니의 따스한 시선이 있었고, 거북이들과 신상들, 인도의 노래들과 격언들이 있었다. 이 모든 것들은 나에게 더 넓은 바깥 세상에 대해서, 나의 더 큰 고향에 관해서 말해 주었다. 그리고 태곳적의 근원과 더 큰 관계들에 대해서 이야기해 주곤 했다.

그리고 철사로 만들어 집안 높은 곳에 걸어 둔 작은 새장 속에는 우리의 재롱둥이 앵무새가 앉아 있었다. 회색과 붉은색이 섞인 늙은 그 앵무새는 영리했다. 마치 학자 같은 얼굴과 날카로운 부리를 하고서 노래도 하고 사람의 말도 곧잘 했다. 하지만 그 새는 정글의 언어로 속삭였으며 열대 지방의 냄새를 풍겼다. 그 새도 역시 먼 나라, 알 수 없는 먼 지방에서 여기까지 온 것이었다.

우리 집에서는 그렇게 수많은 세계들이 서로 만났고 지상의 수많은 지역들이 미소를 지으며 팔을 뻗쳐 서로 교류했다. 우리들은 크고 오래된 집에 살고 있었다. 집안에는 몇몇 텅 비어 있는 방들과 창고들이 있었고, 또 소리가 쿵쿵 울리는 커다란 복도도 있었다. 그것들은 돌 냄새와 차가운 냉기를 풍겼다. 끝도 없이 길게 뻗어 있는 것 같은 다락방 안에는 목재와 과일들이 가득 차 있었고, 여기저기 벌어진 틈새로 바람이 불었으며 어두운 공허감이 감돌고 있었다.

이 집안에는 수많은 세계에서 발산하는 빛들이 서로 교차하고 있었다. 우리는 집에서 기도를 하고 성서를 읽었다. 인도의 철학을 연구하고 실천하기도 했다. 좋은 음악이 많이 연주되었으며, 우리는 부처와 노자에 대해서도 알고 있었다. 집으로 수많은 나라의 손님들이 찾아왔다. 그들이 입은 옷에는 타국에서 전해지는 낯선 이방의 냄새가 묻어 있었다. 늘 가죽이나 모피로 만든 여행 가방들이 여기저기 놓여 있었고 외국어로 말하는 음성이 들려왔다.

이 집에는 가난한 사람들도 와서 함께 식사를 하고 잔치를 벌이곤 했다. 학문의 세계와 동화의 세계가 아주 밀접하게 공존하고 있었던 것이다. 우리 집에는 또 어떤 할머니 한 분도 함께 살았는데, 우리는 그녀를 잘 알지 못했고 조금 두려워했다. 그 할머니는 독일어라고는 한마디도 할 줄 모른 채, 늘 프랑스어로 씌어진 성서만 읽고 있었기 때문이다. 우리 집에는 다양한 삶의 모습이 있었지만 나는 그 안의 모든 장소를 다 이해할 수는 없었다.

이곳에서는 빛조차도 한 가지 색이 아니라 수많은 색채를 띠고 있었다. 한마디로 말해서 삶은 풍요롭고 무수한 소리들을 지니고 있었다. 그런 것들은 아름다워 보였고 내 마음에 쏙 들었다. 그러나 더 아름다운 것은 내 소망과 생각들이 담겨 있는 세계였다. 내 머릿속은 한낱 백일몽에 불과할지도 모르는 상상으로 늘 즐거운 것이 넘쳐났다. 현실만으로는 나의 호기심을 전부 채울 수 없었다.

나는 마법이 필요했다. 우리 식구들에게 마법은 익숙한 것이었다. 할아버지의 보물 상자들 외에도 어머니가 간직하고 있는 상자들이 있었는데 그 속에는 동양에서 만든 천과 옷가지, 갖가지 베일들이 가득 차 있었다. 인도의 신상들이 곁눈질 하듯 던지는 시선들도 마법과 같은 매력을 띠고 있었으며, 집안의 여러 낡은 방들과 계단 구석들도 비밀로 가득 찬 냄새를 풍겼다. 나의 내면의 많은 것들이 이 외부의 사물들과 일치했다. 오직 나 자신의 내면이 있었고, 오직 나만을 위해서 존재하는 사물들이 있었으며, 그것들은 서로 연결되어 있었다. 그것들만큼 비밀스럽게 일상의 현실에서 벗어난 것은 없었다. 그럼에도 그러한 것들이 나에게는 무엇보다도 더 현실적으로 다가왔다.

내가 앞서 말한 할아버지의 서재 안에 있던 그 커다란 책 속에 들어 있는 그림들이 그랬다. 그 속의 이야기들이 변덕스럽게 나타났다가는 곧바로 모습을 감춰 버리는 것도 나에게는 현실처럼 보였다. 나는 내 앞에서 사물들의 얼굴이 시시각각으로 변화하는 것을 주시하곤 했다.

어느 일요일 저녁에 바라봤던 집 안의 방문들과 정원 안의 정자와 길거리를 월요일 아침에 다시 바라보았을 때 얼마나 달라 보였던가. 벽시계와 예수 그리스도의 성화聖畫가 걸려 있던 거실, 그 안에 할아버지의 영혼이 머물고 있을 때와 아버지의 영혼이 지배할 때 서로 얼마나 다른 모습을 띠었던가. 또 나를 매혹시키던 낯선 이방의 정신이 더 이상 아무런 신호를 보내지 않을 때, 그리하여 나 자신의 정신만이 지배하고 있을 때는 얼마나 달라 보였던가. 반면에 내 영혼이 사물들과 유희를 하고 그것들에 새로운 이름과 의미들을 부여할 때면, 모든 것들이 또 얼마나 새로운 모습으로 변모했던가.

그럴 때는 익숙한 의자나 걸상, 난롯가의 그늘진 곳, 신문의 인쇄된 제목 등은 멋진 것이 되기도 하고 반대로 추하거나 악의에 찬 것으로 변할 수도 있었다. 그것들은 의미심장해지거나 천박해지기도 했으며, 향수를 불러일으키기도 했다. 혹은 수줍어하며 미소를 짓거나 슬픈 기색을 띠기도 했다. 한 가지 이미지를 고수하며 안정적으로 존재하는 것들이 얼마나 적었던가! 그곳에 있던 것들이 얼마나 많은 변화를 지속했으며 변신을 꿈꾸었던가! 그것들이 다시 태어나 새로운 형상을 가지려고 얼마나 노력했던가!

그러나 내가 보고 겪은 모든 마법 현상들 가운데서도, 가장 소중하고 가장 훌륭한 것은 바로 저 '작은 남자'였다. 내가 그를 언제 처음으로 보았는지는 잘 모르겠다. 나는 그가 가까이 있으며 나와 함께 이 세상에 나왔다고 믿고 있었다. 그 작은 남자는 아주 조그맣고 회색 그림자 같은 존재였다. 아마 난쟁이가 아니면 정령이거나 요정, 천사거나 마귀였다. 그는 이따금 나타나 내 앞으로 지나갔다. 나는 꿈속에서는 물론 깨어있을 때도 그를 따랐다. 아버지처럼 따를 때도 있었고 어머니처럼 따를 때도 있었다. 어떤 때는 그를 이성理性으로 간주하고 따랐다. 또 종종 두려운 존재로 여기기도 했다.

그 작은 남자가 일단 눈에 띄면 나는 오직 그만을 주시했다. 그러고는 그가 어디로 가든지 간에 따라다녔다. 그가 무슨 일을 하더라도 나는 따라서 하지 않을 수 없었다. 그는 내가 위험에 처할 때마다 나타났다. 사나운 개가 쫓아올 때도 나타나 주었고, 나보다 몸집이 큰 친구가 몹시 화가 난 채 나를 쫓아와 상황이 불리해질 때도 나타났다. 내가 가장 힘들어하는 순간에 그 작은 남자는 나보다 앞서 달려 나가 내가 갈 길을 보여 주고 나를 구해 주는 것이었다. 그 작은 남자가 정원의 담장 밑에 뚫려 있던 작은 구멍을 찾아 알려준 덕에, 다급했던 최후의 순간에 탈출한 적도 있었다.

그 남자는 내가 지금 무슨 일을 해야 하는지 알려 주며 먼저 그것을 해 보이기도 했다. 나보고 떨어지거나, 몸을 돌리거나, 도망가거나, 소리 지르거나, 침묵을 지키라고 미리 알려 주는 것이었다. 내가 막 무엇을 먹으려고 할 때 그 남자가 내 손에서 그것을 빼앗은 다음, 나를 어떤 장소로 이끌어 간 적도 있었는데 그곳에서 전에 잃어버렸던 물건을 다시 발견한 적도 있다.

그를 매일 볼 수도 있었지만, 그의 모습이 전혀 보이지 않은 때도 있었다. 그가 없을 때는 모든 것이 불분명했고 불확실해 보였으며 내 주위는 아무 일도 일어나지 않았고 그저 고요할 뿐이었다.

언젠가는 시장에 갔다가 그 작은 남자가 돌연 내 앞으로 달려가는 것을 발견하고는 뒤를 따라갔다. 그는 시장 안에 있는 거대한 분수대 위로 달려 올라갔다. 분수대에는 어른 키만

한 깊이의 돌로 만든 수조에서 네 개의 물줄기가 솟아오르고 있었다. 작은 남자는 마치 체조하듯이 그 수조의 석벽을 펄쩍 펄쩍 건너뛰어 난간 위까지 올라갔다. 나도 그의 뒤를 따라 성큼성큼 올라갔다. 그는 한번 민첩하게 몸을 날리더니 분수대의 깊은 물속으로 풍덩 뛰어들었다. 나도 따라 뛰어들었다. 달리 어쩔 수가 없었다.

그러나 그 순간 나는 하마터면 익사할 뻔했다. 다행히 누군가의 손에 구조되어 그곳에서 나올 수 있었다. 나를 구해 준 사람은 젊고 아름다운 이웃집 여자였다. 그때까지만 해도 나는 그 여자를 거의 알지 못했었는데, 내 생명을 구해준 인연으로 그녀와 아름다운 우정을 나누게 되었다. 우리는 서로 장난을 치는 가까운 사이로까지 발전했으며, 오랫동안 나는 그 때문에 행복했다.

언젠가 아버지가 나의 잘못을 꾸짖으려고 한 적이 있었다. 나는 아버지 앞에서 주저주저하면서 겨우 대답했고 어른들한테 나를 이해시키는 일이 너무나도 어려웠기 때문에 고통스러워하고 있었다. 나는 한참을 울었다. 아버지는 부드러운 목소리로 나를 혼냈다. 그러더니 마지막에는 내가 꾸중을 들은 그때를 잊지 말라고, 나에게 조그맣고 예쁜 휴대용 달력을 선물로 주는 것이었다.

나는 좀 수줍은 편인 데다가 아버지한테 꾸중을 들은 일 때문에 기분이 별로 좋지 않았다. 나는 곧장 강가로 뛰어가 다리 위를 건너갔다. 돌연 그 작은 남자가 내 앞을 달려 지나가는 것이 보였다. 다리 난간 위로 훌쩍 뛰어오른 그가 나에게 아버지가 준 선물을 강 속으로 내던져 버리라는 몸짓을 보내왔다. 나는 즉시 그렇게 했다. 작은 남자가 내 앞에 있을 때면 나는 전혀 의심하거나 주저하지 않았다. 오히려 그가 없을 때, 내가 곤경에 처해 있는데 그가 나타나 주지 않을 때, 나는 불안해져서 의심하고 주저했다.

하루는 부모님을 따라서 집 주변으로 산책을 나갔다. 그때 그 작은 남자가 나타나더니 왼쪽 길로 붙어 걸어갔다. 나는 그가 하는 대로 그의 뒤를 따라갔다. 아버지는 그런 나를 보고 아버지 쪽으로 건너와 함께 걸어가자고 몇 번이나 명령했다. 그런데도 작은 남자는 우리와 함께 가려 하지 않았다. 그는 고집을 부리면서 계속 왼쪽 길을 따라서 가는 것이었다. 나는 그때마다 즉각 그의 뒤를 따라가려고 길을 뛰어 건너가야만 했다.

아버지는 잔소리를 계속하다 결국 지쳐 버렸고 내 마음대로 가도록 내버려 두었다. 하지만 아버지는 기분이 상했는지 나중에 집으로 돌아왔을 때, 왜 아버지 말을 듣지 않고 굳이 다른 길로 가려고 고집을 피웠느냐고 물었다. 이럴 때 나는 매우 당황해한다. 정말로 곤경에 처한 느낌이 든다. 왜냐하면 그 누구에게도 작은 남자에 대해 한마디도 할 수 없었기 때문이다. 그것만큼 어려운 일은 없었다.

작은 남자의 존재를 폭로하고, 그의 이름을 부르고, 그에 대해 이야기하는 것보다 더 강하게 금기시되고 더 나쁜 일은 없었다. 그의 존재를 밝히는 것은 죄를 짓는 것이나 다름없었다. 나는 한 번도 그가 나타나 주기를 바라거나, 그를 부르거나 혹은 주문을 외워 그를 불러낸 적이 없다. 나는 그럴 능력이 없었다. 그가 스스로 나타나 주면 그것으로 좋았다. 그저 그의 뒤를 따라가기만 하면 되었다. 그가 나타나지 않으면 나는 마치 그라는 존재가 전혀 없는 것처럼 여겼다. 그 작은 남자는 이름도 없었다.

그런데도 그 남자가 일단 나타나면 나는 도저히 그를 따라가지 않을 수 없었다. 그를 따라가지 않는 것은 이 세상에선 불가능한 일이었다. 그가 어디로 가든 나는 그의 뒤를 따라갔다. 그가 물속으로 빠지면 나도 물속으로 빠졌고, 그가 불 속으로 뛰어들면 나도 그의 뒤를 따라 불 속으로 몸을 던졌다. 물론 그 작은 남자가 나에게 이걸 해라, 저걸 해라 하고 명령하거나 충고한 적은 없었다. 아니, 그는 그냥 자기 혼자서 이 일을 하거나 저 일을 했고, 나는 말없이 그가 하는 대로 따라 했을 뿐이다.

그가 하는 일이 무엇이든 간에 나는 그것을 따라 하지 않고는 배길 수가 없었다. 마치 내 그림자가 내가 움직이는 대로 따라 움직이듯이, 나는 그 남자의 행동을 따랐다. 어쩌면 나는 그 작은 남자의 그림자이거나 거울 속의 영상에 불과할지도 몰랐다. 아니면 그 남자가 바로 내 그림자이거나 거울 속의 내 모습일 수도 있었다. 그러니까 내가 작은 남자가 하는 대로 따라서 한다고 생각했던 일들은, 어쩌면 사실은 그보다 앞서서 이미 나 스스로 하고 있거나 혹은 그 남자와 내가 동시에 하고 있는 것인지도 몰랐다.

그가 늘 내 앞에 나타나준 것은 아니었다. 다만 그것이 유감일 뿐이었다. 그가 나타나 주지 않을 때면, 나는 어딘가 자신감이 떨어지고 왜 그 일을 해야 하는지에 대한 이유를 알 수가 없어 모든 것이 달라지고는 했다. 그럴 때 나는 한 걸음 한 걸음 내디딜 때마다, 계속 할 것인지 그냥 그만둘 것인지 주저했고 깊은 생각에 빠지고는 했다.

사실 그 무렵 내가 삶 속에서 내디뎠던 즐겁고 행복했던 발걸음들은, 다시 말해 진보는 깊이 생각해 보지 않고 내디뎠던 것들이었다. 자유의 왕국은 또 어찌 보면 착각의 왕국이기도 했으니까.

그 무렵 분수대 안에 빠졌던 나를 구해 준 명랑한 이웃집 여자와 나눴던 우정은 얼마나 멋있었던가! 그 여자는 젊고 예쁘고 활달했지만 아둔했다. 사랑스러웠지만 거의 천재적인 아둔함을 지니고 있었다. 그녀는 나를 보면 내가 즐겨 하는 도둑이나 마법사의 이야기를 들려달라고 졸랐는데 어떤 때는 내가 들려주는 말을 지나치게 다 믿는가 하면, 어떤 때는 거의 믿지 않았다. 그러면서도 그녀는 나를 저 먼 동양에서 온 현자들 가운데 한 사람으로 여겼다.

나는 그녀가 그렇게 생각하도록 기꺼이 내버려 두었다. 그녀는 나를 대단하게 여기며 경탄을 금치 못했다. 내가 무언가 재미있는 이야기를 들려주면, 그 속에 담긴 익살스러운 농담을 이해하기도 전에 벌써 큰 소리로 웃어 대는 것이었다. 그럴 때면 나는 그녀를 책망하면서 말했다.

"저기요, 안나 아줌마. 농담을 아직 이해도 못하면서 어떻게 웃을 수가 있죠? 그건 정말 어리석은 일이잖아요. 저한테는 무척 기분 상하는 일이고요. 아줌마가 제가 말한 농담을 이해했다면 웃을 수 있어요. 그 반대로 아줌마가 제 농담을 이해하지 못할 수도 있지요. 그럴 때는 억지로 웃으면서 제 말을 이해한 것처럼 행동할 필요가 없다고요."

그렇게 말해 줘도 그녀는 계속 "아니야!"라고 외쳤다.

"너는 내가 만난 사람 중에서 가장 영리한 꼬마야. 넌 정말 대단해. 아마 장래에 교수가 되거나 아니면 장관이나 의사가 될 거야. 너 아니? 웃는다고 비난할 것은 아무것도 없단다. 내가 웃는 것은 단지 네가 여기 있어 줘서 기쁘기 때문이야. 너는 진짜 재미있는 애야. 그럼 자, 이제 너의 농담을 좀 설명해 주렴!"

나는 귀찮지만 기꺼이 설명해 주었다. 그러면 그녀는 또 이것저것 캐묻는 것이었다. 그제야 그 농담을 정말로 이해한 그녀는 진심으로 제대로 웃어 댔다. 그녀의 웃음소리는 너무도 멋지고 매력적이어서 나 역시 곧 전염되어 웃지 않을 수 없었다. 우리는 얼마나 자주 함께 웃었던가! 그녀 때문에 나는 얼마나 버릇이 없어졌던가! 그녀는 나를 보고 얼마나 경탄해 마지않았으며 얼마나 나에게 매혹되었던가! 어떤 때는 발음하기 어려운 독일어 낱말을 그녀 앞에서 연습 삼아 읽기도 했다. 예를 들면 "비너 베셔 바셴 바이세 베셰"[4]라고 아주 빠르게 세 번이나 연이어 말하는 것이었다.

물론 안나 아줌마도 처음에는 내가 해 보라고 재촉하자 그 말을 그냥 따라 해 보려고 시도했다. 그러나 그녀는 먼저 웃음부터 터뜨리고는 세 마디도 제대로 따라 하지 못했다. 그러다가 곧 따라서 말할 생각이 없어졌는지, 어떤 문장이든 시작하자마자 곧바로 다시 웃음만 터뜨리고 마는 것이었다.

안나 아줌마는 정말 내가 아는 사람들 중에서 가장 재미있고 명랑한 사람이었다. 하지만 영리한 사내아이였던 나는 내 관점에서 그녀를 말할 수 없이 멍청하다고도 생각했다. 실제로 그녀는 우둔했지만 언제나 행복해했다.

나 역시 행복한 사람들을 이따금 은밀한 현자로 간주하고 싶은 마음을 가지고 있었다. 비록 그들이 어떤 때는 멍청해 보이더라도. 이 세상에 영리함보다 더 어리석고 더 불행한 것이 또 있을까!

몇 년이 흘러갔다. 그 사이에 나와 안나 아줌마와의 우정은 시들어 버렸다. 나는 이미 꽤 자라서 학교에 다니고 있었고 내가 영리하다는 사실을 더 잘 알게 되었으며 더 복잡하고 정교한 것들을 알고 싶은 욕망을 느끼고 있었다. 그리고 그런 나를 유혹해 영리함이라는 함정으로 이끌어 준 것은 그 작은 남자였다.

언제부턴가 나는 남녀의 성이 어떻게 구별되는지 궁금해졌다. 그리고 어떻게 어린 아기들이 생겨나는지 알고 싶어 미칠 지경이었다. 그런 의문은 점점 더 내 가슴을 태웠고 나를 괴롭혔다. 어느 날 그 고통이 너무도 심하고 내 머릿속을 뜨겁게 하는 바람에, 나는 만약에 이 수수께끼를 풀지 못하면 살고 싶지 않다고 생각할 정도였다.

수업이 끝나고 집으로 가는 길에, 나는 고민 가득한 얼굴을 한 채 야수처럼 거친 발걸음으로 시장을 지나갔다. 나는 불행하고 음울한 느낌에 사로잡혀 시선을 땅바닥에 떨어뜨리고 있었다. 그때였다. 갑자기 그 작은 남자가 나타난 것이다! 그가 내 앞에 나타나는 일은 예전보다 드물었는데, 벌써 오래 전부터 그 남자는 더 이상 나에게 관심을 보이지 않았다. 아니면 내가 그에 대한 관심이 사라졌던 건지도 모른다. 그런데 돌연 그의 모습을 다시 본 것이다. 작은 몸집의 그 남자가 내 앞의 땅 위를 번개처럼 빠르게 달려갔다. 그리고는 곧장 안나 아줌마네 집으로 뛰어 들어가 버렸다.

그 작은 남자는 금세 사라졌지만 나도 재빨리 그 남자의 뒤를 따라 그 집에 들어와 있었다. 그리고 왜 그가 그 집으로 들어갔는지 곧 이유를 알았다.

내가 돌연 방 안으로 뛰어들자 안나 아줌마가 소리를 질렀다. 그녀는 막 옷을 갈아입고 있던 중이었다. 그녀는 나를 놓아주지 않았고 나는 결국 내가 그토록 알고 싶어 안달했던 남녀 관계에 대한 모든 것, 내가 알아야 할 모든 것을 다 알게 되었다. 호기심 많은 꼬마에게는 궁금증을 푸는 것이 너무나 중요한 일이었다. 그리고 만약 내가 그때 성을 알기에는 너무 어린 나이가 아니었더라면, 아마도 나와 안나 아줌마는 연애하는 사이가 되었을지도 모른다. 이 명랑하면서도 우매한 아줌마는 대부분의 다른 어른들과는 달랐다. 그녀는 우둔했지만 그래도 언제나 자연스럽고 당당한 태도를 보였다. 그녀는 늘 현재 속에서 살았고, 거짓말을 하거나 당황하지 않았다.

대개의 어른들은 아이들의 호기심을 감추려고만 한다. 물론 예외가 있었다. 바로 어머니였다. 어머니는 생명력을 느끼게 해주는 존재이며, 수수께끼 같은 영향력을 미치는 분이었다. 또 아버지가 있었다. 아버지는 정의와 분별력을 가르쳐 주는 존재였다. 또 할아버지는 어떠했던가. 그는 보통 사람이 아니었다. 어딘가 비밀스러움이 느껴졌으나 활동적이셨으며, 미소를 짓고, 늘 무언가 충만해 있는 분이었다.

그러나 대부분의 어른들은 달랐다. 존경을 받기도 하고 두려움을 사기도 했지만, 그들은 점토로 만든 신상들과 비슷했다. 그 어른들이 어린아이들과 이야기를 하고 있을 때, 그들의 말투와 표정은 서투른 연극배우처럼 얼마나 우스꽝스러운가! 그들의 음성, 그들이 짓는 미소는 얼마나 거짓되어 보이던가! 그들은 자신들을 얼마나 대단하게 여기는가! 또 자기들이 성취한 것들, 자기들이 벌이고 있는 사업을 얼마나 소중하게 여기는가! 그들은 또 얼마나 자신들을 과장하며 진지하다고 여기는가! 그들이 길을 건너갈 때의 모습을 한번 바라보라. 그들이 들고 가는 도구들, 그들의 서류철, 팔에 꼭 낀 책들을.

그들은 얼마나 인정받고, 인사 받고 존경받기를 고대하는가!

일요일이 되면 부모님을 방문하려는 사람들이 이따금씩 우리 집으로 찾아왔다. 머리에 실크 중절모자를 쓴 남자들이었는데 그들은 뻣뻣하고 윤나는 가죽 장갑 속에 어색하게 손을 끼우고 짐짓 중요한 일이 있는 듯한 표정을 짓고 있었다. 마치 품위로 가득 차 있는 사람이라는 듯이. 그들은 말 그대로 순전히 품위를 지키느라 긴장해 있는 변호사, 판사, 목사, 교사, 시의 과장이나 감독관들이었다. 같이 온 그들의 아내들 또한 어딘지 겁먹어서 위축된 듯이 보였다.

방문객들은 모두 어색하게 의자에 앉아 있었다. 무슨 일을 하든 간에 그들이 필요했지만 그들 역시 모든 일에 누군가의 도움을 받아야 했다. 집 안으로 들어설 때, 모자와 외투를 벗어 걸 때, 자리에 앉을 때, 묻고 대답할 때, 그리고 떠나갈 때까지도. 그들은 이 세계를 당연하게 받아들이고 있었다. 그러나 그 세계를 진지하게 받아들이라는 그들의 요구를 나는 별 고민 없이 거부하곤 했다. 왜냐하면 나의 부모님도 그 세계에 속하지 않았을 뿐더러 오히려 거기 속해 있는 사람들을 우스꽝스럽게 여겼기 때문이었다.

물론 연극을 하지 않는 어른들도 있었고, 장갑을 끼지 않고 오는 사람들도 있었다. 하지만 어른들은 대체로 내가 보기에는 매우 이상야릇하고 우스꽝스러울 뿐이었다. 그들은 자신들이 하는 일을 얼마나 중요하게 생각했던가. 그들은 자기들이 손에 들고 사용하는 도구는 물론, 자기들이 몸담고 있는 관직 따위를 얼마나 소중하게 생각했는지 모른다. 마치 자기 자신들이 대단하고 성스러운 존재인 양.

마차를 끄는 사람이나 경찰관 혹은 도로 포장공이 대낮에 사람들이 왕래하는 거리를 딱 가로막고 있으면, 그것은 마치 신성한 일이라도 되는 듯이 보였다. 그래서 일반인들이 그곳을 일부러 비켜 가거나, 그들이 하는 일을 도와주는 것을 아주 당연한 일로 여겼다.

그러나 어른들은 어린아이들이 하는 일이나 놀이 따위는 하찮은 것으로 여기곤 했다. 그래서 늘 그런 것들은 한쪽으로 밀어젖히거나 당장 치우라고 소리치곤 했다. 하지만 과연 어린아이들이 하는 일이 어른들이 하는 일보다 올바르지 못하며 좋지도 않고 중요하지도 않을까? 오오, 아니다. 그 반대이다. 그렇지만 어른들은 막강한 존재였다.

그들은 명령하고 지배하려 했다. 그러면서도 알고 보면 그들도 아이들처럼 똑같이 그들만의 놀이를 가지고 있었다. 그들은 화재 진압 연습을 했고, 전쟁놀이를 했으며, 무슨 협회 모임이나 술집에 드나들곤 했다. 그런데도 짐짓 그 모든 것들이 어린아이들의 놀이보다 소중하고 유익한 듯이 행동하는 것이었다. 마치 어른이라면 그렇게 행동하는 것이 당연한 것이라는 듯이. 따라서 그보다 더 멋있고 성스러운 일은 없다는 듯이.

물론 그런 어른들 가운데는 머리가 좋고 수완 있는 사람들도 있었다. 인정한다. 교사들 가운데도 그런 사람들이 있었다. 하지만, 이 소위 '대단한' 사람들도 모두 얼마 전까지는 어린아이들이었다. 그런데도 어린아이란 어떠한 존재이고, 어떻게 살고 있으며, 무슨 일을 하고, 무슨 놀이를 하며, 무슨 생각을 하며 지내는지 기억하고 있는 어른들은 별로 없다. 어린아이들이 무엇을 좋아하고 싫어하는지 하나라도 기억해 주는 어른이 거의 없다는 사실이야말로 너무도 이상하고 의문 나는 일이 아니던가?

아이들의 세계를 알고 있는 어른들은 극히 드물었다! 아이들에게 적대적이고 추하게 굴며, 그들을 쫓아내 버리거나, 눈을 흘기면서 적의에 찬 눈으로 바라보는 어른들. 꼭 폭군이나 세련되지 못한 시골뜨기들만 그러는 것은 아니었다. 사실, 대부분의 어른들은 어린아이들에 대해서 두려움마저 가지고 있는 것처럼 보였다.

다른 어른들, 그러니까 호의적이고 이따금 몸을 낮춰 어린아이들과 담소하기를 즐겨 하는 사람들조차 대개는 무엇이 소중한 것인지를 알지 못했다. 그들은 우리 어린아이들과 사귀려고 할 때면 거의 모두 매우 힘들어했다. 그리고 당황한 나머지 자신들의 본바탕을 우리 아이들한테 맞춰 낮게 하려고 애쓰는 것이었다. 그러나 그들이 관심을 보이는 것은 어린아이들이 가지고 있는 본연의 모습이 아니었다. 어른들 자신이 지어낸 어리석은 풍자만화 속에 존재하는 아이들의 모습이었다.

이러한 어른들은 거의 모두가 우리와 다른 세계 속에서 살고 있었다. 그들은 우리 어린아이들과는 다른 종류의 공기를 마시며 숨 쉬고 있었다. 그들은 오히려 어린아이들보다 영리하지 못한 때가 많았다. 어른들은 그들이 이상야릇하고 비밀스런 위력을 지니고 있다는 것 말고는 종종 우리 아이들보다 더 나을 것이 없었다.

그래, 어른들은 우리들보다 강했다. 우리가 기꺼이 그들에게 순종하려 들지 않으면 우리에게 자신들의 생각을 강요하고 때리기도 했다. 하지만 그런 것으로 어른들이 진짜 우월해질 수 있을까? 차라리 황소나 코끼리가 어른들보다 훨씬 더 힘이 세지 않은가?

그러나 어른들은 권력을 가지고 있었다. 그들은 명령을 내렸고, 그들이 지키는 세계와 관습은 마치 올바른 것인 양 간주되었다. 그런데도 내가 보기에 참으로 이상한 일들이 있었다. 몇 번인가 반복되자 끔찍하기조차 했다. 그처럼 대단해 보이는데도 마치 우리 어린이들을 질시하는 듯이 눈을 흘겨보는 어른들이 많았던 것이다.

이따금 어른들은 그런 심정을 아주 솔직하고 순수하게 표현했다. 그들은 한숨을 내쉬며 이렇게 말했다.

"그래, 너희 어린애들은 아직은 행복하지!"

그 말이 거짓이 아니기를 바랐다. 그리고 그 말이 거짓이 아니라는 건 그렇게 말하는 어른들의 말투에서 느낄 수 있었다. 어른들, 그러니까 권력 있는 사람들, 품위 있는 사람들, 명령을 내리면 우리가 복종하고 경의를 표해야 하는 사람들, 그런 사람들도 꼭 우리 어린아이들보다 행복하지는 않은 셈이었다.

내가 어렸을 때 배운 적이 있는 어느 음악 책에는 괜찮은 노래가 하나 실려 있었다. 그 노래에는 다음과 같은 멋진 후렴이 딸려 있었다.

"오 행복하구나, 오 행복하구나, 아직도 어린아이여서!"

이것은 하나의 비밀이었다. 그러니까 말하자면, 우리 어린아이한테는 어른들에게는 없는 무엇인가가 있었던 것이다. 어른들은 우리들보다 키가 크고 힘이 세었지만, 어찌 보면 우리들보다 더 가난했다! 물론 우리는 종종 어른들의 크고 기다란 몸집과 그들이 지닌 위엄을 부러워했고, 또 겉보기에 그들에게서 내비치는 자유롭고 당당한 자세와 그들의 수염과 그들이 입고 있는 멋진 옷을 부러워하기도 했다. 그렇지만 어른들도 우리 꼬마들을 부러워했으며, 심지어 이따금 노래 속에서조차 그런 심정을 표현하고 있었던 것이다.

그 모든 것들에도 불구하고 한동안 나는 행복했었다. 이 세상의 많은 것들을 나는 그저 나만이 가진 다른 눈으로 보고 싶었고 학교 안에도 그런 것들은 많았다. 어쨌거나 나는 행복했다.

사실 여러 측면에서 보면, 나는 확신을 가지고 있는 것이 있었다. 그것은 다름 아니라 사람은 자기 기분 내키는 대로 이 지상을 마음대로 휘젓고 다닐 수는 없다는 것이었다. 그리고 또 많은 시행착오를 거쳐 비로소 확인된 것을 가질 때만 참된 행복이 주어진다는 사실이었다. 그것은 내가 매우 아름답고 감동적이라고 느꼈던 많은 격언들이나 시구들 속에도 들어 있는 말이었다.

가족들조차 번거롭게 느껴지는 많은 일들이 일어나도 나는 대체로 그다지 초조해하지 않았다. 그래서 기분이 나빠질 때도, 혹은 몸이 아프거나 이루지 못할 소망을 가지고 있을 때도 신에게로 도피하는 일은 거의 없었다. 부모님과 다투었거나 내가 그들에게 반항할 때도 마찬가지였다.

나는 나를 다시 밝은 곳으로 이끌어 줄 다른 샛길을 택했다. 평상시에 하던 놀이들, 그러니까 장난감 기차를 가지고 노는 일이나 장사꾼 놀이가 지루해지거나 동화책도 되풀이해서 읽어 재미가 없어지면, 내 머릿속에는 곧바로 아주 멋진 새로운 놀이들이 떠올랐다. 또 밤에 침대에 누워 눈을 감고 있으면 내 앞에 수많은 색채들이 원을 그리면서 마치 동화 속의 그림들처럼 나타나는 것이었다.

그때 내가 느꼈던 말할 수 없는 행복감과 신비로움이란! 이따금 홀연히 떠오르는 그것들은 얼마나 새로운 느낌을 주곤 했던가! 이 세계가 새롭고 신비한 약속으로 가득 차 있는 것처럼 느껴졌다.

초등학교 시절은 나에게 큰 영향을 주지는 못했다. 하지만 그 시기에 나는 신뢰와 정직함이 우리들에게 해를 끼칠 수 있음을 체험했다. 몇 명의 무관심하고 무책임한 교사들 밑에서 배우는 동안 나는 부득이하게 거짓말을 꾸며 대고는 했다. 그러면서 나는 은밀히 내 생각을 고집하여 밀고 나가는 법을 배웠다. 그러나 나에게도 예외가 없이 어린 시절에 꽃피운 꽃잎들이 서서히 시들어 갔다. 그리고 나는 서서히, 물론 예감하지 못한 채 어른들이 부르던 삶의 그릇된 노래들을 배워 나갔다. 소위 '현실'이라는 것에, 어른들이 만든 규칙 밑에 나 자신을 굽히는 법을 배웠다. 그리고 '이제 있는 그대로의' 세계를 바라보고 그것에 적응하는 법도 익혀 갔다.

"오 행복하구나, 아직도 어린아이여서!"

나는 왜 어른들의 노래 책에 그런 구절이 있는지 오래 전부터 알고 있었다. 그리고 나 또한 아직도 어린아이로 머물러 있는 사람들을 부러워하게 될 그런 시간들이 내 앞에 기다리고 있었다.

열두 살 되던 해에 나는 학교에서 그리스어를 배울지 말지 결정해야 했다. 나는 주저 없이 그리스어를 선택하겠다고 말했다. 시간이 흘러감에 따라 우리 아버지처럼, 그리고 가능하면 할아버지처럼 박식하게 되는 것이 나한테는 피할 수 없는 목표로 보였던 것이다. 그러나 그 어려운 고전어를 선택한 날부터 나에게 삶의 계획표가 주어졌다. 집에서는 나보고 대학에 가서 장차 목사나 어문학자가 되라고 했다. 그렇게 하면 장학금을 탈 수 있기 때문이었다. 할아버지도 예전에 그 길을 택하셨던 것이다.

언뜻 보기에 그것은 그리 나쁜 길이 아니었다. 다만 나에게 주어진 미래가 너무나 갑작스러웠다. 그리고 내가 갈 길에 하나의 길잡이가 서 있었다. 이제는 매일같이, 그리고 매달 지정된 목표들을 향해서 점점 나아가는 일만 남아 있었다. 모든 것이 한 방향을 가리키고 있었다. 비록 그때까지 내가 해 왔던 모든 일들이 의미가 없는 것은 아니었지만, 그것들은 목적도 없고 미래도 없는 일상의 놀이들일 뿐이었다.

나는 현재에만 머물러 있는 그런 것들로부터 멀어져 가고 있었다. 어른들의 삶이 나를 덫에 치이게 했다. 처음에는 겨우 머리카락 하나, 손가락 하나 정도만 붙들었으나, 이내 나를 완전히 낚아채어 확고하게 붙들 것이었다.

목표를 향해 가는 삶, 수치를 따라가는 삶, 질서와 관직이 있는 삶, 직업과 시험들로 점철된 삶…….

얼마 안 있으면 나에게도 시간의 종이 울릴 것이다. 나도 곧 대학생이 되고, 대학 졸업 시험을 앞두게 될 것이다. 그런 다음에 목사나 교수가 될 것이다. 실크 중절모자를 머리에 쓰고 가죽 장갑을 끼고 사람들을 만나게 될 것이다. 나는 더 이상 어린아이들을 이해할 수 없게 될 것이다. 그리고 그 아이들을 부러워하게 될 것이다.

나는 마음속으로는 이 모든 것들을 원하지 않았다. 아름답고 소중한 유년의 세계로부터 멀어지고 싶지 않았다. 물론 나한테도 미래를 생각할 때면 아주 비밀스러운 목표가 있기는 했다. 내가 간절히 바라던 한 가지 목표, 그것은 다름 아닌 마법사가 되는 것이었다. 그 소망과 꿈을 나는 오랫동안 간직했었다. 그런데 이제 그 꿈은 전능한 힘을 잃어 가기 시작하고 있었다. 나의 소망에는 적들이 있었고 그들이 나의 꿈에 맞섰다. 그들은 바로 현실적인 것, 진지한 것들이었다. 나는 그것들을 부인할 수 없었다.

천천히, 천천히 내 유년 시절의 꽃들은 시들어 갔다. 한계를 모르던 무한한 것들이 떠나고, 한계를 짓는 것들이 서서히 다가왔다. 그것은 현실의 세계, 바로 어른들의 세계였다. 마법사가 되려던 내 소망은, 한편으로는 여전히 그것을 간절히 바라고 있었음에도, 내 안에서 서서히 그 가치를 잃어 갔다. 마법사가 되겠다는 꿈은 내가 보아도 어린아이처럼 유치해 보였다. 이미 내 안에는 더 이상 어린아이일 수 없는 그 무엇인가가 있었다. 끝도 없고, 수천 가지 다양한 모습을 지녔던 가능성의 세계가 내 앞에서 그 한계를 드러냈다. 그 세계는 여러 영역으로 나누어지고 담장이 쳐지고, 무수하게 갈라져 나갔다.

내 유년의 시간들이 지녔던 원시의 숲은 서서히 변해 갔다. 나를 둘러싸고 있던 아름다운 천국도 무감각해져 버렸다. 나는 예전처럼 가능성들로 가득 찬 왕국에 살고 있는 왕도 아니고 왕자도 아니었다. 나는 마법사가 되지 못했다. 대신 그리스어를 배웠다. 그 2년 후에는 히브리어도 배우게 될 것이고, 6년이 지나면 대학생이 되어 있을 것이었다.

나를 눈에 띄지 않는 끈으로 조이는 일이 벌어지고 있었다. 마법은 눈에 띄지 않게 내 주위에서 수런거리며 사라져 갔다.

할아버지의 책 속에 들어 있던 경이로운 이야기는 그래도 여전히 아름다웠다. 그것은 내가 아직도 기억하고 있는 책 속에 들어 있었다. 이제 그 이야기는 오늘도, 내일도, 언제까지나 그 책 속에만 들어 있을 것이다. 기적이 일어나거나 놀라는 일은 없을 것이다.

인도에서 가져온 춤추는 신상도 이제는 무관심한 듯이 엷은 미소를 띠고 있을 뿐이었다. 그것은 청동으로 만든 물건에

Roccolo

지나지 않았다. 내가 그것을 바라보는 일도 점점 드물어졌다. 그 신상이 곁눈질로 나를 바라보는 모습을 더는 볼 수 없었다. 그리고 가장 나쁜 일은, 그 회색의 작은 남자가 내 앞에 모습을 드러내는 일도 점차 뜸해져 간 것이었다.

나를 둘러싼 것들은 마법의 힘을 잃은 것들뿐이었다. 예전에 널찍했던 많은 것들은 비좁아졌고, 값지게 비쳤던 것들은 빈약하고 초라하게 변해 갔다.

그래도 나는 유년 시절에 품었던 마법의 힘이 어딘가 감춰져 있음을 은밀히 느끼고 있었다. 나는 아직도 즐거웠고, 내 세계를 지배하고 싶은 욕심으로 가득 차 있었다. 수영과 스키 타는 법을 배웠으며 그리스어 시험에서도 반에서 1등을 차지했다. 모든 것이 겉에서 보기에는 아주 훌륭하게 되어 가고 있었다. 반면에 그 모든 것에는 빛바랜 모습이 서렸다. 어딘지 공허하게 울리기도 했다. 안나 아줌마한테 놀러 가는 일도 지루해졌다.

내가 그때까지 체험했던 모든 것들로부터 무언가가 아주 조금씩 사라져 가고 있었다. 눈에 띄지 않는 것, 별로 아쉬움이 느껴지지 않는 것들을 나는 잃어 갔다. 그것들은 사라지고 없어졌다. 이제 나는 또 한 번 나 스스로 온전히 활활 불타오르는 심정이 되고 싶을 때면, 더욱 강한 자극이 필요했다. 도약의 준비를 하기 이전에 먼저 나 자신을 마구 흔들어 놓아야만 했다.

나는 강한 양념을 친 음식에 맛을 들였고, 종종 특별한 음식을 먹으며 즐거움을 느꼈다. 나는 무언가 특별히 재미있는 것을 사기 위해서 이따금 동전을 훔쳤다. 그렇지 않고서는 내 삶은 활기도 없고 멋도 없었다. 그리고 이제 여자 아이들이 내 호기심을 끌기 시작했다. 그런 변화는, 그 작은 남자가 한 번 더 나타나 나를 안나 아줌마한테로 이끌어 간 지 얼마 지나지 않아서부터 일어났다.

---

1) 그리스 신화에 나오는 목신牧神. 몸의 위쪽은 사람의 모습이고 염소의 다리와 뿔을 가지고 있다. 숲에 살면서 가축을 지키며, 춤과 음악을 좋아하는 신으로도 알려져 있다.

2) 가짓과에 속하는 독이 있는 식물. 뿌리 모양이 사람의 모습과 비슷해서 미신적으로 영약이라고 생각되었다.

3) 독일 북동부의 지방으로 러시아와 인접해 있다.

4) 독일어로서 "빈의 세탁부들이 하얀 빨래를 세탁한다"라는 뜻이다.

고향의 다리

북독일의 브레멘과 나폴리 사이에, 그리고 오스트리아의 빈과 싱가포르 사이에 멋진 도시들이 많다는 것을 나는 안다. 바닷가에도 도시들이 있었고, 높은 산 위에도 도시들이 자리 잡고 있다. 나는 순례자가 되어 여러 도시들을 찾아 여행했고 그때마다 그 도시들의 우물을 찾아가 물을 떠 마셨다. 그렇게 마신 물은 훗날 나에게 향수를 불러일으키는 달콤한 독이 되었다.

내가 알고 있는 많은 도시들 가운데 가장 아름다운 곳은 나골트 지방의 칼브 시이다. 그곳은 작고 오래된 남부 독일 슈바벤 지방의 슈바르츠발트(독일의 흑림 지대 – 옮긴이)에 있는 조그마한 도시이다.

나는 어쩌다 칼브 시[1]에 들르게 될 때면, 역에서 나와 천천히 걸어 내려간다. 가톨릭교회가 있는 곳을 지나고 아들러 지역과 발드호른 지역을 지나간다. 그러고는 나골트 골짜기에 있는 비쇼프 거리를 지나서 포도밭이 있는 곳까지 걸어가거나, 나무와 풀들이 자라는 소택지까지 걸어간다. 그런 다음에는 강을 건너고 그 아래쪽으로 이어진 레더 거리를 지난다. 가파른 샛길들 중 하나를 지나서 걸어 올라가면 시장이 열리는 광장에 닿는다.

또 시청의 청사 밑을 통과해서 오래되고 거대한 두 개의 분수대를 지나간다. 내가 다니던 라틴어 학교의 오래된 건물 쪽으로도 시선을 한번 힐끗 던져본다. 근처 선술집 주인네 마당에서 수탉들이 꼬끼오 우는 소리를 들으면서, 다시 길 아래쪽으로 몸을 돌려서 내려간다. 히르셴과 뢰슬레 구역을 지나가면 다리가 나온다. 나는 오랫동안 그 다리 위에 멈춰 선다. 그곳은 그 도시 안에서도 가장 정감이 느껴지는 포근한 장소다. 그에 비하면 이탈리아 피렌체의 그 멋진 대성당이 있는 광장 따위는 나에게 큰 감흥을 주지 못한다.

이제 돌로 지은 그 멋진 다리에서 강을 내려다본다. 그 강의 흐름 위 아래로 시선을 돌리면 도시의 집들이 모두 눈에 들어온다. 하지만 그 집들 속에 누가 살고 있는지 나는 알지 못한다. 그리고 그중 어느 한 집에서 예쁜 소녀 하나가 (칼브 시에는 늘 그런 예쁜 소녀들이 있었다) 창밖을 내다보아도, 나는 그녀의 이름을 알지 못한다.

그러나 30년 전에는, 이 수많은 집들의 무수한 창문들 뒤에 사는 사람들 가운데 내가 모르는 사람은 아무도 없었다. 젊은 여자든 남자든, 노파든 노부든 나는 다 알고 있었다. 물론 내가 모르는 개나 고양이도 없었다. 이 다리 위로 달려가는 마차를 보면 나는 그것이 누구의 소유인지 다 알 수 있었다. 또 이 위로 터벅터벅 걸어가는 말을 보아도 그 주인을 알 수 있었다.

그렇게 나는 모든 것을 알고 있었다. 수많은 학교 친구들을 알고 있었고, 그들이 어떤 놀이를 하며 노는지, 그들의 별명이 무엇인지도 일일이 다 알고 있었다. 모든 빵 가게들을 알고 있었고, 그 안에 어떤 빵들이 진열되어 있는지도 다 머릿속에 꿰고 있었다. 또 푸줏간 주인들과 그들이 키우는 개들도 모두 알고 있었다.

어디 그뿐인가. 나는 이 도시 안에 있는 나무들과 그 위에 사는 풍뎅이들과 새들, 새 둥지들도 다 알고 있었다. 수많은 정원들 어디에 딸기가 열리는지도 물론 죄다 알고 있었다.

칼브 시는 이처럼 특이한 아름다움을 지니고 있다. 그 아름다움을 내가 굳이 여기서 묘사할 필요가 없다. 내가 쓴 모든 책 속에 실려 있기 때문이다. 만약 내가 이 아름다운 칼브 시를 떠나지 않고 그대로 머물러 살았더라면, 지금 굳이 이곳에 대해서 쓸 필요도 없었을 것이다.

그러나 이제 나는 다시금 이곳을 찾아와 이 다리의 난간에 15분가량 앉아 있다. 전쟁이 일어나기 전까지는 2년마다 한 번씩 늘 그랬었다. 이곳은 내가 소년 시절에 수천 번도 넘게 낚싯대를 걸쳐 놓았던 곳이다. 나는 깊은 생각에 잠긴다. 그리고 옛날에 고향을 가졌던 일이 나한테는 얼마나 아름답고 독특한 체험이었던가를 느끼면서 내 마음은 경이로움에 사로잡힌다!

한때 나는 지상의 조그마한 장소인 이곳에 서 있던 모든 집들과 그 집의 창문들을 알고 있었다. 그리고 그 안에 살고 있던 모든 사람들과도 알고 지냈었다! 마치 나무가 자신이 뿌리를 박고 서 있는 장소에서 생명과 연결되어 있는 것처럼, 나도 한때 이 지상의 한 특정한 장소에 매여 있었던 일이 실감나는 것이다.

내가 만약 나무라면 나는 아직도 거기 그 자리에 서 있을 것이다. 그러나 이제 와서 이미 지나간 일들을 새삼 불러오려고 소망할 수는 없다. 물론 이따금 나의 꿈과 내가 쓰는 시 속에서는 그런 시도를 해 보지만. 그러나 현실에서는 그런 것을 바라지 않는다. 이제 나는 여기저기를 돌아다니다 밤이 되면 칼브 시에 대한 향수에 젖는다.

만약 내가 지금도 그곳에 살고 있다면, 나는 매일 밤낮 30년 전의 과거를 회상하며 향수에 젖을 것이다. 이 낡은 다리 난간 밑으로 강물을 따라 흘러가 버린 내 유년 시절의 아름다운 때를 그리워할 것이다. 하지만 그런 일은 좋지 않을 것이다. 이미 한때 걸어갔던 발자국을 그리워하거나, 이미 죽어 버린 것에 대하여 회한에 젖어서는 안 될 것이다.

단지 이따금, 그곳을 향해서 시선을 돌릴 수 있을 뿐이다. 레더 샛길을 어슬렁거리며 지나가다가, 잠시 다리 위에 멈춰 설 수 있을 뿐이다. 비록 꿈속에서나마. 그러나 이런 일도 역시 너무 자주 있어서는 안 된다.

---

1) Calw : 독일 남부 바덴뷔르템베르크 주의 나골트 골짜기에 접해 있는 소도시로, 헤세가 태어난 곳이기도 하다.

소박한 욕구

소박한 욕구라는 단어 안에는 고향도 포함된다. 내가 말하는 것은 '조국'을 의미하는 것이 아니다. 우리는 누구나, 자기의 어린 시절의 영상을 떠올릴 때면 기억의 보물 창고에서 가장 좋은 것으로 간직해 온 것에 대해 말한다.

그 영상들이 아름다운 이유는, 고향이 다른 세계보다 더 아름다워서가 아니다. 다만 우리가 작은 것에도 감사해하는 어린아이의 선한 눈빛으로 그 영상들을 처음으로 바라보았기 때문이다. 나이 든 할머니의 턱에 난 사마귀와 고향집 정원의 담장 밑에 난 구멍은, 어떤 이에게는 이 세상의 다른 어떤 것들보다도 더 아름답고 더 다정하게 느껴질 수 있는 것이다.

그것은 한갓 감상적인 일이 아니다. 오히려 정반대이다.

우리가 아직 정신적으로 최고의 단계에 도달하지 않았을 때 가질 수 있는 가장 확실한 것, 그것은 다름 아닌 고향이다.

고향이라는 말을 우리는 여러 가지로 이해할 수 있다. 고향은 하나의 풍경일 수도 있고, 하나의 정원 혹은 하나의 공장일 수도 있다. 어떤 때는 종소리가, 어떤 때는 냄새가 고향이 될 수도 있다. 어떤 사람은 골짜기에 흐르는 강물 소리에 귀를 기울일 때, 혹은 교회당 안에서 들리는 오르간 소리에 귀를 기울일 때, 그 속에서 고향이 지닌 모든 마법의 힘에 감싸일 수 있다. 또 어떤 사람은 자기 어머니가 구웠던 것과 같은 감자 냄새를 맡았을 때, 혹은 양파 냄새가 약간 곁들여진 익숙한 음식 냄새를 맡았을 때, 마음속 깊이 고향 냄새를 느끼면서 진정으로 살아 있는 감동을 맛보는 것이다.

거기에서 소중한 것은 교회당이나 음식 자체가 아니다. 자신이 성장한 유년 시절에 대한 기억이 필요할 뿐이다. 그것은 우리의 인생에서 최초로 체험한 가장 강렬하고도 가장 신성했던 인상들에 대한 기억이다. 고향의 방언도 거기에 포함된다. 나처럼 이방에서 살고 있는 사람은 고향에 찾아올 때마다, 기차 안에서 슈바벤 방언을 쓰는 차장과 처음 마주치면 그가 진짜 낙원의 새처럼 보인다!

고향은 또한 그 지역의 관습과 풍속도 간직하고 있다. 그곳에 서 있는 집들은 지붕이 모두 길 쪽을 향해 같은 방향으로 비슷하게 경사져 있다. 그 동네에서 태어난 사람에게는, 그와 비슷하게 집들이 서 있는 도시를 바라보면 즉시 마음속에 마치 고향을 다시 본 듯한 감동이 일어날 것이다. 아마 그 사람 자신은 그것을 의식하지 못할 수도 있다. 그러나 그것은 우리의 가장 깊은 내면을 건드린다. 우리가 아주 어렸던 때부터 간직해 온, 가장 작으면서도 확실하고 소중한 보물을 다시 건드리는 것이다.

거기에는 갖가지 영상들과 우리가 받은 인상들이 뒤섞여 있다. 물론 우리는 종종 그것들을 과소평가하지만 그것들은 모두 합치면 우리를 꽤 만족시켜 준다. 그것들을 건드릴 때마다 수정처럼 투명하고 아름다운 것이 다시 나타나는 것이다.

Bioggio

또 다른 환상

향수鄕愁란 아름다운 것이다. 그리고 나는 그것을 결코 감상적이라고 무시하며 우습게 여기지 않는다. 오히려 감정과 환상들은 일정한 한계 내에서 힘과 아름다움과 가치를 지니고 있다. 그러나 그 한계를 넘으면 다시금 김빠진 싱거운 것이 되고 곧 부패한다. 그럴 때는 우리들 영혼의 마르지 않은 심연으로부터, 또 다른 환상들과 다른 느낌들이 솟아 나오도록 해야 한다.

고향의 낯선 풍경

내가 아주 어린 시절에 보낸 장소들. 한때는 고향처럼 느껴졌던 그 장소들이 이제 내게는 잃어버린 낙원처럼 되어 버렸다.

만약 내가 수십 년이 지난 오늘에 와서 그곳을 다시 보게 된다면, 옛 모습은 사라지고 새 건물이 들어섰으며 많은 것이 바뀌었다는 사실을 알게 될 것이다. 그렇게 되면 아마도 현재 모습을 바라보았을 때 내 기억 속에 남아 있던 고향의 이상적인 영상들이 파괴된 것에 가슴이 아플 것이다.

잃어버린 고향을 그리워하는 것은 아주 어린 시절과 유년 시절의 믿음이 사라졌음을 슬퍼하는 것과 아주 흡사하다. 우리는 이런 향수에 빠져서는 안 된다. 슬픔 마음을 키워 나가거나 그것 때문에 마음 아파해서도 안 된다. 오히려 우리 영혼의 힘을 현재와 현실로 돌려야 한다.

현대인의 대부분은 고향이 없어졌다. 그들은 새로운 장소와 새로운 사람들을 찾아가지 않으면 안 된다. 그리고 새로운 가치에 자신의 삶을 투영하면서 낯선 것을 고향으로 만들려고 시도해야 하는 시대를 살고 있다.

마울브론 수도원 회랑에 서 있던 분수

고향을 떠난 지 22년이 지난 올 여름에 나는 작은 기차를 타고 마울브론[1] 지역의 숲이 있는 언덕으로 갔다. 인적이 거의 없고, 졸린 듯한 느낌의 한가로운 기차역에 내린 나는, 축축한 습기가 배어 있는 숲을 통과해서 마울브론 쪽으로 방랑하듯이 천천히 걸어갔다.

나뭇잎들의 쓴 냄새가 풍겨 왔다. 너도밤나무 가지들 사이로 엘핑 산과 그 기슭에 펼쳐진 포도밭들이 보였다. 위로 높이 솟은 둥그런 참나무 숲 언덕과 내가 학교 다니던 시절에 놀던 놀이터들도 보였다. 또 골짜기 위로 피어오르는 따스한 수증기 속에서 보리수나무 꼭대기 위로 마을의 뾰족한 성탑 끝이 눈에 들어왔다. 기다란 교회당 지붕의 일부도 드러나 있었다. 그리고 갑자기 눈앞에 나타난 수백 개의 둑을 보자 말할 수 없는 재회의 감회가 나에게 밀려왔다. 회상, 재촉, 참회, 나이 들어가는 것에 대한 불안, 깊은 사랑이 내 가슴속으로 파고들었다. 잊고 지냈던 향수가 날개를 파닥거리며 기억에서 솟구쳐 올랐다.

오, 골짜기여! 오, 숲이여! 오, 떡갈나무 숲가의 놀이터여!

후끈거리는 열기 속을 뚫고 언덕을 내려가면서 나는 마음을 추슬렀다. 발걸음에 정확하게 박자를 맞추면서 걸어갔다. 옛날 우체국이 있던 곳을 지나서 성문을 통해 시내로 들어갔다. 수도원이 서 있던 광장 위를 지나서, 보리수와 분수대와 소위 '낙원'이 있던 자리를 향해서 걸어갔다. 광장과 건물은 절반쯤은 현실에, 그 절반쯤은 과거에 머물러 지극히 행복한 모습으로 남아 있었다. 바로 내 기억에 남아 있는 영상 그대로의 모습이었다.

보리수나무들이 꽃피는 가운데 꿀벌들 무리가 열기를 발산하며 둔탁하게 윙윙거리는 소리가 들려왔다. 높고 둥근 아치 밑을 지나서 그 '낙원' 속으로 발길을 옮겼다. 그러나 전혀 움직임이 없는 차가운 돌들에 둘러싸이자 나는 화들짝 놀랐다. 아치 창문들과 날렵하고 생기 있는 기둥들이 자연스럽게 조화를 이루고 있는 모습을 가슴 깊이 흡입했다. 차가운 수도원의 공기를 깊숙이 들이마시자 돌연 모든 것이 다시 생각났다. 계단들과 문들, 창문들, 작은 방들 모두, 그리고 침실에 있던 침대까지 모든 기억이 떠올랐다. 수도원 정원의 냄새와 수도원 주방의 냄새, 그리고 아침마다 울리던 종소리의 여운도!

마치 마법처럼 그 모든 것들이 그 자리에 있었다. 없어진 것은 하나도 없었다. 이 수도원 안에서 눈을 감고도 계속 걸어갈 수 있을 정도로 나는 모든 것을 훤히 꿰뚫었다. 22년 전에도 그랬던 것처럼 어둠 속에서도 이 안의 모든 길을 다 찾아갈 수 있었다.

나는 현실에서 벗어난 느낌이 들었고 이 달콤하고 신기한 기분을 마음껏 누렸다. 그것은 고향의 숨결이었다. 고향이 있는 방랑자가 맛볼 수 있는 아주 드물고 온전히 새로운 것이었다! 이미 오래 전에 깨져 옆으로 밀쳐놓았던 값진 물건이 밤사이에 다시 아름답게 변해 오롯이 나만의 것이 된 듯한 느낌이었다. 마치 사랑했던 죽은 이들이 내 곁에 다가와서 내 눈속을 들여다보고 있는 것만 같았다. 죽었다고 믿었던 것들이 미소 짓고 있는 것만 같았다.

이제는 너무 멀리 떨어져 마치 꾸며 낸 이야기처럼 믿기 어렵게 된 것들, 그러나 유년 시절에는 의심 없이 믿었던 것들이 다시 돌아온 것처럼 보였다. 나에게 위로가 되고, 나를 풍요롭게 해주었던 모든 것들. 아버지의 집, 어머니의 냄새, 친구들의 웃음소리, 환상적으로만 여겨졌던 미래까지.

처음에는 취한 듯했다가 다시 정신이 든 나는 계속 걸어갔다. 이쪽으로, 저쪽으로, 다음에는 반대쪽으로. 서두르지 않았다. 그저 예전에 잘 알고 있던 조그맣고 친숙하고 평화로운 길들을 따라서 나아갔다.

도처에 유년의 기억들이 아직도 살아 있었다. 그리고 마치 석회 반죽을 바른 벽 뒤에 남아 있는 오래된 그림들처럼, 여기저기 깊이 묻혀 있던 기억들의 잔재가 반짝 떠오른 뒤에는 그 당시 무의식적으로 움직이던 내 영혼의 단면들도 살아났다. 마치 전설로만 남아 있던 내 소년 시절의 체험들이 무성하게 계속 울려 나오는 듯했다.

그 시절에는 미처 들어 보지 못한 아주 엄청난 것들을 시도해 보고는 했었다. 그런데 그 모든 것들은 지금 다 어디로 갔을까? 한 가지 내가 잊고 있던 것이 있었다. 시간이 지나자 비로소 그 기억이 되살아났다. 수도원 안에는 누구도 들어가서는 안 되는 폐쇄된 공간이 있었던 것이다. 그러나 나는 살며시 그 방의 무거운 문고리를 돌려 수도원 안의 회랑으로 통하는 문을 조심스럽게 열었다. 여기에도 내 머릿속에 선명하게 각인되어 있는 기억들이 많다.

장식이 풍성한 고딕식의 아치형 창문들. 붉은색과 회색의 석재 타일들이 깔리고 그 사이에 놓여 있는 정으로 다듬은 비석들. 수도원의 문장紋章과 수도원장이 들고 있던 지팡이. 오랜 풍상 속에서 비밀스런 색채의 흔적만 남기고 있는 장식들. 석재로 만든 창문의 십자 틀 사이로 고요히 비쳐 드는 달빛 속에 드러난 진녹색의 덤불. 그 사이로 부드러우면서도 서글프게 반짝거리는 두세 송이의 장미꽃들.

이제, 그 회랑 모퉁이로 걸어서 다가가니 성스럽고 은밀한 음악이 들려왔다. 가벼우면서도 마치 꿈속에서 들려오는 영혼의 소리처럼 가라앉은 단조로운 음향 속에 여러 음색이 섞여 있었고, 멀지도 가깝지도 않은 곳에서 경이롭고 분명하게 들려왔다. 마치 그 건축물이 지니고 있는 조화로움이 그 내부에서 진지하고 내밀한 음향이 되어 다시 울려 퍼지는 듯이.

나는 또 한 걸음을 떼었다. 그러고는 또다시 한 걸음을. 그러자 그 음악 소리가 나의 의식을 깨웠다. 나는 발걸음을 멈췄고 내 심장은 떨리기 시작했다. 다시금 찬란한 기억의 문이 열렸다. 아까보다도 더 숭고하고 더 성스러운 문이.

마침내 나는 또 한 번 깨달았다! 그것은 바로 내 유년 시절의 노래였다! 세상의 어떤 음향도, 고향의 교회에서 울려 나오는 어떤 음악 소리도, 살아 있는 사람들의 어떤 음성도, 내 유년 시절의 노래여, 그대처럼 내게 강하게 호소하지는 못했다. 그런데도 그대를 잊을 수 있었다니! 잠시 혼란스럽고 부끄러워진 나는 그 경이로움에 더 가까이 다가가다, 분수대가 있는 교회당 입구에 멈춰 섰다. 분수대의 아치형 공간 속에 드리워진 뚜렷한 그림자 속에 세 개의 분수대 원반이 위아래로 흔들리고 있었다.

분수대에서 노래하듯 쏟아지는 물은 여덟 개의 섬세한 물줄기로 나뉘어 첫 번째 원반에서 두 번째 원반 속으로 떨어지고, 다시 두 번째 원반 속의 여덟 갈래 물줄기들은 세 번째의 거대한 원반 속으로 떨어졌다. 그 아치형의 분수대는 숭고한 유희를 하며 영원히 살아 있는 물의 음향과 어울리고 있었다. 어제 그랬던 것처럼 오늘도 그랬고, 그 옛날 그랬던 것처럼 오늘도 그랬다. 그러면서 찬란하고도 스스로 만족한 모습으로, 시간의 한계를 완전히 벗어난 아름다운 영상 그 자체의 모습으로 그곳에 서 있었다.

수많은 고귀한 아치들이 내 머리 위로 그림자를 드리웠다. 수많은 아름다운 노래들이 나를 흥분시키고 위로했다. 수많은 분수들은 방랑자인 나에게 살랑거리는 음향을 던졌다. 그러나 이 분수는 그 이상으로 훨씬 더 무한한 것이었다. 그것은 내 유년 시절의 노래를 부르고 있었다. 그것은 모든 사랑이 아직도 깊이 불타오르던 그 시절, 모든 꿈이 아직도 미래의 별들로 가득 찬 하늘처럼 보였던 시절에 내 사랑을 독차지했다. 그 노래는 나의 꿈들을 지배했다.

나의 삶 속에서 희망했던 것, 내가 되고 싶었던 것, 내가 창조해 내고 견뎌 내려고 생각했던 것, 영웅다움, 명성, 성스러운 예술가가 되려 했던 내 인생의 최초의 꿈을 충족시켜 주고 고통스러울 정도로 충만하게 해 주었던 것, 이 분수대는 이 모든 것들을 나에게 노래로 들려주었다. 분수대는 내 말을 엿듣고 나를 보호해 주었다.

그런데 나는 이 분수대의 노래를 잊고 있었다! 천궁의 형상을 띤 교회당도 아니고, 아주 가느다란 창문 기둥도 아니고, 분수대의 원반도 아니고, 침묵을 지키고 있는 담장 사이의 밝은 녹색 정원도 아니었다. 내가 잊고 있었던 것은 분수대에서 흘러나오는 노래였다. 달콤하고도 규칙적으로 떨리는 마법의 노래처럼 부드럽게 떨어지는 물줄기의 노래를, 나의 최초이자 가장 순수했던 유년 시절에 내 동경의 수호자였던 그 귀중한 보고를 나는 잊고 있었다.

이제 나는 예전에 그토록 친숙하게 여겼고 신뢰하던 그 성스러운 노래를 들으며 조용하면서도 서글프게 서 있었다. 나의 내면 깊은 곳에서 온갖 죄스러움과 온갖 죄악이 사라지지 않았음을 느꼈다. 나는 그 당시 꾸었던 꿈들에 비견할 만한 영웅이 되지도 못했고 예술적인 것도 획득하지 못했다. 나는 그 분수대의 가장자리 위로 몸을 굽히고 내 자신의 모습을 찾으려는 시도조차 하지 못했다. 다만 물속에 손을 담가 봤지만 너무 차가워 몸이 어는 듯했다.

나는 분수대에서 흘러나오는 노래가 정원의 고요함 속으로, 석재로 만든 교회당의 길고 생명 없는 홀 안으로 사라지는 것을 들었다. 옛 모습 그대로 성스러운 느낌이었지만 그것은 나에게 깊은 쓰라림을 주었다.

"그건 너한테는 경이로운 느낌일 거야." 훗날 나의 친구가 그렇게 말했다.

"이곳을 돌아다니면서 그때를 떠올린다는 것은. 그때 자네는 세상을 향한 호기심과, 예술에 대한 동경으로 가득 차 있었지. 또 절망으로 가득 차 있기도 했어. 그때 자네는 꿈꾸던 것들이 언젠가 한 번쯤은 이뤄지리라는 것을 몰랐었지. 그런데 이제 자네는 넓은 세계로부터 되돌아왔군. 자네의 일로부터, 여행과 축제와 친구들로부터. 그대가 영위하던 예술가의 삶으로부터 되돌아왔어……."

"그래, 그것은 경이로운 일이야." 나는 그렇게밖에 말할 수 없었다.

나는 다시 한 번 키 큰 보리수 밑으로 가서 앉았다. 다시 한 번 너도밤나무가 서 있는 옛날의 놀이터로 올라갔다. 그리고 다시 한 번 깊은 호수에서 헤엄을 치고 여행을 계속했다. 그 후로 나는 마울브론을 생각할 때면, 바로 그 파우스트 탑과 '낙원'이 눈앞에 보인다. 너도밤나무가 서 있는 장소와 교회의 뾰족탑도 보인다. 그러나 그것들은 단지 영상들일 뿐이다. 수도원의 회랑 안에 있던 분수대에서 나오는 감미로운 소리처럼 찬란하고 생생하게 다가오지는 않는다. 마치 교회 벽의 칠 뒤에 남아 있는 오래된 성화들의 잔재처럼 그 기억들은 다른 기억들 뒤에 숨어 있는 것이다.

---

1) 독일 남부, 알프스 북쪽의 잘차흐 계곡에 있는 도시로, 이곳에는 1556년에 세워진 마울브론 수도원이 있다. 헤르만 헤세는 이곳 수도원의 부속 신학교에 다니다가 자퇴한 지 25년이 지난 1914년에 이 도시를 다시 찾아 이 글을 쓴 것이다.

자신 속에 간직하는 고향

아침과 저녁 사이에 낮이 있듯이, 나의 삶도 여행을 떠나고 싶은 열망과 고향을 그리는 향수 사이에서 흘러가고 있다. 아마 나는 언젠가 여행을 떠나지 않아도 괜찮은 상태가 되어 그 안에서 살아갈 것이다. 그리하여 굳이 여행을 떠나서 이상을 현실화시킬 필요도 없이 여행하며 보고 들었던 많은 영상들은 고스란히 내 안에 남아 있을 것이다.

어쩌면 고향을 내 안에 간직하게 될 수도 있다. 그때는 잘 가꾸어진 정원이나 붉은 칠을 한 조그마한 집 따위를 탐내는 일도 없을 것이다.

자기 안에 고향을 갖는다는 것! 그럴 때 삶은 얼마나 달라질 것인가! 그러면 중심이 설 것이고, 그 중심으로부터 모든

Landschaft mit Telegraphenmast

힘이 솟구쳐 나올 것이다.

그러나 나의 삶에는 그러한 중심이 없다. 오히려 나는 수많은 열정들의 양극 사이를 주저하며 지나쳐 가고 있다. 그저 고향에 남아 있고 싶은 동경이 이는가 하면, 저 먼 여행길을 떠나고 싶은 욕망이 일기도 한다. 여기서는 수도원에 들어가 고독하게 머물고 싶은 갈망이 이는가 하면, 저기서는 사랑을 하면서 더불어 살고 싶은 충동이 인다! 나는 책과 그림들을 수집했다가 다시 그것들을 남들에게 주어 버리기도 하고, 한때는 사치스럽고 부도덕한 생활을 했다가, 그것에서 벗어나 금욕과 고행의 길을 떠난 적도 있다.

나는 전적으로 삶을 신뢰했고 그 마음이 변치 않기를 바랐다. 살아가기 위해서는 삶을 향한 신뢰가 중요한 것을 깨닫고 삶을 사랑하게 되었다.

그러나 나를 다르게 바꾸는 것은 내가 할 수 있는 일이 아니다. 그것은 기적이다. 기적을 찾으려는 사람, 그것을 현실로 만들려는 사람, 그 기적이 일어나도록 도우려는 사람에게서 기적은 멀리 달아날 뿐이다. 내가 하는 일은 다만, 팽팽하게 긴장된 수많은 대립들 사이를 오가면서, 만약 기적이 나에게 다가오려고 하는 것 같으면 그것을 맞을 준비를 할 뿐이다. 내가 할 수 있는 일은, 만족하지 못하고 안정을 얻지 못하여 고통을 겪는 일뿐이다.

푸른 초목에 둘러싸인 붉은 집이여! 나는 이미 너를 경험했다. 그러니 너를 또 한 번 만나 보려고 해서는 안 된다. 나는 이미 한때 고향을 가졌었고 한 채의 집을 지으며 벽과 지붕을 측량했었다. 그리고 정원에 길을 내고, 방 안의 벽에는 몇 개의 그림을 걸었었다. 누구나 그렇게 하고 싶은 충동을 지니고 살며, 나도 그런 충동에 따라 살 수 있었던 것은 내게 좋은 경험이었다!

내가 소망했던 많은 것들이 삶에서 이루어졌다. 시인이 되고 싶었는데 시인이 되었으며 집을 한 채 가지고 싶었는데 결국 집을 지었다. 아내와 아이들을 가지고 싶었던 소망도 이루어졌다. 사람들에게 이야기를 하고 그들의 삶에 좋은 영향을 주고 싶었던 꿈도 이루었다. 하지만 그렇게 이루어진 모든 소망은 너무도 쉽게 싫증이 났다. 그것이야말로 내가 가장 참을 수 없는 일이다.

시를 쓰는 일조차 내게 기쁨을 주지 못했다. 집은 너무나 좁게 느껴졌고, 내가 이룬 목표들은 어느 것도 진정으로 원했던 것들이 아니었다. 나는 가던 모든 길에서 되돌아와야 했으며 모든 휴식의 끝에는 또 다른 동경이 남을 뿐이었다.

하지만 나는 많은 길을 돌아오더라도 다시 걸을 것이다. 수많은 것들이 이뤄지겠지만 그것들은 나를 또 실망시킬 것이며 모든 것들은 그 의미가 드러날 것이다. 그 끝에 모든 갈등이 해소되고 깨달음을 얻는 열반의 경지에 이를 것이다. 나에게는 아직도 환하게 불타오르는 빛이 있다. 꿈꾸고 소망하는 것을 바라보며 강한 애착을 간직한 별들이 발산하는 찬란한 빛이.

멀리서 들려오는 노랫소리

또다시 나는 내려가고 또 내려간다,
그대의 샘 속으로.
먼 옛날의 성스러운 이야기,
그대의 황금의 노래들이 멀리서 들려온다,
그대가 웃고 꿈꾸고, 그대가 나직하게 흐느끼는 소리가.
암시하듯 그대의 깊은 곳으로부터
속삭이며 다가오는 마법의 소리.
나는 취한 듯 잠든 듯,
그대 또한 나를 부르며 사라져 가네,
멀리 머얼리……

3부

나를 움직이는 힘, 인간

안과에서

몇 주 전부터 나는 저녁 시간에 진행해 오던 모든 강의를 거절해야만 했다. 오래된 인쇄 글자들과 손으로 쓴 필적 등을 읽느라 눈이 쇠약해졌기 때문이다. 이제는 꼭 필요한 글 작업이라면 낮에만 하는 수밖에 없다.

어느 월요일 아침이었다. 눈이 다시 아파 왔다. 건강을 지키기 위해 노력한 것들이 모두 효과가 없자 나는 결국 안과를 찾아가기로 결심했다. 병원까지의 길은 멀었고 먼지가 일어서 불편했다. 안과의 대기실은 사람들로 넘쳤고 무더웠다. 나는 기운이 빠지고 화가 나서 사람들로 꽉 찬 긴 의자 한쪽에 쪼그리고 앉았다. 나처럼 아픈 몸으로 말없이 기다리고 있는 사람들에게 그저 시선을 한번 힐끗 던졌을 뿐이었다.

오래 전부터 나는 그렇게 만원 대기실에 머물러 있는 일이 고통이었다. 게다가 온갖 종류의 눈병으로 인해 건강이 나빠진 사람들의 얼굴을 무방비 상태로 바라본다는 것은 암담한 일이었다.

그 많은 사람들 가운데서 내 주의를 끈 것은 단 두 사람뿐이었는데 한 사람은 이탈리아인이었다. 그는 아마 싸우다가 왼쪽 눈을 다친 것 같았는데, 아주 화려한 색깔의 천으로 눈을 감고 있었다. 그의 건강한 오른쪽 눈은 남쪽 나라 사람 특유의 태평한 시선으로 벽을 바라보고 있었다. 그에게서는 어떤 근심이나 초조함도 발견할 수 없었다.

또 한 사람은 멋진 백발의 신사였다. 그는 움직임이라고는 전혀 없이 평화스럽게 눈을 감은 채로 한쪽 구석에 앉아 있었다. 그는 아마 과거를 회상하거나 멋진 생각에 잠겨 있는 듯했다. 그의 주름지고 하얀 수염으로 덮인 얼굴이 환히 빛나고, 지속적으로 미미하면서도 섬세한 미소를 짓고 있는 것으로 보아 그렇게 추측할 수 있었다.

그러나 나는 기분이 좋지 않았다. 나는 내 눈의 상태에 대해 너무 염려하고 있었기 때문에 다른 사람들에게 주의를 기울이거나 동정을 느낄 여유가 없었다. 머리를 손에 받친 채 그저 바닥을 응시하고 있었다. 의사의 면담실과 진찰실에서는 큰 소리로 묻는 소리와 부드럽게 위로하는 소리, 이따금 반쯤 억눌린 듯한 외침 소리가 들려왔다.

너무나 지루해진 나는 다시 위쪽을 쳐다보면서 앉아 있던 자리에서 몸을 좀 움직여 펴려고 했다. 그때 내 맞은편 의자에 앉아 있는 사내아이가 눈에 띄었다. 그 아이는 열두 살쯤 되어 보였고, 처음에는 나를 바라보고 있는 것처럼 느껴졌지만 나는 곧 그 아이의 붉고 부어오른 눈이 아무런 감각 없이 허공을 향하고 있음을 알아차렸다.

그 아이는 얼굴이 상해 있었지만, 그 점을 빼고는 귀엽고 건강해 보였다. 그 아이는 잘 생겼고 또 힘도 꽤 있어 보였다. 나의 소년 시절이 생각났고, 빛과 태양, 숲과 초원, 고향의 산들 사이로 이리저리 떠돌던 일들이 다시 떠올랐다.

아이를 보는 순간 내 삶에서 유일하게 열정으로 불타올랐던 시절이 생각났던 것이다. 산과 들판, 나무와 강물에 대해 내가 간직했던 비밀스러운 우정도 생각났다. 그제야 놀라운 점을 깨달았다. 내가 여태껏 간직했던 순수하고 진실하며 귀중한 기쁨들은 예외 없이 모두 내 눈을 통해서 나에게 다가왔음을. 이 느낌은 너무도 생생해서, 나는 어서 그곳에서 뛰쳐나가 교외 어디론가 가서 햇빛이 찬란하게 비치는 잔디에 털썩 눕고 싶었다.

그런데 내 앞에 있는 이 소년은 거의 장님이 된 지경이라니! 나는 그 아이에게서 눈을 뗄 수가 없었다. 나도 모르게 자꾸만 그 사내아이의 귀여운 얼굴과 다쳐서 붉어진 가여운 그의 눈으로 시선이 가는 것이었다. 아이의 눈에서는 줄곧 눈물이 흘러내리고 있다. 아이는 눈물이 흐를 때마다 매번 참을성 있게 좀 수줍은 동작으로 닦아 내고 있었다.

한 시간 이상이 지났다. 병원의 이웃집 때문에 생긴 커다란 그림자가 우리가 앉아 있는 대기실 위의 유리 지붕을 지나기 시작했다. 열려 있는 채광창으로 들어온 태양 광선이 우리 머리 위에 넓게 내리비쳤다. 그 사내아이의 손과 무릎에 햇빛이 닿자 그 아이는 흠칫 놀라 움찔거렸다.

"그건 햇빛이란다." 내가 말해 주었다.

그러자 그 아이는 머리를 위로 젖혔다가 위로 향한 얼굴을 천천히 앞쪽으로, 햇빛이 그의 눈에 닿을 때까지 움직였다. 그의 눈꺼풀 위가 잠깐 움찔거렸다. 얼굴 전체 위로 가벼운 통증이 일고 부드러운 소름이 스쳐 지나갔다. 이어 그 아이의 표정에 생기가 돌았고, 작고 어린 입이 벌어졌다. 그것은 단지 한순간의 일이었다. 그런 다음 그 작은 사내아이는 다시 벤치에 물러앉았다. 천천히 끊임없이 솟아 나오는 눈물을 다시 닦아 내면서 아까처럼 조용히. 바로 그때 간호사가 와서 그 아이를 데려갔다.

그 순간 내가 느끼던 모든 불쾌감과 불친절함도 말끔히 사라졌다. 햇빛이 그 상처 입은 작은 생명체 위에 내리비치던 그 순간은, 나에게 따뜻하고 다정한 기억으로 남았다.

인간의 위대함

우리들의 마음은 원초적인 것, 영원해 보이는 것을 향해서 애정을 가득 간직하고 기꺼이 다가간다. 마음은 파도치는 듯한 박자로 움직이며, 바람으로 호흡하고, 구름과 새들과 더불어 날아오른다. 그리고 빛과 색채와 음향의 아름다움에 대해 애정과 감사를 느낀다. 마음은 그것들에게 속해 있음을, 그것들과 친숙한 관계에 있음을 안다.

그러면서도 우리는 결코 영원한 지상으로부터, 또는 영원한 하늘로부터 완전히 받아들여지지 못한다. 위대한 것이 하찮은 것에게 던지는 눈길, 노인이 아이에게, 지속적인 것이 무상한 것에게 던지는 저 무덤덤하고 반쯤 조소적인 눈길밖에는 받지 못하는 것이다.

결국 우리들은 자만에 차 있든, 겸허한 마음이든, 아니면 우쭐하거나 절망에 빠져 있든 간에, 침묵을 지키고 있는 자연에 언어를 부여하려고 한다. 영원한 것에 시간성과 유한성을 억지로 갖다 붙이려고 하는 것이다. 그리고 자연 앞에서 인간의 하찮음과 유한성을 느낄 때 우리 인간은 우쭐하다가도 동시에 절망에 차게 된다.

가장 변절을 잘하지만, 사랑할 능력을 가장 많이 가지고 있는 사람이 있다. 가장 젊지만 가장 깨어 있는 사람이 있다. 가장 많이 잃고 가장 많은 고뇌를 느낄 수 있는 대지의 아들인 인간이 있다. 그러나 보라. 우리의 무력함은 깨지고, 우리는 더 이상 왜소하지도 반항적이지도 않다.

우리는 더 이상 자연과 하나가 되기를 갈망하지 않는다. 우리는 자연의 위대함 앞에 인간들의 위대함으로 맞선다. 자연의 지속성에 대항해서 우리들의 변화를 내세우며, 자연의 침묵 앞에 우리들의 언어를 내세운다. 또한 영원해 보이는 자연 앞에 죽음에 관한 우리의 지식을 내세운다. 자연의 무관심 앞에 사랑할 수 있고 고뇌할 수 있는 우리들의 마음을 내세운다.

낙원의 발견

많은 사람들이 "자연을 사랑한다"고 말한다. 그 말은, 자연의 매력이 그들 마음에 점점 크게 다가오고 그것에 거부감이 느껴지지 않는다는 뜻이다. 그런데 그들은 외출을 할 때나 야외 활동을 할 때에 자연의 아름다움에 대해 기쁨을 느끼면서도, 목초지를 마구 짓밟아 망가뜨리고, 결국에는 많은 꽃들과 가지를 꺾는다. 그리고는 그것들을 금세 내던져 버리거나 집으로 가져가 시들 때까지 방치한다.

이것이 그들이 자연을 사랑하는 방식이다. 사람들은 날씨가 쾌청한 일요일이 되면 자신들이 자연에게 했던 행동들을 떠올리면서 마치 자연을 크게 사랑하는 사람이 된 것 같은 기분을 느낀다. 그들은 사실 자연을 향해 착한 마음을 가질 필요가 없다고 한다. 그 까닭은 "인간은 자연의 왕관"이기 때문이라나. 그래, 왕관일지 모른다!

나는 점점 더 탐욕스럽게 사물들의 심연을 들여다본다. 나무 꼭대기에서 바람이 무수한 소리를 내면서 울리는 소리가 들린다. 시냇물들이 협곡을 통해 쏴쏴 줄기차게 흐르며 내는 소리도 들린다. 나직하고 고요한 강물들이 너른 평야를 지나 흘러가는 소리도 들을 수 있다. 그리고 나는 이 소리들이 신의 언어인 것을 알았다. 이 내밀하고도 원초적이며 아름다운 언어를 이해하는 것이 낙원을 다시 발견하는 것임을 알았다.

이제 나는 자연을 개인적으로 사랑하기 시작했고, 마치 외국어를 말하는 친구이자 여행의 동반자에게 귀를 기울이듯이 자연의 언어에 귀를 기울이기 시작했다. 그런 시간을 보내면서 나의 우울함은, 완전히 치유되지는 않았지만 좀 더 긍정적으로 사고하며 삶의 깊이가 달라졌다.

나의 눈과 귀는 예리해졌고 소리가 내는 섬세한 차이를 이해하는 법을 배웠다. 나는 모든 생명이 들려주는 박동 소리를 점차 더 가까이, 더 명료하게 듣기를 간절히 원했다. 그리고 언젠가는 그것들을 이해하고, 또 시인의 언어로 그것들을 표현할 재능을 갖게 되기를 갈망했다. 그러면 다른 사람들도 그것에 가까이 다가와 서로를 더 잘 이해할 수 있을 것이며 더러움이 정화되어 오직 순수함만 가득했던 유년 시절에 느낀 경이로움을 맛볼 수 있을 것이다.

한때 그것은 소망이고 꿈이었다. 그것이 정말 실현될 수 있을지 나는 확신하지 못했었다. 그래서 나는 보이는 모든 것에 대해 애정을 가지고 그것과 가장 가까운 대화를 나눌 수 있도록 노력했다. 그리고 어떤 사물도 결코 무관심한 눈으로, 혹은 경멸에 찬 눈빛으로 바라보지 않는 습관을 들였다.

외면 세계의 내면 세계

어린아이였을 때부터 나는 자연의 기이한 형태를 바라보는 버릇이 있었다. 그저 관찰만 하는 것이 아니라 그것이 지닌 고유한 매력과 복잡하게 얽히고설킨 언어에 몰두했다. 길고 딱딱하게 말라 버린 나무뿌리, 오래되어 조금씩 깨지고 색이 변한 돌, 물 위에 떠다니는 기름 얼룩, 유리잔 속에서 튀어오르는 물방울까지 그 모든 것들이 나에게는 위대한 마력을 지닌 것처럼 보였다. 물과 불, 연기와 구름, 먼지, 특히 원을 그리며 반짝이는 얼룩들은 무엇보다도 특이했다. 이러한 것들을 바라볼 때, 혹은 비합리적이면서도 복잡하게 뒤얽힌 이상야릇한 형태에 몰두할 때, 우리의 내면에는 그런 형상과 하나가 되고 싶은 감정이 솟아나는 것이다.

우리는 자신의 기질과 기분에 따라 우리들만의 것을 창조하고 지키려는 유혹을 느낀다. 그 순간 우리와 자연 사이에 가로놓인 경계가 떨리면서 찢겨 나가는 것이 보인다. 우리들의 신경 조직에 와 닿는 모습들이 외부의 사물에서 비롯된 것인지, 아니면 우리의 내면에서 나온 것인지 알 수 없는 분위기에 휩싸인다.

이런 과정을 반복하며 우리는 스스로가 창조자가 되는 것을 쉽게 발견한다. 이 세계가 지속적으로 무언가 만들어 내고 있는 것에 우리가 참여하고 있다는 느낌을 받기 힘들지만 오히려 그 반대인 것이다.

오히려 우리 안에, 그리고 자연 안에서 활동하는 것이야말로 신성한 것이다. 그것은 결코 우리와 떼어서 생각할 수 없다. 외부 세계가 몰락하더라도 우리 가운데 누군가가 다시 그 세계를 일으켜 세울 것이다. 왜냐하면 산과 강, 나무와 잎사귀, 뿌리와 꽃, 이 모든 자연 형상은 우리들 안에 그 원형을 내재하고 있으며 우리의 영혼으로부터 흘러나오기 때문이다. 그 본질은 우리가 알지 못하는 영원의 세계에 있지만 대부분은 사랑과 창조의 힘으로 느껴진다.

Verschneites Seetal

우주의 리듬

시간은 흘러간다. 그러나 지혜는 그 자리에 머물면서 형식과 의식을 바꾼다. 그러면서도 늘 같은 사실에 근거한다. 인간이 자연의 섭리 안에 있다는 것, 우주의 리듬 속에 배치되어 있다는 사실을 잊지 않는다.

만약에 불안한 시대가 인간을 다시 그 질서로부터 벗어나게 하려고 애쓴다면, 겉으로는 만족스러워 보일지라도 우리는 항상 노예 상태로 살게 될 것이다. 마치 오늘날 아주 해방되어 보이는 것 같은 인간이 사실은 돈과 기계에 얽매인 의지 없는 노예이듯이.

풀 베는 사람의 죽음

갑자기 한여름이 시작되었다. 비가 줄기차게 내리던 몇 주 동안 쑥쑥 자라 포동포동 살이 쪘던 녹색의 밀밭은 햇볕을 보고 창백해지기 시작했다. 들판마다 붉은색 양귀비꽃이 풍성하다. 국도에는 먼지가 하얗게 피어올랐고 어두워진 숲에서는 뻐꾸기 울음소리가 무더위에 지친 듯한 목소리로 울어대고 있었다. 풀이 높게 자란 초원에는 데이지와 가시완두꽃, 샐비어, 채꽃 들이 한데 섞여 흔들거렸다.

만물이 화려하고 거침없이 자라 성숙한 모습을 뽐내다가, 죽음에 가까이 다가가면서 열병을 앓듯 소모적인 힘을 마지막으로 내뿜고 있었다. 저녁 무렵에는 마을 여기저기서 경쾌하면서도 무자비한 경고의 목소리를 담은 낫 가는 소리가 들려왔다.

불타오르듯이 무더운 어느 날 오후, 나는 어둡게 솟아오른 숲을 향해서 즐거운 마음으로, 하지만 어슬렁거리며 국도 위를 걸어갔다. 마른풀이 자란 초원에서 짙은 향기가 흘러왔다. 나는 이삭이 자라 은빛으로 살랑거리는 들판을 지나갔다. 말라 버린 웅덩이 안에서 갈색과 녹황색을 띤 도마뱀들이 뛰놀고 있었다. 크고 긴 다리를 가진 딱정벌레들이 수줍은 듯 옆으로 뒤뚱거리는 모습이 우스꽝스러웠다. 그 사이로 발 없는 도마뱀들은 소리 없이 미끄러지며 지나갔다. 초원 위로는 뜨거운 태양열에 이글거리는 공기가 흔들거렸다. 후텁지근하고 파란 하늘 가장자리에는 작고 조밀하게 뭉쳐진 은백색의 뭉게구름들이 움직이지도 않은 채 눈부시게 반짝이고 있었다.

내가 어느덧 숲의 가장자리 가까이 다가갔을 때, 한 농부가 내 쪽으로 다가왔다. 그는 낫을 하나 메고 건초를 베러 가는 중이었다. 이웃 중의 한 명인 그는 쾌활하고 솔직한 성격이었으며 엷은 금발머리에 몸집이 굵었다. 나는 이따금 그와 함께 들판 길을 걸어가거나, 일이 끝난 저녁이면 마을 안으로 들어가서 함께 잡담을 나누곤 했었다.

그는 밀짚모자를 뒤로 젖혀 굵고 짧은 머리카락 위에 덮어쓰고 있었다. 입에는 긴 풀 줄기 하나를 물어 씹고 있었고, 이마에서 흘러내리는 작은 땀방울들이 그의 갈색 얼굴 위로 뚜렷이 지나고 있었다.

“또 산책을 나가시오?”

그 남자는 놀리는 듯한 눈길을 주며 물었다.

"오늘 날씨가 따뜻한 것 같아서요." 나는 대꾸했다.

"그래요, 특히 할 일이 많을 땐 말이죠."

나는 그 농부의 힘이 넘치는 넓은 갈색 어깨와 근심 없어 보이는 표정이 부러웠다. 그 힘으로 그는 자기의 낫을 어깨 위에 걸치고 있었다. 먼지 속의 더위를 헤치며 걸어가는 것은 힘든 일이어서 나는 숲 속에서 좀 쉴 생각을 했다. 그러나 그 농부에게는 걷는 일쯤이야 노는 것과 다름없었다. 진짜 일은 그 뒤에야 올 것이었다.

"오늘은 할 일이 없나요?" 내가 물었다.

"웬걸요, 우리 집 검정 소가 밤중에 송아지를 낳았답니다."

"소는 건강한가요?"

"예, 그럭저럭요. 물론 쉽지는 않았죠. 온 식구가 밤새 외양간에 있었고 저도 잠 한숨 못 잤으니까요."

"그래도 송아지가 건강하면 다행이겠지요."

"문제될 건 없어요. 늘 그래야 하듯이 말이죠. 자, 그럼 안녕히 가세요. 이제 산책을 가시겠군요."

"그래요, 너무 무리해서 일하지 말아요."

"저도 그럴 생각은 없습니다. 그럼 안녕히."

나는 그의 뒷모습을 쳐다보았다. 그는 논밭과 초원 사이의 들판 안쪽으로 걸어갔다. 건장한 그의 몸집은 강인해 보였고 피로에 젖은 기색이라고는 보이지 않았다. 높이 자란 풀들이 그의 무릎을 스쳐 갔다. 그의 어깨 위에 걸친 낫이 공중에서 하얗게 번쩍거렸다.

나는 다시 가던 길을 걸어가 마침내 축축한 냄새를 풍기며 나를 받아 주는 숲의 그늘 안에 도착했다. 타는 불꽃같은 가지들 사이에서 새들이 노래하고 있었고 내가 걸어가는 발밑으로는 부드러운 이끼가 기분 좋게 펼쳐져 있었다. 적갈색의 나비들이 높은 꽃가지들 위에서 날개를 내려놓고 쉬고 있었고 작은 황갈색의 야생벌들은 빠르고 곧은 날갯짓을 하면서 부드럽고 그늘진 공기 속으로 먹이를 찾아 날아다니고 있었다.

나는 잠시 쉬기 위해 무성한 덤불 발치의 조용한 장소에 앉았다. 그러고는 흐린 여명이 비치는 숲 속에서 벌어지는 무수한 삶들을 관찰했다. 파리들과 나비들을 바라보면서 그늘 밑 신선한 공기를 들이마셨다.

그런 다음에 호주머니에서 낡고 작은 책을 꺼내 천천히 넘기면서 그 안에 있는 오래된 민요 가사들을 읽어 나갔다. 자연의 삶은 정말 아름다웠다. 여름의 신선함을 맛보거나 공기를 들이마시는 이들은 그것을 매우 사랑했고 나도 종종 그렇게 하려고 노력하는 편이다.

사실 방 안에서 읽는 책보다는 숲 속에서 읽는 책이 더 멋지게 다가온다는 사실을 느낄 때마다 이상한 생각이 들었다. 오래된 노래 책들과 민속 동화들도 그런 책에 속한다. 책을 읽을 때마다 늘 노랫소리로 변해 버리는 단순한 시구인데도 숲의 공기와 새들의 지저귐과 보슬거리는 바람의 소리를 다른 어떤 책들보다 더 잘 견뎌 낸다.

나는 또 풀 베는 사람의 죽음에 관한 노래를 읽고 있었다. 그리고 그 죽음이 꽃들과 식물들이 활짝 핀 들판 위로 걸어가는 위대한 모습을 보았다. 그의 서늘한 낫질이 살아 있는 풀들 사이로 엄격하면서도 진지하게 스쳐 가는 소리를 들었다.

오늘도 역시 아름다운 시들이 지어질 것이다. 하지만 우리가 들으면 가슴이 떨리고 박자를 맞춰 가며 함께 미소 짓고 흥얼거릴 수 있는 시는 별로 많지 않을 것이다. 이 풀 베는 사람의 죽음에 관한 노래는 진지하고 서글프고 쓰라리고 경직된 것이지만 잔인하지는 않았다. 그 노래는 마치 슬픔을 알지 못하는 어린아이의 입에서 나오듯이 부드럽고 감미로웠으며 듣기 좋았다.

여름철에 숲 속을 어슬렁거리다가 힘이 들면 잠시 쉬고, 다시 돌아다니곤 하다 보면 몇 시간은 금방 지나간다. 이미 오후도 절반쯤 지난 후에 나는 집으로 돌아가려고 숲을 떠나 아까 왔던 길로 들어섰다. 태양과 건초 냄새가 내 쪽으로 강하게 풍겨 왔다. 이웃 마을에서 다섯 시를 알리는 시계 종소리가 들려왔다. 나는 걸음을 재촉했다. 그리고는 앞서 가는 건초 마차를 한 대 따라잡았다. 말들 곁에 한 남자가 따라서 걸어가고 있었고, 다른 남자는 마차 앞쪽에 앉아 있었다. 마차 안에는 또 다른 남자가 누워 있었는데 머리는 붉은 천으로 덮여 있고 두 다리만 삐죽 나와 있었다.

"세상 편하게 자고 있군요." 지나가던 내가 소리쳤다.

"앞으로 그가 잠에서 깨어날 일은 없을 거요."

마차를 끌고 가는 남자가 말들을 멈춰 세웠다. 나는 누워 있는 남자를 덮고 있는 천을 잡아챘다. 거기에 누워 있는 사람은 늘 쾌활했던 그 이웃집 남자였다. 그의 가슴에다 손을 대어 보니 몸은 이미 차갑게 식어 있었고 심장 뛰는 소리가 들리지 않았다. 그의 얼굴은 창백하다 못해 푸른 그늘을 띠고 있었다.

"내가 앞서 갈까요?" 나는 마차를 모는 사람에게 물었다.

"그럴 필요 없어요. 그의 아내도 벌써 알고 있어요."

나는 그 마차 뒤를 따라갔다. 햇빛이 가득 빛나는 들판과 꽃들이 가득 핀 초원을 지났다. 나는 푸른색을 띠고 있는 저 먼 호수로 눈길을 돌렸다가, 말없이 누워 있는 그 남자를 바라보기도 했다. 그가 누워 있는 마차 바닥 옆에는 아까 어깨에 메고 가던 낫이 놓여 있었다. 그는 건초를 베다가 갑자기 쓰러졌다는 것이다. 동행한 사람들도 더 이상은 어떻게 설명해야 할지 몰라 난감해 했다.

우리는 마을로 들어갔다. 고개를 숙인 여인들과 남자들이 우리 쪽으로 다가왔다. 그들은 마차의 대열에 가세했다. 두 번쯤 굽이진 긴 마을 길을 따라 사람들의 조용한 행렬이 이어졌다. 그 죽은 남자의 집에 이르자 그의 아내가 맞아 주었다. 그녀는 창백하게 질린 얼굴에 놀란 두 눈을 크게 뜨고 있었다.

Brücke

그날 저녁 온 마을이 침묵을 지켰다. 다음날은 죽은 남자에 대한 이야기가 종종 들리는 것 말고는 모든 것이 예전처럼 돌아갔다. 별다른 동요나 감동은 없었으나 저마다 슬픈 기색을 감출 수 없었다. 그러한 변화는 이곳처럼 작은 마을 공동체에서만 보고 들을 수 있는 것이었다.

그들은 낫으로 풀 베는 자[1]의 걸음 소리를 들었던 것이다. 그들이 두려워하는 자의 발걸음 소리였다. 그 죽음의 신이 그처럼 작은 마을을 찾아오는 일은 드물었다. 매일 누군가가 죽어 나가도 아주 가까운 사람들 말고는 아무도 신경 쓰지 않는 도시와는 달리, 마을 사람들은 만약 사신死神이 찾아오면 외경심을 가지고 그를 영접한다.

어제 그의 장례를 치렀다. 그의 집 앞에 관이 놓여 있었고, 조문객들은 누구나 그 남자의 시신 위에 성수를 뿌려 줬다. 화환을 가져온 사람은 그것을 관 위에 놓거나 밖에서 대기하는 영구차 위에다 걸었다. 그런 다음 관이 영구차 위로 들어 올려졌다. 작은 교회에서 종이 울려 퍼지자, 우리들은 우리의 이웃이 무덤으로 가는 멀고 조용한 길을 동행하여 걸어갔다. 우리들이 사는 작은 마을에는 목사도 없고 교회 묘지도 없었으므로 우리는 그 죽은 남자를 이웃 마을로 데려갔다. 우리들은 길 양옆 두 줄로 늘어서서 다른 사람들 뒤를 따라 걸어갔다. 앞에는 남자들이, 뒤에는 여자들이 따라갔다. 이따금 누군가가 기도 소리를 내었다. 그러면 모두가 거칠고 느린 목소리로 그 소리를 따라서 기도하듯이 장단을 맞추었다.

그렇게 우리는 햇빛이 반짝이는 호수를 지나고 포도밭을 지나서, 곡식이 풍성하게 수확되는 들판을 지나고, 드넓은 초원을 지나서 교회가 있는 마을로 그 죽은 남자를 데려갔다. 그 다음 우리는 오래됐지만 훌륭한 교회 묘지 위에 서 있었다. 그 회색 담장 너머로 멀리 호수와 섬과 이어진 산들이 보였다. 목사는 축복의 기도를 드렸고 합창단의 노랫소리가 이어졌다. 우리들은 갓 파 놓은 무덤 속에 흙과 나뭇잎을 던져 넣었다. 우리 주위에 펼쳐져 있던 아름다운 여름의 대지가 무관심한 듯 평화롭게만 느껴졌다.

모두가 무덤을 향해 고인의 명복을 비는 동안 나는 몽롱해진 상태에서 눈길을 들어 바깥쪽을 바라보았다. 우울한 모습으로 모여 있는 문상객들 너머 저쪽에 한 농부의 아름다운 아낙네의 머리가 솟아 나와 있는 것이 보였다. 그녀의 눈은 투명했고 얼굴 표정은 변화가 없었다. 그녀는 그저 사람들 무리 속에 섞여 호수와 포도밭 쪽을 조용히 바라보고 있었다. 슬퍼하는 모습도 아니었고 기뻐하는 모습도 아니었다. 입은 반쯤 열려 있었고 그녀의 아름다운 검은 머리는 드높은 하늘과 날카로우면서도 대담하게 대조를 이루고 있었다.

---

1) 여기에서 풀 베는 자란, 낫으로 풀을 자르면 그 풀이 죽듯이 인간의 목을 단숨에 자를 수 있는 '죽음의 신'을 뜻한다.

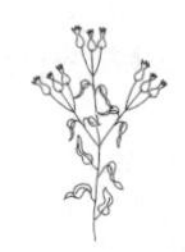

진정으로 아름다웠던 풍경의 잔재 앞에서

예전부터 느꼈던 것인데 지구상에 인구가 넘친다는 사실이 여기서처럼 불쾌하게 다가오는 곳은 없다. 부활절이 가까워지자 이곳에는 마치 무수한 벌레들처럼 이방인들이 몰려들고 있다. 이 작은 루가노 시를 돌아다니는 주민의 4분의 1은 베를린에서 온 사람들이며, 3분의 1은 취리히에서, 5분의 1은 프랑크푸르트와 슈투트가르트에서 온 사람들이다. 1제곱미터 안에 약 열 사람이 움직이고 있는 셈이다. 매일 수많은 사람들이 다른 사람들에 치여 질식할 듯하지만, 그래도 사람들의 수는 전혀 줄지 않고 있다.

아니, 오히려 이곳에 도착하는 급행열차마다 500명에서 1,000명에 가까운 새로운 승객들을 싣고 온다. 그들은 물론 예

Klingsors Balkon

절을 아는 사람들이며 아주 적은 것에도 만족한다. 욕조 하나에 세 사람이 쪼그리고 잠을 자거나 한 그루 사과나무 가지 위에 매달려서 구경하는 것도 만족한다. 자동차로 먼 길을 달리느라 먼지를 뒤집어쓰고 들이마시는 것조차 고마워하는 것은 예사이다. 그들은 창백한 얼굴 위에 커다란 선글라스를 쓰고 피어나는 초원을 바라보면서 신께 감사한 마음을 갖는다.

루가노 시는 몰려드는 사람들 때문에 가시 돋친 철망으로 담을 둘러놓았다. 물론 그 장소는 몇 년 전만 하더라도 누구나 마음껏 돌아다닐 수 있도록 햇빛 아래에 드러나 있었고 그 사이로는 작은 길들이 나 있었는데 말이다.

이곳을 찾아오는 이방인들은 교육을 잘 받은 권세 있는 사람들이다. 고마워할 줄도 알고, 한없이 겸손해지기도 하는 사람들이다. 하지만 그들은 자동차를 끌고 와서 서로의 영역을 마음대로 넘나든다. 빈 잠자리 하나를 발견하려고 온종일 이 마을 저 마을을 차를 몰며 헤매고 다니지만 물론 헛수고다. 그들은 술집 웨이터들이 이미 오래 전에 사라진 테셍 지역의 고유 의상을 입고 있는 모습을 사진 찍으며 경탄해 마지않는다. 그러면서 그 웨이터들과 이탈리아어로 대화하려고 애쓴다.

그들은 자기들이 이곳에서 보는 모든 것들 매력적이고 황홀하다고 여긴다. 그러나 그들이 매년 이곳을 찾아올 때마다, 해가 가면 갈수록, 중부 유럽에 아직도 존재하고 있는 몇 안

되는 낙원으로 여겨지는 지역 중 하나를, 마치 베를린의 외곽 지역처럼 흉측하게 변모시키고 있다는 사실은 전혀 알아차리지 못한다.

해마다 그런 사람들이 타고 오는 자동차의 수는 더욱 많아진다. 호텔은 더욱 만원이 되어 간다. 그리고 목초지를 마음대로 밟고 다니는 여행객들의 홍수를 피해 그 지방에 마지막으로 남은 마음씨 좋은 늙은 농부까지도 철망을 두른다. 그리고 이곳에 이어 다른 목초지에는 건축물이 세워진다.

조용했던 숲의 가장자리는 사라지고 이어 다른 숲의 가장자리들도 건축물이 들어서면서 철책으로 둘러싸이고 목초지는 사라져 간다. 돈, 산업, 기술로 대변되는 현대 정신이 얼마 전만 해도 매혹적이던 이곳의 풍경들을 정복해 버렸다. 그리고 우리들의 오랜 친구들, 이곳의 풍경을 발견하고 그 가치를 알았던 사람들까지도 불편한 구식 물건처럼 만들어 버렸다.

그들은 중앙에서 구석 벽으로 밀려나고 뿌리가 뽑히고 말았다. 우리들 가운데 끝까지 이곳을 지키려는 사람은 아마도 테생 지방에 마지막으로 남은 가장 오래된 밤나무에 목을 매달게 될 것이다.

물론 이 지방에는 아직도 이따금 보호 구역이 지정된다. 말하자면 이 나라에는 아직도 티푸스 병이 발생하는 지역이 몇 군데 있다는 소리인데, 지난해에 테생 마을에 살던 내 친구 한 명과 그의 아내도 그 병으로 사망했다. 하지만 다른 한편으로, 루가노는 풍경이 가장 아름답다고 손꼽히는 4월을 가지고 있다. 이 시기는 해마다 비가 내린다. 여름에는 너무 무더워서 참을 수 없을 정도이지만 아름다운 4월이 다가올 것이므로 즐겁기만 하다.

하지만 지금 우리들은 한쪽 눈을 감는다. 때로는 두 눈 다 감기도 한다. 그리고 우리들이 사는 집의 문들을 잘 닫아 놓는다. 그렇게 닫아 놓은 덧문 뒤에서 장사진을 이루는 사람들을 바라본다. 끊이지 않는 사람들의 무리가 매일같이 우리들이 사는 모든 마을을 통과하여 지나간다. 그 이방인들은 과거에 정말로 아름다웠던 풍경의 잔재 앞에 서서 깊은 인상을 받으면서 명상에 잠긴다.

이 지상 위에는 얼마나 많은 것들이 가득 차 있는가! 어디를 돌아보아도 새로운 집들, 새로운 호텔들, 새로운 기차역들이 세워져 있다. 모든 것들이 대형화되고 도처에 고층 건물들이 세워진다. 그래서 지상 위에서 한 시간 정도만 산책을 해도 사람들 무리와 부딪히지 않기란 더 이상 불가능해 보인다. 심지어 오지 중에 오지로 손꼽히는 고비사막과 투르키스탄에서조차도.

Biogno

꿈

이 시대와 문명은 모든 의학적 · 심리학적 · 사회학적인 특이 현상들을 탐구하기 위해서 특수 분야의 학문과 언어와 문학에 대한 교육을 발전시켰다. 반면에 인간에 관한 지식, 즉 인류학에는 더 이상 발전한 지식이 없다. 아마도 대부분의 사람들에게는 모든 인간적인 체험이나 능력들은 우리가 해결할 수 없는 문제로 남은 매우 경이롭고 특이한 것처럼 보일 수도 있다. 반면에 이따금 매혹적이고 황홀할 만큼 정신을 북돋아 주는 것이 될 수도 있으며 때로는 끔찍하고, 위협적이며, 한없이 음울한 것이 될 수도 있다.

인간의 본질은 완전히 부서지고 갈라져 더 이상 치유할 수가 없다. 수천 개의 특수한 분야로 나뉘고 마음 내키는 대로 조각조각 쪼개져 버렸다. 덕분에 우리 인간들도 마치 현미경 밑에 미세하게 쪼개진 단편들처럼 실험 표본으로 삼아도 가능한 정도가 되었다. 인간적인 것, 동물적인 것, 식물적인 것 또는 광물적인 것을 상기시키는 수많은 영상 세계 속으로 미세하게 부스러져 떨어질 수 있다. 그런 형태의 언어와 색채들은 언뜻 보기에는 무한성과 가능성을 가지고 있기에 공통되고 통일적인 부분은 빠져 있다. 그러나 그 쪼개진 영상이 가지고 있는 개개의 파편들은 어떤 의도도 없이, 그저 마법처럼 세계가 가진 근원적이고 창조적인 아름다움 그 자체를 보여줄 수도 있다.

바로 그것이야말로 아름다운 것이다. 그것은 현실에서 벗어난 아름다움이며 더 이상은 쪼개지지 않아도 될 만큼 그 자체로서 온전한 모습을 띠고 있다. 그래서 수십 년 전부터 화가들은 그러한 모습에 강렬하게 마음을 뺏겼다. 그들은 추상적인 영상들이 가지고 있는 매력을 알고 있었다. 그것은 존재하지 않는 것이 주는 슬픔이며, 화가들은 그처럼 덧없으면서도 우리의 영혼을 유혹하는 아름다움을 만들어 낼 수 있다. 그들은 그처럼 단편적이고 추상적인 영상 속에서 전체적이고 진실되게 표현할 수 있는 것을 다시 발견할 수 있다고 생각한다.

다시 말해서 그것은 더 이상 이 세계 안에서 만날 수 있는 것들이 아니다. 시들어 죽어 가는 것과 덧없는 것들이 통일되며 영원성을 갖게 되는 것이다. 이 추상 화가들은 전체적인 것을 세부화하고, 확고한 형태를 지니고 있는 것을 해체시켜서 원래의 형태들을 마구 뒤섞어 흔든다. 그리하여 때론 무책임해 보일 수도 있지만 경이롭고 매력적으로 합성하는 작업을 통해 새로운 것을 다시 꾸며 낸다.

마찬가지로 우리들의 영혼도 꿈속에서 그런 작업을 한다. 우리가 사는 시대 이전에는 없었던 새로운 인간 유형들이 등장하는 것도 우연은 아닌 것이다.

더 이상 일하지도 않고, 행동에 책임을 지지도 않으며 그저 꿈만 꾸는 유형의 사람이 또 하나 생겨난 것이다. 그런 사람은 밤에는 물론이고 종종 낮에도 꿈을 꾼다. 그리고 자신이 꾼 꿈을 기록한다. 사실 자기가 꾼 꿈을 기록하는 일은 꿈을 꾸는 것 자체보다도 많은 시간이 필요하다. 그래서 이 꿈꾸는 문인들은 이 생을 사는 내내 과중한 업무를 어깨에 짊어지게 되었다.

그들은 결코 그 꿈들을 다 성취할 수 없다. 그들이 꾸는 꿈들의 절반도 다 기록할 수 없기 때문이다. 그들이 꿈을 꾸고 그것을 기록하는 사이에 매끼 식사를 챙겨 먹거나 떨어진 옷의 단추를 달거나 하는 것은 거의 기적에 가깝다.

이 꿈꾸는 문인들, 또는 직업적으로 꿈꾸는 사람들은 건전한 시대에는 삶의 아주 작은 한 부분을 담당한다. 즉 잠을 잔다는 일상적인 일이 그들에게는 소중한 일거리가 되고 그들 삶에서 아주 중요한 부분을 차지하며 직업이 되는 것이다.

Interieur mit Büchern

우리들은 그들이 꿈을 꾸고, 꿈을 기록하는 것을 보고 이따금 미소를 짓거나 어깨를 으쓱거리기는 해도, 그들을 비웃거나 작업을 방해하지는 않는다. 그 사람들이 하는 일이 비생산적이기는 하지만 그래도 해를 끼치지 않으며 순수하다고까지 생각한다. 그들은 이기적이기는 해도 어린아이처럼 순수한 모습으로 살고 있다. 때론 저 현실성 없는 화가들처럼 약간은 미치광이 같기도 하지만.

우리들과 마찬가지로, 그리고 오늘날 모든 세계처럼 그들도 약간은 미쳐 있다. 하지만 사악하거나 위험한 방식으로 미쳐 있다고 생각하지는 않는다. 일단 한 잔의 포도주가 얼마나 맛이 좋은지 알게 된 사람은 상황에 따라서는 술잔 속의 포도주를 자기 삶의 중요한 부분으로 삼을 수 있다. 그때 그는 음주가가 되는 것이다. 또 생야채가 얼마나 건강에 좋고 신선한 맛이 나는지 깨달은 사람은 상황에 따라서는 직업적인 생식가나 건강 마니아가 될 수 있다.

그러한 것들도 남에게 해를 끼치지 않는 특수한 광기라고 볼 수 있다. 게다가 포도주나 야채샐러드가 몸에 좋다는 것을 반박할 만한 것도 없다. 그저 우리들에게는 포도주나 생야채의 가치를 인정해 주는 것이 옳을 뿐이다. 다만, 아무리 그렇더라 하더라도 그것들을 삶의 중심으로 삼고, 적장 우리 삶은 그 주위에서 돌아가도록 해서는 안 된다.

꿈을 꾸고 관찰하는 일도 마찬가지다. 우리들은 신의 계획과 그 뜻을 살펴볼 때, 사실 인간의 삶에서 꿈꾸는 일이 직업이 되거나 그것이 우리의 삶을 지배하는 소중한 것으로 떠오른다면 그것은 옳지 않다고 믿는다. 하지만 만약 우리가 꿈을 너무 적게 꾸거나 혹은 우리가 꾸는 꿈들에 대해 별다른 관심을 갖지 않는 것도 사실 그리 올바른 일은 아니라는 것을 안다.

오히려 우리들은 늘 이 숭고한 심연 위에 고개를 숙이고, 신비에 싸인 그 속을 경이로운 눈으로 들여다보지 않을 수 없다. 또 그러고 싶다. 우리는 그 자잘하게 부서진 영상들을 이어서 전체적이고 사실적인 것을 암시 받기 원한다. 그리고 종종 형용할 수 없이 아름다운 우리들의 환상이 우리에게도 선물을 하도록 내버려 두고 싶어 한다.

수채화

정오가 되자 나는 예감했다. 오늘 저녁에도 그림을 그리게 될 것이라고.

지난 며칠 동안은 바람이 불었고 오늘 저녁 무렵이 되면서 하늘은 점점 더 수정처럼 맑아졌다. 아침에는 구름이 끼어 있었는데 말이다. 부드럽지만 약간은 잿빛을 띤 공기가 다가왔다. 마치 부드러운 베일을 두르고 꿈을 꾸는 것처럼. 저녁때쯤에 햇빛이 점점 기울어지면서 주위는 너무나도 아름답게 변할 것이다. 아, 나는 이 사실을 잘 알고 있었다.

그림 그리기에 특히 적당한 날씨도 물론 있지만 결국은 어떤 날씨든 상관없이 그림을 그릴 수 있었다. 비가 내릴 때도 멋졌다. 심지어 알프스를 넘어오는 사나운 푄 바람이 부는 오

전에도, 풍경은 마치 투명한 유리를 통해 보는 것처럼 멋있었다. 여기서 네 시간 거리에 떨어져 있는 어느 마을의 창문들 개수까지도 셀 수 있을 것 같았다.

그러나 오늘 같은 날은 어딘지 좀 다르고 특별했다. 이런 날에는 그림을 그릴 수 있는 것이 아니라 그려야만 한다. 이런 날에는 녹색뿐만 아니라 온갖 붉은 얼룩점이나 황토조차도 아주 풍부한 여운을 지닌 것처럼 느껴졌다. 포도나무를 지탱하는 낡은 말뚝조차도 그 아래 드리워진 그림자와 함께 깊은 생각에 잠긴 듯이 보였다. 그것은 스스로도 자신의 모습에 만족한 듯이 아주 멋있게 서 있었다. 짙은 그늘 속에서도 모든 색채들은 여전히 뚜렷하고 강한 색조를 띠며 말을 걸어오고 있었다.

어렸을 때에는 이렇게 날씨가 좋은 날이면 거의 집 밖에서 시간을 보냈다. 물론 그때는 그림을 그리는 일보다는 낚시가 더 나의 흥미를 끌었다. 낚시 역시 원한다면 언제든 할 수 있었다. 제법 바람이 세게 부는 날도 있었고, 어떤 냄새가 나는 날도 있었다. 습기가 찬 날도 있었고 특이한 모양의 구름과 그늘이 서린 날도 있었다. 그런 날 아침이면 나는 벌써 뚜렷하고 확실하게 알 수 있었다. 오늘 오후에는 길 아래쪽 냇가에 돌잉어가 헤엄치리라는 것을. 그리고 저녁에는 피륙 공장 앞의 냇가에서 농어가 그물에 걸릴 것이라는 사실도 이미 알고 있었다.

어린 시절 이후로 세상은 변했다. 나의 삶도 역시 변했다. 내가 소년 시절에 낚시질을 하면서 느꼈던 즐겁고 충만한 행복감은 마치 전설처럼 사라지고, 더 이상 아무 것도 믿을 수 없게 변해 버렸다. 그러나 사람들 자신은 거의 변하지 않았다. 그들은 계속해서 즐거운 기분을 누리고 싶어 한다. 그래서 나는 오늘 낚시질 대신에 수채화를 그렸다.

날씨가 아름답고 멋진 그림을 그릴 수 있도록 약속해 주는 것 같은 조짐이 보이는 날에는, 나이 든 내 가슴속에도 다시 저 옛날 어린 시절 방학 때 맛보았던 즐거움이 다시 밀려든다. 무언가 다시 준비해서 해내고 싶은 작은 욕구를 느낀다. 그런 느낌이 들면 나에게는 모두 좋은 날이다. 내가 좋아하는 여름이 올 때마다 그런 날이 며칠만이라도 지속되기를 기대한다.

나는 늦은 오후에 집을 나섰다. 등에는 그림 도구가 담긴 배낭을 메고, 손에는 작은 접의자를 들었다. 이미 점심나절에 생각해 둔 장소로 갔다. 전에는 울창한 밤나무 숲으로 덮여 있었는데, 지난겨울에 모두 다 베어져 버렸다.

바로 그곳, 아직도 잔향이 묻어나는 나무둥치들 사이에서 나는 여러 번 그림을 그렸었다. 거기 서서 바라보면 우리 마을 오른편으로, 나무 박공으로 지은 아주 어둡고 오래된 지붕들이 보였다. 또 새로 지어 아직 단장이 다 끝나지 않은 분홍색 담장들 몇 군데의 모퉁이도 보였다. 그 사이로 여기저기 나무들과 정원들이 보였다. 아주 하얗거나 색깔 있는 빨래들이 여기저기서 허공에 나부끼고 있었다.

건너편에는 거대하고 푸른 산들이 서로 이어진 윤곽이 드러났다. 거기에는 불그스레한 산꼭대기 위에 자줏빛 그늘이 드리워져 있었다. 오른쪽 발치에는 호수의 일부가, 그 건너편에는 아주 밝게 빛나는 작은 마을들이 몇 군데 보였다. 이제 해가 서서히 지고 지붕들과 담장들 위로 내리쬐는 햇빛이 점점 더 따스하고 짙은 황금색으로 되기까지 나는 두 시간 가량 여유가 있었다.

나는 스케치를 하기 전에 한동안 골짜기에서 호수에 이르기까지 아주 다양한 풍경을 내려다보았다. 앞쪽으로는 멀리 마을들이 보이고, 나무둥치가 잘린 곳은 여전히 밝게 빛나고 있었다. 길이가 벌써 1미터가 넘는 풍성한 녹색 이파리들이 자라는 것을 바라본다. 그 사이의 붉고 메마른 흙 위에는 반짝이는 돌들과, 비가 많이 올 때 땅속 깊이 스며들었던 물줄기들도 보인다.

그러고 나서 나는 우리 마을을 관찰한다. 이 작고 따스한 보금자리는 담장들과, 박공을 한 지붕들로 둘러싸여 있다. 그 안에 있는 모든 평지와 작은 길들을 나는 오래전부터 잘 알고 있다. 수십 번이나 눈으로 그 형태들을 관찰하고 연필로 따라 그리고는 했었다. 전에는 진한 갈색 도료가 발라져 있던 커다란 지붕은 이제 다른 모습을 하고 있다. 바로 지오바니의 집이다. 지붕 밑에는 넓은 테라스가 있어서 가을이 되면 그곳에 황금빛 옥수수 이삭들을 널어놓고는 했다. 그 지오바니가 이제 자기 집의 커다란 지붕 전체를 새로 덮은 것이다! 마을에서 가장 나이가 많았던 그의 아버지가 몇 달 전에 세상을 떠났고 이제는 그 아들이 유산을 상속해 부자가 되었다. 그렇게 집을 수리하고, 새로 지은 곳에는 도배하고 색도 칠하느라 온종일 바쁘다. 그리고 그 뒤쪽에 서 있는 몸집이 작은 카바디니의 작은 집도 새로 페인트칠을 했다. 결혼 준비 중인 그 키 작은 사내는 집 정원이 있는 쪽으로 문을 하나 뚫었다.

그렇다. 집을 갖고, 집을 짓고, 결혼하고, 세상에 아이들을 낳아 놓는 사람들이 있어야 한다. 또 저녁이 되면 자기 집 문

앞에 앉아서 담배를 피우는 사람도 있어야 한다. 일요일에는 테셍의 술집을 찾아가 이탈리아 식 보치아 놀이를 할 마을의 대표도 뽑아야 한다. 이 모든 집들과 오두막들은 주인이 있다. 누군가가 그것들을 지었고, 그 안에서 살고, 먹고, 잠자고, 아이들이 자라는 것을 바라본다. 또 돈을 벌거나 빚을 지기도 한다. 또 작은 정원들과 주변의 나무, 목장, 포도밭, 딸기 덤불 그리고 밤나무 숲이 조금씩 누군가의 소유가 되고, 누군가에게 팔리기도 하고, 누군가에게 상속되어 기쁨이나 걱정을 안기기도 한다.

자라나는 아이들은 새로 지은 커다란 학교에 다니면서 꼭 필요한 것들을 배우다가 여름이 되면 석 달 동안 방학을 맞는다. 그러면서 모두들 용감한 굶주린 사자처럼 삶을 향해서 내달린다. 그들은 집을 세우고, 결혼하고, 담장을 수리하고, 나무를 심고, 돈을 벌고, 새로 태어난 아이들을 학교에 보낸다.

그 사람들이 자기들의 집과 정원에서 보는 것들은 내 눈에는 보이지 않거나 혹은 조금만 보일 뿐이다. 물이 들어찬 지하실, 쥐들로 가득 찬 헛간, 연기를 빨아올리지 못하는 벽난로, 정원에 심은 콩에 그늘이 너무 많이 지는 것, 그 모든 것들이 내 눈에는 안 보인다. 설령 보인다 해도 그런 것들은 나를 기쁘게 해 주지 않으며 걱정스럽게 하지도 않는다.

그러나 정작 여기 우리 마을에서 내가 보는 것을 다른 사람들은 보지 못한다. 저기 마을 뒤에 있는 색 바래고 갈라진

석회 벽이 어떻게 하늘의 푸른색을 흡수하여 그것을 다시 땅 위에 반사되어 움직이게 하는지를 마을 사람 누구도 보지 못한다. 바람 부는 듯 나부끼는 녹색의 함수초 사이로 보이는 저 합각머리 벽의 빛바랜 분홍색이 얼마나 부드럽고도 따사롭게 미소 짓고 있는지를 아무도 보지 못한다. 아다미니의 황토색 집이 저 짙은 푸른 산 앞쪽에 얼마나 당당하게 서 있는지를 보는 사람은 없다. 또 신다토네 집 정원에 서 있는 측백나무의 오므라진 잎사귀들이 얼마나 우스꽝스럽게 서로 얽혀 있는지 보는 사람도 없다.

바로 이 순간 그런 색채들이 조화를 이루면서 가장 순수하고 가장 정돈된 분위기를 띠고 있는 것을 보는 사람은 아무도 없다. 이 작은 세계 안에 드리워진 갖가지 그림자들의 싸움이 다른 시간에는 똑같지 않다는 것을 알아보는 사람도 없다. 저 아래 푸른 골짜기의 귓바퀴처럼 움푹 들어간 곳에 저녁의 황금빛 연기가 가느다란 선을 그으면서 피어오르는 것을 보는 사람도 없다. 그 광경이 뒤편에 있는 산들을 더욱 깊은 공간 속으로 밀어내고 있는 것을 보는 사람도 없다.

집을 짓고, 집을 허물어뜨리고, 숲에 나무를 심고, 숲을 베어 내고, 창문의 덧문에 페인트칠을 하고, 정원에 씨앗을 뿌리는 사람들이 있어야 한다. 그리고 그 모든 것들을, 그 모든 행위나 일들을 바라보는 방관자도 있어야 한다. 저 담장들과 지붕들을 자신의 눈과 가슴속에 간직하면서, 그것들을 사랑하고 그림으로 그리려고 시도하는 사람도 있어야 할 것이다.

나는 대단한 화가는 아니다. 그저 아마추어에 불과하다. 그러나 이 드넓은 골짜기 안에서 수십 년을 살아온 사람들의 얼굴을, 지나간 날들과 시간들의 얼굴을, 나만큼 잘 아는 사람은 없다. 다리 난간이 가진 주름의 모습을, 강기슭의 모양과 녹음 속에 뻗어 있는 다정한 길들을 나만큼 잘 알고 사랑하며 마음에 간직하고 있는 사람은 아무도 없다.

나는 그 모든 것을 내 마음속에 간직하고 그것들과 함께 살아가고 있다. 그러기 위해서 밀짚모자를 쓰고, 배낭과 작은 접의자를 든 화가가 되어 여기 서 있는 것이다. 그 화가는 어떤 계절에도, 어떤 날씨에도 이 포도밭과 숲 가장자리를 돌아다니면서 주위를 둘러본다. 어린 학생들은 그런 그를 보며 늘 웃곤 한다. 그 화가는 다른 사람들이 집과 정원, 아내와 아이들을 가지고 있으며, 친구들과 근심을 나누는 것을 종종 부러워하며 함께 미소 짓는다.

나는 내 하얀 스케치북 위에다 연필로 몇 개의 선을 그었다. 그러고는 물감 팔레트를 꺼내서 그 위에 물을 부었다. 이제 나는 붓 하나를 꺼내서 물에 듬뿍 적시고 나폴리 황색 안료를 약간 묻힌 다음에, 내 그림에서 가장 밝은 점이 될 부분을 그린다. 내가 그리려는 것은, 수액이 풍부할 만큼 굵게 자란 무화과나무 뒤쪽에 보이는 햇살을 찬란하게 반사하고 있는 지붕의 합각머리다. 이제 나는 이 마을에 사는 지오바니와 마리오 카바디니에 대해서는 더 이상 아무것도 알려고 하지 않고 그들을 부러워하지도 않는다. 그들이 나의 근심에 대해 신경 쓰지 않듯이 나도 그들의 근심에 대해서 더 이상 신경을 쓰지 않는다.

대신 나는 자세를 바로 하고 정신을 집중하여 녹색과 회색을 이용해 그 지붕을 표현하려고 애쓴다. 멀리 서 있는 산 위로는 물을 묻힌 붓을 살짝 스쳐 지나게 하고, 녹색의 잎들 사이로 붉은색을 살짝 묻힌다. 그리고 그 사이에 청색을 살짝 찍는다. 나는 마리오네 집의 붉은 지붕 아래에 그림자를 그려 넣으려고 신경을 곤두세우고 그늘진 담장 위쪽에 자라고 있는 둥그런 뽕나무 위에 감도는 황금빛과 녹색을 표현하려고 애쓴다.

이 저녁 시간에, 햇빛이 찬란하게 비치는 이 짧은 시간에 나는 그림을 그리면서 우리 마을의 산기슭에 앉아 있다. 그러나 나는 그저 다른 사람들의 삶을 관찰하거나 방관하는 사람은 아니다. 나는 그들의 삶을 부러워하지도 않고, 그것에 대해서 어떤 평가를 내리지도 않는다. 나는 그들의 삶에 대해서 아무것도 모른다.

다만 다른 사람들이 더 많은 소유물을 가지려고 갈망하듯이, 나도 그러고 싶어 한다. 그들이 어린아이처럼 무언가에 애착을 갖듯이 나도 그렇다. 나도 그들과 똑같이 의연하게 내가 하는 일에 몰두해 있다. 그리고 그런 행위에 애착을 느낀다.

Blick auf Montagnola

최초의 발견

갓 태어난 아이가 처음으로 눈을 뜨고 바라보는 것, 또 그 아이가 처음으로 과감하게 내딛는 첫걸음마, 그리고 그 아이가 물에 비친 영상을 발견하고 기뻐하거나, 가까운 교회에서 흘러나오는 오르간 연주 소리에 귀를 기울임으로써 생애 처음으로 아름다움을 느끼는 일, 또 막 꿈을 이루어 가는 한 시인이 언어를 이용해 음악을 만들 수 있는 가능성을 발견했을 때 최초로 환희를 느끼는 것.

이 모든 것들은 우리보다 앞서 산 수많은 사람들이 이미 체험하고 발견했던 것들이다. 그렇더라도 지금 그대가 발견한 것들의 가치나 의미, 창조적인 활동력은 조금도 상실되지 않는다.

중요한 것은 그대가 생각한 무엇을 이미 다른 사람이 생각했는가가 아니다. 그 생각이 그대에게 무언가를 일깨워 주는 체험이 되었는가 하는 것이 중요하다.

글쓰기와 필체

어린 사내아이가 학교에서 글씨를 쓴다고 해서 스스로 글을 썼다고 할 수는 없다. 그 아이는 쓰는 법을 배우더라도 그것을 가지고 누군가에게 무언가를 말하려고 생각하지는 못한다.

그저 그 아이는 자기가 베껴 쓰는 글자의 모양이 완벽하지는 않더라도 이상적인 글자 형태에 가장 가깝게 만들려고 애쓴다. 그 가장 이상적인 형태란 아름답고 아무 흠이 없으며 정확하고 모범적으로 씌어진 글자들을 말한다.

물론 교사들은 믿어지지 않을 만큼, 어쩌면 소름이 끼칠 만큼 완벽한 솜씨로 칠판에다 마법사처럼 그런 글씨들을 써 나가 학생들을 놀라게 한다. 그것을 '습자'라고 부른다. 그처럼 완벽하게 써진 글자들은 다른 많은 도덕적·미학적·사상적·정치적인 규범들처럼 습자의 규범이 된다. 그래서 우리들은 그것을 그대로 따라 쓰거나, 혹은 무시하고 아무렇게나 마음대로 쓰기도 한다. 그러면서 우리들은 어느 쪽을 따를지 양심과 싸우기도 하고 유희를 즐기기도 한다.

규범을 무시하는 것은 종종 우리가 마치 커다란 성공을 거둔 것 같은 즐거운 기분을 느끼게도 한다. 반대로 규범을 그대로 따르는 것은 원하든 원하지 않든 간에 얼마간의 고통을 준다. 왜냐하면 칠판에 모범적으로 씌어진 이상적인 글자의 모양을 그대로 베껴 쓰기 위해서는 늘 힘들고 꾸준하게 연습해야 하기 때문이다.

그런 식으로 그 소년이 쓴 글씨는 그 자신도 실망시키고, 그것을 바라보는 교사 역시 완전히 만족시키지는 못할 것이다. 그런데 그 소년은, 자신을 보는 사람이 아무도 없다고 생각이 되면, 작은 호주머니 칼을 가지고 학교 안에 있는 오래되고 딱딱한 나무 벤치에다 자기 이름을 새기거나 마구 낙서를 하려고 한다. 그런 작업은 시간은 오래 걸리지만 멋지고 흥분되는 일이다. 그는 이미 몇 주일 전부터 시간이 날 때마다 그 벤치를 찾아가 몰래 그 일에 열중하고는 했다.

그때의 행위는 전혀 다른 의미를 지닌다. 그것은 그 소년이 자발적으로 하는 일이다. 그 행위는 금지되어 있지만, 그만큼 더 즐겁고 비밀스러운 것이다. 그때는 또 아무런 규칙도 지킬 필요가 없다. 선생님이나 어른들한테서 야단을 맞을까 봐 두려워하지 않아도 된다.

벤치에다 글씨를 새길 때면 또 그 소년은 무언가 말할 것이 생긴다. 소년은 자신이 진실하고 소중하다고 느껴지는 것을 솔직하게 써 놓을 수 있다. 말하자면 자신의 존재와 의지를 알리고 그것을 그 벤치에다 영원히 고정시키는 것이다. 그것은 또 투쟁이기도 하다. 금지된 그 일에 성공하면 소년은 승리감을 느낄 수 있기 때문이다.

그 벤치는 나무가 딱딱한 데다가 결도 거칠다. 그래서 소년은 호주머니 칼로 글씨를 새기는 데 아주 애를 먹는다. 게다가 그 칼은 별로 이상적인 도구가 못 된다. 칼자루는 벌써 흔들거리고, 칼끝은 갈라졌고 칼날도 별로 예리하지 않다. 몰래 그 대담한 작업을 하려면 세심함과 인내심이 필요하다. 교사의 눈에 들켜서는 안 될 뿐만 아니라, 벤치에 새기고 찌르고 긁어내는 소리가 소년 자신의 귀에도 들리지 않게 아주 조용하면서도 은밀히 해야 된다. 그것은 매우 힘든 작업이다.

그러나 이 끈질긴 투쟁의 결과는, 똑같은 그어진 선들이 인쇄된 공책 안에다 재미없는 글자들을 되풀이해서 베껴 쓰는 일과는 비교도 안 되는 전혀 다른 느낌을 줄 것이다. 소년은 벤치에 쓴 것을 수백 번 다시 들여다보아도 기쁨과 만족을 느낄 것이다. 그것은 그 아이의 자부심의 원천이 될 것이다. 훗날 다음 세대의 아이들이 그 벤치를 찾아오면, 그것은 옛날 그 자리에다 몰래 글자를 새겨 넣었던 프리츠나 에밀이라는 이름의 소년에 대해 알려 줄 것이다. 그 다음 세대의 아이들은 그 글을 쓴 사람이 누구일까 알아맞히려고 궁리하면서 역시 기쁨을 느끼고, 자기들도 비슷한 짓을 하고 싶은 충동을 느낄 것이다.

여러 해를 거쳐 나는 많은 필체들을 만났다. 나는 필적 감정가는 아니지만 내가 접한 편지들이나 서류들 위에 씌어진 글자들의 형태는 대부분 나에게 무언가를 말해 주고 어떤 의미를 지녔었다. 거기에는 여러 부류의 다양한 필체들이 있었지만 어느 정도 경험을 쌓으면 즉시 그 차이를 알아볼 수 있다. 심지어 편지 봉투 위에 쓰인 주소의 필체만으로도 알아볼 수 있게 된다.

예를 들어 어린 학생들이 쓴 필체들이 서로 비슷하듯이, 무언가를 구걸하는 편지들의 필체도 틀림없이 비슷한 형태를 띠고 있다. 즉 긴박하고 궁핍한 처지에 있어서 무언가를 부탁하려고 하는 사람들이 쓰는 일종의 구걸 편지는, 편지를 쓰는 일이 지속적인 습관이 된, 그러니까 아예 직업이 된 사람들이 쓰는 것과는 필체가 전혀 다르다. 나는 그것을 구별하는 데 거의 틀린 적이 없다.

신체 장애인들이 쓴 매우 흔들리는 불안한 필체, 애꾸눈이나 수족이 말을 잘 듣지 않는 사람, 병원 침대에 누워서 계속되는 고열에 시달리는 사람이 쓴 편지들은 곧 알아볼 수 있다. 거기에 쓰인 글은 떨리거나 흔들린 필체로 씌어 있으며 비틀거리고 있다. 그런 불안한 필체는 읽는 사람을 가슴 조이게 하면서 종종 그들이 알리려고 하는 글의 내용보다 더 강하게 그들이 원하는 것을 말해 준다.

또 그 반대로, 나이 많은 사람들이 여전히 성스럽고 확고하고 힘 있고 기쁘게 쓴 필체들은 어떤가. 그러한 필체를 보면 나는 매우 감동을 느낀다. 그러한 편지들은 나한테 다정하게 무언가를 말하려고 한다! 그런 종류의 편지들이 오는 일은 매우 드물지만 종종 벌어지는 일이기도 하다. 거의 90세가 된 노인들이 쓴 편지들 말이다.

내가 소중하고 정겹게 느꼈던 많은 필적들 가운데서, 이 지상의 다른 어떤 필적과도 닮지 않았던 가장 특이한 필체는 알프레드 쿠빈[1)]의 것이었다. 그것은 아름다웠지만 읽기가 어려웠다. 그의 편지지는 두꺼웠고, 마치 그물 같은 그래픽 선들로 덮여 있어서 자극적이면서 흥미로웠다. 독창적이고 전도유망한 스케치 화가는 그 위에 무언가를 마구 끄적거려 써 놓았다. 나는 쿠빈이 쓴 편지의 어느 구절도 제대로 읽어갈 수가 없었다. 내 아내도 결코 해독해 내지 못했다. 우리는 그 편지 내용의 3분의 1, 아니 4분의 1만 읽어 낼 수 있어도 만족이라고 생각했다.

나는 그런 편지들을 볼 때마다 매번 현악사중주단이 앉아 있는 음악회가 생각나고는 했다. 거기서는 네 사람의 연주가가 힘 있게, 그러나 마치 무언가에 취한 듯 현 위를 마구 뒤섞어 긁어 대면서 수많은 박자들을 산출해 낸다. 그러고 나면 마침내 그 선율, 그 곡의 실마리가 뚜렷하게 드러나는 것이다.

예쁘장하고 기분 좋게 쓰인 많은 필체들은 나에게 친밀감을 주고 소중한 것이 되었다. 괴테처럼 고전주의적인 느낌을 주는 카로사[2]의 필체, 작고 흐르는 듯하면서 지혜가 넘쳐 보이는 토마스 만[3]의 필체, 친구 주어캄프[4]의 예쁘고 가늘면서 신중한 필체, 읽기가 그리 쉽지 않지만 개성이 강한 리하르트 벤츠[5]의 필체 등등.

물론 더 소중하고 귀한 것은 내 부모님의 필체였다. 어머니의 필체는 마치 새가 비상하듯이 힘들이지 않고, 완전히 해체되어 물처럼 흐르는 듯한 달필이었다. 그러면서도 크기가 아주 일정하고 뚜렷하게 쓰는 사람을 어머니 말고는 보지 못했다. 어머니는 마치 펜이 스스로 달리는 것처럼 쉽사리 써 나갔다. 그렇게 글을 쓰는 어머니는 늘 즐거워했고, 그런 어머니의 필체를 읽는 사람도 누구나 즐거워했다.

아버지는 어머니가 쓰는 독일어식 필체를 쓰지 않고 로마식 필체를 썼다. 아버지는 라틴어 또한 사랑했다. 그의 필체는 진지했으며 어머니처럼 나는 듯하지도 뒤뚱거리지도 않았다. 흐르는 시냇물이나 샘물 같지도 않았다. 아버지가 쓰는 낱말들은 정확하게 서로 간격을 두었다. 그 필체를 보면 아버지가 쓰다가 잠시 멈춰 생각에 잠기면서 다시 낱말을 선택하고는 했던 것을 느낄 수 있었고 나는 이미 유년 시절부터 아버지가 본인 이름을 쓰던 방식을 똑같이 따라하고는 했다.

필적 감정가들은 놀랄 만한 기술을 고안해 내어 어떤 필체도 거의 완벽하게 해독해 낼 수 있게 되었다. 나는 그 기술을 배운 적도 연구한 적도 전혀 없지만 종종 필체를 해독하기 어려운 때는 그런 기술을 알아 둘 가치가 있다는 것을 깨달았다. 그러나 나는 또 이따금 필적 감정가들의 뛰어난 감정 기술이, 필적을 보고 그것을 쓴 사람들의 영혼을 들여다보는 최고의 방법이 아니라는 것도 알았다.

물론 나무나 마분지 혹은 금속에 찍어낸 인쇄체나, 에나멜 판 위에 반영구적으로 찍은 글자나 숫자들을 해석하는 것은 별로 힘들지 않다. 관청의 공문서나, 열차의 객차 안에 붙인 금지 안내문, 에나멜 판 위에 쓰인 글자나 숫자들을 보면 거기에는 피도 생명도 깃들여 있지 않다. 그것들은 너무 졸렬하게, 애정이나 유희, 상상력이나 책임감 없이 생각하고 강제로 쓰인 것이다. 그래서 다량으로 찍어낸 철판이나 도자기에 씌어진 필체들을 보고 있으면, 그것을 고안해 낸 사람의 마음에는 수치심도 없다는 것이 느껴진다.

그런 필체들에는 피도 생명도 깃들여 있지 않다고 내가 말하는 이유는, 그런 졸렬한 필체들을 바라볼 때마다 어느 유명한 책에 쓰인 격언이 늘 내 머릿속에 떠오르기 때문이다. 내가 어린 시절에 읽었지만 당시 매우 감동하고 매력을 느꼈던 책이었다. 그것이 어떤 말이었는지 확실하진 않지만, 대충 다음과 같았다.

"내가 가장 사랑하는 필적은 바로 나 자신의 피로 쓴 것이다."

관청 같은 곳에서 아무렇게나 쓰는 마치 유령 같은 글자들을 볼 때마다, 나는 그에 대항하는 심정이 되고, 어느 고독하고 괴로워하는 자가 쓴 그 아름다운 격언에 늘 동조하고는 했다. 그러나 나의 그런 동조도 잠시뿐이었다.

자세히 살펴보면 그 격언이 나온 시대나 그 격언에 경탄하던 나의 젊은 시절은, 사실은 피를 흘리지 않았던 비영웅적인 시대였다. 그 시대에 살던 사람들은 자신들의 시대가 얼마나 아름답고 고귀한지를 그로부터 수십 년 뒤의 시대를 산 사람들보다 잘 모르고 있었다. 그 후에 우리들은 배워야만 했다. 피를 찬미하는 것 역시 정신에 대한 모욕이 될 수 있다는 것을. 그리고 피를 흘리는 일에 대해 미사여구를 쓰며 찬미하고 열광하는 사람들이 말하는 피는, 대개는 자신의 피가 아닌 다른 사람들의 피를 의미한다는 것을.

그러나 사람만이 글을 쓰는 것은 아니다. 손이 없이도 가능하며, 펜과 붓, 종이나 양피지가 없이도 글을 쓸 수 있다. 바람도 글을 쓸 수 있고 바다, 강, 시냇물도 글을 쓸 수 있다. 동물들도 글을 쓸 수 있고 땅도 글을 쓸 수 있다. 만약 이 지상의 어느 곳에서 땅이 이마를 한 번 찡그려 강의 흐름을 막아 버리면 작은 언덕이나 도시는 넘치는 강물에 쓸려가 버린다. 그처럼 맹목적인 힘들에 영향 받는 모든 자연 현상을 자연이 쓴 글씨라고 여길 줄 아는 능력을 지닌 것은 오직 인간의 정신뿐이다. 즉 인간만이 그들이 생각하는 것들이 자연으로 표현된 것을 바라보고 해석할 수 있다.

뫼리케의 글에 등장하는 새가 마치 장식 같은 걸음걸이를 남겨 놓은 것부터, 나일 강이나 아마존 강의 물줄기, 단단하게 얼어 있지만 아주 조금씩 자신의 형태를 변화시켜 가는 빙하의 흐름에 이르기까지, 자연 속에서 일어나는 모든 과정을 우리 인간은 글로 표현된 시, 서사시, 드라마로 느낄 수 있다.

경건한 사람들과 아이들, 그리고 시인들은 그렇게 느낀다. 또 진실한 학자들과 슈티프터가 말했듯이 '부드러운 법'을 지키는 모든 사람들도 그렇게 느낀다. 그들은 권력을 가지고 지배하는 사람들과는 달리 자연을 약탈하거나 폭력으로 대하지 않는다. 그들은 또 자연의 거대한 위력을 두려워하며 불안한 마음으로 기도하지도 않는다. 그들은 자연을 바라보고 깨닫고 경탄하고 이해하고 사랑하고 싶어 한다.

어느 시인이 대서양이나 알프스 산에 대한 송가를 지어 찬양할 수 있다. 또 어느 곤충 연구가가 현미경으로 수정같이 투명한 무수한 선이 나 있는 날개를 가진 작은 흰무늬나방을 관찰할 수도 있다. 양쪽 다 자연과 정신을 하나로 화합시키고 싶은 충동에서 하는 시도다. 그 뒤에는 늘 의식적이든 아니든,

신에 대한 상상과 믿음 같은 것이 도사리고 있다. 다시 말해서 이 세계 전체가 어떤 정신에 의해서, 어떤 신이나 어떤 두뇌에 의해서 움직이고 있다는 가정이 숨어 있다. 그 정신은 우리 인간의 정신과 비슷한 것을 간직하고 지향한다는 믿음 같은 것 말이다.

'부드러운 법'을 지키는 모든 사람들은 자신들의 형상에 따라 세계정신이 창조되었다고 생각하든 그 반대이든 간에 상관없이 인간 정신을 알리는 필적으로 자연에서 벌어지는 일들을 친밀하고 사랑스러운 것으로 만든다.

자연의 놀라운 필체들이여, 찬양 받아라. 마치 어린아이처럼 때 묻지 않고 순수하게 유희하는 너희들은 형용할 수 없을 만큼 아름답다! 또 파괴하고 죽이는 행위 속에서도 역시 형용할 수도 이해할 수도 없이 아름답고 위대하다!

어떤 화가의 붓놀림도 너희들의 필적을 따라가지는 못한다. 지금껏 어떤 화가도 화폭에 여름 바람이 유희를 하듯이 사랑으로 가득 차고 느낌이 풍부하고 부드러운 그림을 그린 적은 없었다. 자연 속의 바람은 풀들을 높이 물결치게 하고, 귀리 밭을 애무하고 빗질하듯이 흔들어 놓는다. 또 바람이 수천 가지 솜털 같은 색채를 띤 구름들과 노닐 때, 구름들은 마치 윤무를 하듯이 떠다닌다. 그리고 약한 숨결에도 나부끼듯 가늘어진 그 구름들의 가장자리로 햇살이 내리쬐며 작은 무지개의 불꽃처럼 아름다움을 지속시킨다. 모든 행복과 아름다움의 덧없음과 일시성. 그것은 그것이 지닌 마력과 부드러운 서글픔으로 이 시대의 우리들에게 말을 건다. 그것은 환상의 베일이다. 본질이 없으면서, 동시에 모든 본질을 확인해 주는 것이다!

필적 감정가가 어떤 인문주의자나 인색한 구두쇠, 혹은 사치스러운 사람이나 저돌적인 사나이, 혹은 어느 신체장애자의 필적을 읽고 해석하듯이, 양치기나 사냥꾼도 여우, 담비, 토끼 같은 동물들이 남긴 발자취들을 읽고 해석한다. 그들은 발자취를 보고 어떤 종류의 짐승인지, 그리고 그 동물들의 가족이 어디에 있는지 알아차린다. 그들이 추적하는 짐승이 잘 지내고 있는지, 아무 방해를 받지 않고 네 발로 잘 노는지 확인한다. 혹시 상처를 입거나 나이가 들어서 그 짐승이 달리는 데 어렵지 않은지, 과연 그 짐승이 한가하게 어슬렁거리며 돌아다니고 있는지, 다급하게 도망 중인지를 알아차린다.

사람들은 묘비나 기념비, 기념패 위에다 손으로 조심스럽게 끌을 다루면서 이름이나 찬사의 글 그리고 그들이 사는 세기와 햇수 따위의 숫자들을 새겨 넣었다. 그들이 새겨 넣은 보고寶庫는 후에 아이와 손자들, 자손들에게로 전달되고, 때로는 훨씬 더 먼 시대로까지 전해진다. 그 단단한 돌에 새겨진 글들은 서서히 비에 씻겨 나간다. 새들이나 달팽이들이 남긴 자취나 먼 곳에서 불어온 먼지들이 돌의 표면 위에 남거나 표면을 쓸어내려 필적이 희미해진다. 자연의 흔적들은 깊이 파서 새

긴 루네 문자[6]들 속에 달라붙어서, 매끄럽고 뚜렷했던 필적의 형태를 부드럽고 희미하게 변화시킨다. 그리하여 인간의 손이 완성했던 작업이 서서히 자연의 작품으로 변해 간다. 마지막으로 해초나 이끼가 그 위를 덮어 버리면 한때 아름답고 불멸의 모습을 지녔던 필적들은 서서히 부드러운 죽음을 맞게 된다.

예전에는 모범적이고 경건한 나라였던 일본에는, 수천 개의 숲들과 골짜기들이 있고 그곳에 예술가들이 창조한 수천 개의 조각품들, 아름답고 쾌활하면서도 고요한 표정을 짓고 있는 불상들, 고귀하고 선해 보이는 관음상들이 있다. 온갖 궂은 날씨에도 개의치 않고 신비롭고 외경심이 가득한 표정을 지닌 채 조는 듯한 모습으로 서서히 무형의 상태로 넘어가는 선승들의 얼굴도 있다. 천년 된 석상들의 얼굴도 보인다. 백년 넘은 수염과 곱슬머리 위에 이끼가 끼고 풀과 꽃이 자라고 있고, 심지어 덥수룩한 덤불이 뒤덮고 있는 얼굴도 있다.

인간의 손으로 쓰인 모든 것은 조만간에, 몇 분 후 혹은 수천 년 후에 결국 사라진다. 세계정신은 어딘가에든 쓰여 있는 모든 것들과 그것들이 사라지는 것을 읽으면서 미소를 짓는다. 우리들이 그중 어느 정도는 읽고 의미를 예감할 수 있어서 다행이다. 그 세계정신은 어떤 필적으로도 알 수 없지만, 그 안에 들어 있는 의미는 항상 하나이다.

모든 혁신은 흥미롭다. 언어와 예술 안에서 일어나는 모든 혁명에는 스릴이 있다. 예술가가 벌이는 유희들은 모두 황홀하다. 예술가들이 그것으로 말하려는 것, 말할 가치가 있으면서도 결코 완전하게 말해질 수 없는 것, 그것은 영원히 한 가지이다.

사람들은 다른 어휘를 고르고 문장 구조도 다르게 배치하고 짜 맞출 수 있으며 팔레트 위의 물감들처럼 서로 다르게 배열하여 사용할 수도 있고 단단한 필기도구나 연한 필기도구를 이용하여 표현할 수도 있다. 그러나 한 가지만은 늘 같다. 그것은 오래된 것, 자주 언급하는 것, 자주 시도된 것, 즉 영원한 것이라는 사실이다.

---

1) Alfred Kubin(1877~1959): 오스트리아의 삽화가.

2) Hans Carossa(1878~1956): 독일의 시인이자 소설가. 특히 남부 지방 사람의 이교적인 민속, 미신 등을 즐겨 묘사했으며, 삶에 대해 초연한 태도와 인간 속에 내재해 있는 가장 고귀한 면을 찾아내어 드러내 보이려는 태도가 전 작품에 걸쳐 나타난다. 〈청춘의 변화〉 〈달콤한 환상의 시절〉 등이 있다.

3) Thomas Mann(1875~1955): 독일의 소설가이자 평론가. 20세기의 독일 문학에서 가장 중요한 작가의 한 사람으로 노벨상을 수상했다. 주요 작품으로는 《부덴브로크 가의 사람들》, 《베네치아에서의 죽음》등이 있다.

4) 독일어로서 "빈의 세탁부들이 하얀 빨래를 세탁한다"라는 뜻이다.

5) Peter Suhrkamp(1891-1959): 오늘날 독일의 유명한 출판사인 '주어캄프'의 창립자. 그가 출판사를 설립할 수 있었던 데는 피셔 출판사 시절에 우정을 맺었던 작가들의 성원이 큰 도움이 되었다. 그 중에는 가장 강력한 후원자이던 헤르만 헤세도 포함되어 있었다.

6) 초기 게르만족이 1세기경부터 쓰던 특수한 문자. 북유럽에서는 14~15세기경에도 이 문자를 사용했다.

Hesse Zimmer in Minusio

고요히 꽃에 몰두하듯이

당신은 꽃 한 송이를 관찰하거나 꽃향기를 맡을 때, 곧바로 그 꽃을 꺾고 짓이겨서 현미경 밑에다 가져다 대고 연구하면서 왜 그 꽃이 그처럼 젊어 보이고 그런 향기를 뿜어내는지 알아내려고 하지는 않을 것이다.

반대로 그 꽃의 색과 형태, 향기, 그 꽃이라는 존재가 지닌 고요함과 수수께끼 같은 신비로움이 당신에게 영향을 미치며 당신은 그것을 받아들일 것이다. 그리하여 당신은 그 꽃을 체험한 것만큼 풍요로워질 것이다. 그대는 고요히 그 꽃에 몰두할 능력이 생길 것이다.

당신은 꽃을 감상하듯이, 시인들이 쓴 책을 읽을 때도 그렇게 해야 할 것이다.

내면의 문

한 시인의 작품을 진실로 읽을 줄 아는 사람은, 지성적이거나 도덕적인 결과들을 기대할 필요도 없고, 물을 필요도 없이 그 작품에서 작가가 주려는 것을 순순히 받아들일 준비가 되어 있는 독자다. 그런 독자에게 시인의 작품 속에 들어 있는 언어는 독자가 바라는 모든 대답을 해 준다.

작품을 '해석'하는 일은 지성이 유희를 하는 것이다. 조형미술에 관한 책이나 12음계의 음악에 대한 책을 읽고 쓸 수 있다는 것은, 머리는 좋지만 예술과는 거리가 먼 사람들에게는 멋진 유희가 된다.

그것은 종종 아주 아름답기까지 하다. 그러나 그들은 결코 예술 작품의 내면으로까지 들어가는 길은 발견하지 못한다. 왜냐하면 그 사람들은 그 내면의 문을 열려고 여러 시도를 해 보지만, 사실은 그 문이 이미 열려 있다는 사실을 전혀 보지 못하기 때문이다.

Dorfgasse

선한 마음

사람들은 선한 마음과 이성을 가지고 있다. 그리고 그것들은 우연에 의해서 작용한다. 그리하여 우리들은 몇 시간 되지 않는 동안에도 자연보다, 운명보다 더 강해질 수 있다. 그리고 위기의 순간에 우리들은 서로 가까워지고 서로 이해하는 눈길을 주고받을 수 있다.

우리는 서로 사랑하고 위로하면서 살아갈 수 있다. 그리고 이따금 음울하고 어둡고 심오한 감정이 침묵의 상태에 들어가면 우리들은 더 많은 일을 할 수 있다. 그때 우리는 한순간이나마 신이 될 수 있다. 즉 손을 내밀어 명령을 하고 전에는 존재하지 않았던 것들을 창조해 낸다.

만들어진 사물들은 일단 완성되면 우리가 없어도 계속 존재한다. 우리는 음과 단어 그리고 다른 부서지기 쉬운 하찮은 사물들에서 유희의 도구들을 만들어 낸다. 그것들은 의미를 띠고 우리에게 위안을 주는 좋은 지혜와 노래들이며 우연이나 운명에 의해서 일어나는 현란한 유희들보다도 더 아름답고 더 오래 지속된다.

우리들은 가슴속에 신을 간직할 수 있다. 만약 이따금 우리들의 내면이 그 신으로 충만하면, 그 신은 우리들의 눈과 말을 통해서 자신을 드러낸다. 또 그를 알지 못하거나 알려고 하지 않는 사람들에게 말을 걸기도 한다.

우리들은 우리의 마음을 생명으로부터 멀리할 수 없다. 오히려 우리는 우리의 마음이 우연을 능가하도록 만들고 가르칠 수 있다. 그리하여 고통스러운 일도 낙담하지 않고 바라볼 수 있다.

평준화에 대한 저항

우리들이 예술과 문학에서 무언가 좋은 것을 보여 주려는 시도는 값싼 적응력을 발휘하거나 행복한 시대를 살려는 본능에서 나오는 것이 아니다. 그것은 개성과 궁핍함에서 생겨난다. 그중 대부분은 일상적으로 평준화하려는 요구에 저항하고 투쟁하는 가운데 생겨난다.

책

이 세상의 모든 책들은
그대에게 행복을 가져다주지 않는다.
그러나 그것들은 그대에게 은밀히
그대 자신 속으로 돌아가는 길을 보여준다.

그곳에는 그대가 원하는 모든 것이 있다.
태양도, 별도, 달도,
그대가 요구했던 빛은
그대 자신 안에 머무니까.

그대가 오랫동안 책 안에서
찾은 지혜는
이제 페이지마다 빛난다.
그것은 이제 그대의 것이므로.

4부

존재의 의미, 예술

어린 예술가

학교와 기숙사는 나에게는 너무나 협소했고 종종 고문과 같다고 느껴졌으며, 미래는 매우 절망적으로 보였다. 그래도 나는 풍부한 감수성과 뛰어난 재능과 깊은 영혼을 지니고 있었다. 나는 볼 수 있는 능력과 맛을 느끼는 재능, 하늘의 달과 별들 그리고 계절들이 얼마나 아름답고 매혹적인지 느낄 수 있는 재능을 지니고 있었다.

그뿐인가. 나는 단지 감정만을 지닌 사람이 아니라 예술가였다. 나는 이 세계가 나에게 준 영상들과 체험들을 기억 속에서 재생해 내고, 그것들과 유희를 즐길 수 있었다.

그것들을 스케치하고 노래를 흥얼거리면서, 시의 언어로 무언가 새로운 것, 나만의 고유한 것을 만들 수 있었다.

자연을 바라보는 예술

나는 좀 더 위대한 문학을 통해 오늘날의 인간들을 보듬어 주고 돌봐 주는 자연의 삶을 보여줌으로써 자연에 대한 인간들의 애정을 키워 주고 싶은 소망이 있었다. 나는 사람들이 땅의 심장이 뛰는 소리에 귀를 기울이고, 자연이 살아 움직이는 모든 것에 참여할 수 있도록 독려해 주고 싶었다. 그리고 삶의 여러 혼란 속에서 인간들이 맞닥트리는 작은 운명을 잊지 말라고 가르치려고 했다. 결국 우리들은 신이 아니며, 스스로 창조된 것이 아니라 땅과 우주의 아들이자 자연의 일부라는 것을.

나는 시인들의 노래처럼, 우리들이 밤에 꾸는 꿈처럼, 강과 바다, 흘러가는 구름과 거센 폭풍도 우리가 꿈꾸는 것을 보여 줄 수 있으며 여러 의미를 내포하고 있다는 점을 상기시키려고 했다. 그리고 자연에 대한 형제애를 보여 주어 기쁨의 원천이 어디에 있으며 우리 삶이 어떻게 흘러가는지 발견하도록 가르치려 했다. 그리고 자연을 바라보는 예술, 방랑과 향유의 예술, 현재에 기쁨을 느끼는 예술을 가르치고 싶었다. 산과 바다, 푸른 섬들을 이야기하며 그것들을 유혹적이고 강렬한 언어로 표현하여 알려 주고 싶었다. 또한 그대들의 터전 밖에서 얼마나 다양한 원동력을 지닌 삶이 얼마나 예측할 수도 없이 날마다 꽃피우고 향기가 넘쳐흐르는지를 꼭 보라고 하고 싶었다.

나는 그대들이 사는 도시 근교에서 무한한 원동력을 펼치는 봄에 대해서 알려 주고 싶었다. 그대들의 사는 곳 근처의 다리 밑으로 흘러가는 강물에 대해, 숲에 대해, 그대들이 탄 기차가 뚫고 달리는 훌륭한 초원에 대해 알려 주고 싶었다. 그리고 그대들이 그런 것들 보다도 외국에서 일어나는 전쟁, 유행, 잡담, 문학, 예술 따위에 대해 더 많이 아는 것을 수치스럽게 생각하도록 알려 주고 싶었다.

나는 그대들에게 가르치고 싶었다. 살아 있는 모든 것들과 진정으로 형제가 되고 삶이 사랑으로 가득 차도록. 또한 고뇌와 죽음이 그대들에게 다가오면 더 이상 두려워하지 말고 다정한 형제처럼 애정을 가지고 받아들이도록. 나는 그것을 찬송가나 고상한 노래를 부르는 것처럼 꾸미고 싶지는 않았다. 단순하고 진실하게, 객관적으로 표현할 수 있기를 바랐다. 그리고 고향으로 돌아온 여행자가 밖에서 만난 자신의 동료들에 대해서 이야기하듯이 진지하면서도 해학적으로 묘사하기를 바랐었다.

나는 원하고, 소망하고, 바랐다.

음악

나는 즐겨 찾는 콘서트홀 안의 허름한 구석 자리에 가서 앉았다. 그 자리는 뒤에 아무도 앉지 않기 때문에 굉장히 아늑하다. 준비하는 사람들이 내는 소리가 들리기 시작하고, 커다란 홀 전체를 비추는 불빛이 부드럽고도 경쾌하게 내 머리 위에서 반짝인다. 나는 콘서트가 시작되기를 기다리면서 프로그램을 읽고, 곧 기분 좋은 긴장감을 느낀다.

이제 곧 지휘자가 지휘봉을 들면 시작을 알리는 음향이 터져 나올 것이다. 그리고 그 지휘봉이 최고조를 향해 움직이면, 오케스트라의 힘 있는 울림이 콘서트홀 전체에 세차게 울려 퍼질 것이다. 그들의 연주는 7월의 무더운 여름밤에 춤을 추는 곤충들처럼 매력적인 소리를 낼까. 혹은 취주 악기들이 동원되어 밝고 즐거운 소리를 낼까. 아니면 마치 김이 막힌 베이스음처럼 둔탁하고 후끈거리는 소리를 낼까. 아직은 알 수 없다.

오늘 나를 기다리고 있는 음악이 어떤 것인지 나는 알지 못한다. 그래서 나는 즐거운 예감으로 가득 차 있으며 어떤 음악인지 미리 알고 싶은 마음이 들기도 한다. 오늘 들을 음악이 무엇인지 알고 싶어서 혼자 마음속으로 상상하는 것도 꽤 재미있다. 게다가 미리 듣고 온 친구들에게 오늘은 아주 멋있는 음악을 듣게 될 것이라는 이야기를 듣고 기대감에 들떠 있는 참이다.

하얗고 넓은 홀의 앞쪽에는 악기들이 마치 전투 준비를 하는 듯이 줄을 맞춰 놓여 있다. 콘트라베이스들은 높고 반듯하게 세워져 기린 같은 목들을 가만히 흔들고 있다. 생각에 잠긴 듯한 첼리스트들은 그들이 연주할 첼로의 현 위에 머리를 가만 기대어 앉아 있다. 소리를 맞춰 보는 일은 이미 거의 끝나 가고 있다. 마지막으로 클라리넷을 점검하는 소리가 전쟁의 승리를 알리는 듯한 음향으로 전해진다.

이제 바야흐로 값진 순간이 시작될 것이다. 길고 검은 연미복을 입은 지휘자가 막 등장했고, 불이 갑자기 꺼지면서 홀 안에는 경외감마저 감돌았다. 지휘석 위에는 강렬한 조명을 받은 악보가 하얗게 빛을 발하고 있다. 그 앞에 서 있는 지휘자는 사람들이 모두 좋아하고 존경하는 음악가이다. 그는 지휘봉으로 지휘석을 탁탁 두드린 다음 양팔을 쭉 뻗는다. 그리고는 매우 긴장된 모습으로 지휘 시작 전까지 정신을 모은다. 그가 막 머리를 뒤로 젖히자 그의 뒤, 청중석에 앉아 있는 관객들 모두 지휘자의 눈이 마치 전장을 누비는 섬광처럼 번득이는 것을 본다. 그는 마치 부드럽고도 예리한 새의 날개 끝처럼 손을 움직인다.

그러자 곧 홀 전체가, 온 세계가, 그리고 내 가슴은 거품처럼 일어나는 바이올린 소리의 진동으로 짧고도 강렬하게 채워진다. 내 모든 감각은 관객과 콘서트홀을 지나 지휘자와 오케스트라를 만난다. 그리고 온 세상을 스쳐 가면서 새로운 모습으로 다시 태어난다.

만약 나와 관객들처럼 기대에 한껏 부푼 사람들 앞에 작고 초라한 세계를 보여 주려는 음악가가 있다면 슬픈 일이고 만약 그가 지금 믿을 수 없을 만큼 궤변적이고 거짓된 세계를 만들어 내려는 것이라면 서글픈 일이다.

그러나 지금은 슬프지 않다. 저 위대한 음악가가 텅 비어 있는 것, 가라앉아 있는 혼돈에서부터 하나의 물결을 솟구쳐 올려 보여 주고 있기 때문이다. 그것은 넓고도 강한 힘을 가지고 있다.

물결의 위쪽에는 절벽이 있고 세계의 심연 위에는 황량한 섬이 떠 있다. 하나의 불안한 도피처이다. 그리고 그 절벽 위에는 사람이 하나 서 있다. 아무런 경계가 없는 그곳에 홀로 있을 뿐이다. 세차게 뛰는 그의 심장에서 나오는 영혼 가득한 탄식의 소리가 무심한 황야 속에 울려 퍼진다. 그의 심장 속에 온 세계에 존재하는 모든 감각이 뛰고 있다. 형체도 없는 무한한 힘이 그를 기다리고 있고 그의 고독한 음성은 공허한 허공에 물음을 던진다. 그것은 황야 속에 마법 같은 힘으로 어떤 형태와 질서, 그리고 아름다움을 불어 넣으려는 시도이다.

여기 한 사람이 서 있다. 그는 대가이지만, 절망의 심정으로 전율하며 심연 위에 서 있다. 그의 목소리는 공포로 가득하다. 그러나 보라. 이 세계는 그를 향하여 갖가지 소리를 내뿜으며 다가간다. 그리고 아직 완성되지 않은 것 안으로 그 멜로디가 흘러 들어간다. 혼돈을 뚫고 형태가 생기며 무한한 공간 속에서 감정이 반향을 보낸다.

예술의 기적이 일어나고, 창조는 다시 반복되었다. 그 대가가 던지는 고독한 질문에 소리들이 반응하며 다가온다. 그의 갈구하는 눈빛을 향해 섬광이 비친다. 사랑을 갈구하는 심장이 뛰는 것처럼 박동이 빨라진다. 불가능해 보였던 곳에서 희망의 빛이 솟구쳐 오르는 것이다.

최초의 인간은 그의 젊은 의식 안에 희망을 지니고 있었고 그는 그 희망에 일어서고자 하는 의지를 가득 담아 이 지상을 제 것으로 만든다. 그는 자신감이 생기기 시작했고 심오한 기쁨을 느끼며 감동을 받는다. 그의 목소리가 커지면서 점차 주위로 강렬하게 퍼져 나가고 그것은 사랑하고자 하는 마음을 대변한다.

이제 침묵이다. 첫 악장이 끝난 것이다. 우리들은 다시 고독한 인간의 음성을 듣는다. 우리는 이미 그의 존재 자체가 주는 감동에 사로잡혀 있다. 창조자는 자기 갈 길을 나아가며 투쟁을 시작한다. 궁핍함과 고통이 일어나고 그가 탄식할 때 우리의 가슴도 떨린다. 그는 응답이 없는 사랑에 괴로워하며 끔찍한 고독감을 느낀다.

한숨을 토하듯이 음악은 고통 속에서도 울부짖는다. 취주악기 한 대가 내는 소리는 마치 고통스런 절규를 토해 내는 듯이 울린다. 첼로는 눈물을 흘리고, 수많은 악기들이 만드는 화음 가운데에서 전율할 정도의 슬픔이 배어나온다. 그건 희망도 없는 창백한 슬픔이다. 고뇌의 밤으로부터 멜로디들이 솟구친다. 지극히 행복했던 시절을 돌아보는 소리이다. 마치 차갑고 서글픈 낯선 별자리의 모습처럼 솟아 나온다.

하지만 마지막 악장은 지금까지 우울하고 어두운 분위기에서 벗어나 한 가닥 황금 같은 위안의 실낱을 자아낸다. 아아, 저 솟구쳐 오르다가 눈물을 흘리며 다시 가라앉는 오보에의 목소리여! 투쟁은 아름다움과 명료함으로 바뀌어 사라졌고 흉측하고 우울한 것이 녹아 사라진 자리에 고요한 은빛이 반짝이며 어른거린다. 고통은 부끄러운 듯 구원의 미소 속으로 자취를 감췄고, 절망은 긍정의 세계로 바뀌었으며, 새로운 약속을 지닌 기쁨과 질서가 고조되어 돌아온다. 잊혔던 아름다움이 다시 앞으로 나오면서 함께 춤추기 시작한다. 그리하여 곧 모든 것들이 하나가 된다. 고통과 희열이, 커다란 합창 속에 더 높이 솟아오른다. 천국의 문이 열리고, 축복을 내리는 신들은 위로의 눈빛으로 아래를 바라본다. 그들은 인간들의 감정이 고조되어 일렁이는 동경의 물결 위를 내려다본다.

이 세계는 감미로운 선율을 들려주면서 화해와 평화의 세계를 가져온다. 그리고 여섯 박자만으로도 만족스러운 음악을 만들며 지극히 행복하고 기쁨에 넘치는 형태로 연주된다. 곧 음악은 끝났지만 우리는 아직도 이 위대한 음악이 주는 강렬한 인상에 취해 있다. 열렬히 박수갈채를 보내면서 홀가분함을 느끼려 한다. 흥분된 박수갈채가 이어지는 동안 우리들은 아름답고 찬란하게 빛나는 위대한 무엇을 확실히 느낄 수 있었다.

우리 같은 청중들은 음악이 연주되는 동안에 눈앞에 풍경, 사람들, 바다, 폭풍, 하루의 일상과 변하는 계절 등의 모습을 떠올린다. 그것을 보고 소위 '전문가'라고 하는 사람들은 아마추어들의 잘못된 음악 감상법이라고 비난하는 경우가 많지만 나처럼 정말 음악에 문외한이어서 한 악곡의 음색조차 구별하기 힘겨워하는 사람에게는 그러한 영상들이 머릿속에 떠오르는 것이 오히려 자연스럽고 좋다. 더구나 나는 훌륭한 전문 음악가들도 나와 같은 방법으로 음악 감상을 한다는 사실을 알게 되었다.

물론 콘서트나 음악회를 경험한 모든 청중들이 나와 똑같은 모습을 보는 것은 아니다. 내가 떠올리는 거대한 물결, 절벽, 고독한 섬과 같은 영상들 말이다. 하지만 내가 보기에 아마도 이 음악은 나와 같은 자리에 있던 모든 청중들에게 똑같은 상상을 불러일으켰을 것이 틀림없다. 고통스러운 투쟁의 시간을 거쳐서 마침내 승리에 이르는 상상 말이다.

인생을 즐길 줄 아는 멋진 방랑자라면 아마 그 음악을 들으면서 굽이진 알프스 산맥을 등정하는 모습을 상상했을 것이다. 철학자라면 의식이 일깨워지고 새롭게 형성되어 괴로워하다가, 결국에는 성숙해지면서 감사하는 마음을 갖게 되는 장면을 보았을 것이며, 경건한 사람이라면 진리를 향해 걷는 길목에서 잠시 벗어났다가 더 순수한 마음으로 신에게 귀의하는 영상을 보았을 것이다.

신중하게 귀를 기울인 청중이라면 어느 누구도 이 굽이진 산맥을 걸어 나가는 영상을 잘못 이해하여 어린아이에서 성인이 되는 그 과정을 놓치지는 않았을 것이다. 그것은 서서히 만들어지며 개별적인 행복에서 우주 전체의 의지와 화해하는 과정이기 때문이다.

풍자와 유머로 가득 찬 소설이나 신문 기사에서, 나는 이따금 음악을 제대로 이해하지 못하는 가련한 청중들을 조롱하고 그런 사람들을 비하하는 글을 읽은 적이 있다. 베토벤의 〈에로이카〉가 울려 나오는 동안 증권 수익률을 생각하는 사람들, 자신의 몸에 단 장신구들을 자랑하려고 브람스 콘서트에 가는 귀부인, 결혼 적령기의 딸을 데리고 모차르트의 비가를 들으러 음악회에 가는 부인들도 그런 취급을 받는 사람들이다.

물론 그런 사람들이 진짜 있기는 할 것이다. 그렇지 않고서야 그런 사람들의 이야기가 그처럼 자주 문학 작품이나 신문 기사에 등장할 리 없을 테니까. 내 눈에 그런 사람들은 신뢰할 수도 없고, 이해할 수도 없는 사람들로 보였다. 마치 사교 클럽이나 다른 공식적인 모임에 나가는 것처럼 음악회에 갈 수 있다니. 그리고 음악을 들으면서 아무렇지도 않은 듯이 무감각하게 다른 한쪽으로 다른 생각들을 하다니 말이다.

허영심과 부유함을 뽐내려고 우쭐대며 콘서트에 가는 사람들의 심리. 이것이야말로 인간적이지만 참 우스꽝스럽지 않은가.

나는 음악 감상하는 날을 따로 정해 놓지 않고 이따금 머릿속이 복잡할 때라거나 피곤하거나 화가 나거나 몸이 아프거나 걱정거리가 있을 때에 콘서트에 가고는 했다. 그렇게 내 경험에 비추어 볼 때 베토벤의 교향곡이 웅장하게 울려 퍼지든, 모차르트의 세레나데가 감미롭게 흘러나오든, 바흐의 칸타타가 연주되든, 그 음악을 연주하는 첫 지휘봉이 춤추기 시작하고 선율이 움직이기 시작할 때, 모든 사람들이 별다른 감흥도 없는 듯이 무표정한 얼굴로 귀를 기울일 수 있다는 사실이 나는 이해가 되지 않았다. 그러니까, 영혼의 변화도 없으며, 어떤 영상에 사로잡히지도 않고, 비약도 없이 그냥 묵묵히 음악만 듣고 있는 것 말이다. 감동을 받거나 슬픔을 느끼는 것도 없으며, 고통이나 기쁨의 전율도 없이 그냥 무덤덤하게 음악을 들을 수 있다는 것이 나는 이해가 되지 않는다.

나처럼 악보도 제대로 볼 줄 모르고, 어떻게 악기를 연주해야 하는지 잘 알지 못하는 사람도 별로 없을 것이다. 하지만 위대한 음악가의 작품들은, 아니 어떤 예술이든 그 안에는 위대한 인간의 삶이 들어 있다는 것쯤은 아무리 문외한이라도 느낄 수 있어야 한다. 그들의 세계에서는 나와 그대를 위해서, 그리고 모든 사람들을 위해서 아주 소중한 것들을 진지하게 다루고 있다는 것을.

음악은 우리의 영혼, 전적으로 우리의 영혼을 요구한다는 비밀을 가지고 있다. 지성도 교양도 요구하지 않는다. 음악은 모든 학문과 언어를 초월하는 많은 뜻을 가지고 있지만 궁극적으로는 항상 명백한 의도를 지니고 오직 인간 정신만을 표현할 뿐이다. 음악을 연주하는 대가가 위대할수록 그가 보고 체험하는 가치와 깊이는 그만큼 제한을 받지 않으며 음악 형식이 순수할수록 우리의 영혼에는 더욱 직접적인 효과를 미친다.

음악의 거장이 있다. 그는 어느 누구도 아닌, 자신의 영혼을 위해서 가장 강렬하고 예리한 음악을 연주하기 위해 고군

분투한다. 그러다가 예술적 경지에 이르기를 갈망하던 자신으로부터 벗어나 처음에 가졌던 음악에 대한 순수한 마음과 아름다웠던 꿈을 찾아 좇아가려고 노력한다. 어느 쪽이든 모두 그의 작품에 직접적인 영향을 미칠 것이다. 기술적인 요소는 훨씬 나중에 가서야 중요한 요소가 될 뿐이다.

베토벤은 작곡을 하면서 어떤 작품 속에서는 바이올린의 음표를 별로 복잡하지 않게 배치했을 수 있다. 또는 베를리오즈는 어떤 곡을 작곡하면서 어느 한 부분에 취주 악기를 배치시킴으로써 그동안 하지 않았던 대범한 시도를 했을 수도 있다. 어쩌면 곡의 여기저기에 드러나는 강력한 효과는 오르간의 음표 배치 때문이거나 둔중한 음색의 첼로 소리 때문일 수도 있고 그것도 아니라면 어떤 다른 이유가 있을 수도 있다. 청중이 그런 것을 듣고 구분할 수만 있어도 멋지고 유익한 일이지만 그런 것을 아는 것이 음악을 즐기고 느끼는 데 꼭 필요한 요소는 아니다. 나는 종종 음악의 '음' 자도 모르는 사람들이 어떤 전문 음악가들보다도 음악에 대해 더 올바르고 순수하게 평가할 수 있다고 믿는다.

어떤 작품들은 문외한들에게 좋은 느낌을 주기는 하지만 별로 대단한 작품인지 아닌지는 평가 받지 못한 채 스쳐 지나가 버리기도 한다. 반면에 전문가들은 그런 작품들이 지닌 음악 기법이 얼마나 탁월한지 발견하고 매우 기뻐하기도 한다. 나 같은 문학가들도 문학 작품들을 읽고 비평을 하기도 하는

데, 전문가들이 아주 뛰어난 작품이라고 평가하는 것들이 보통 사람들에게는 아무런 감동도 주지 못하는 경우도 있는 것처럼 말이다.

하지만 내가 알고 있는 진정한 대가의 작품은 단지 우리 현실에만 영향을 미치는 데 그치지 않는다. 우리같이 평범한 사람들은 아름다운 음악 작품을 감상할 때, 음의 배치가 조금 미흡하거나 연주자가 조금 실수를 하더라도 마음 깊이 감동을 받는다면 그 자체로 행복해한다. 감동으로 눈물을 흘리기도 하며, 영혼의 밑바닥까지 음악으로 울리는 것을 경험한다. 음악으로 청중의 세계는 재해석되고 그렇게 우리의 영혼이 뜨거워지는 것이다. 그에 반해서 음악 전문가들은 그 악곡의 템포에 대해서 논쟁하거나, 음의 배치가 정확하지 않다는 것 따위를 가지고 다투느라 음악으로 얻을 수 있는 진정한 기쁨을 누리지 못한다.

물론 전문 지식을 가진 사람들은 그렇지 않은 사람들이 놓치고 넘어가는 진귀하고 독특한 음향과 최고의 기능을 알아보는 부분에 있어서는 누구보다 더 잘 음미할 수 있을지도 모른다. 하지만 아주 오래되고 매우 귀한 악기에서 울려 나오는 현악사중주의 화음이나 테너의 풍부한 음성이 흘려보내는 감미로운 매력, 혹은 알토 음이 종종 들려주는 따스하고도 충만한 느낌, 이 모든 것들은 지식 따위에 의존하지 않고도 아주 원초적으로 느낄 수 있는 것들이다. 온몸으로 음악을 향유하

Beet mit Sonnenblumen

는 일도 역시 나름의 학습이 필요한 일이기는 하지만, 음악이 주는 감동에 공감하는 것은 감각적으로 아주 섬세한 감수성이 할 수 있는 일이지 교양을 쌓는다고 누구나 가능한 일은 아니다.

지휘자가 보여 주는 뛰어난 솜씨도 마찬가지다. 훌륭한 작품을 대가의 수준으로 연주하더라도 그의 뛰어난 능력 하나만 가지고 그 작품의 가치가 결정될 수는 없는 일이다. 오히려 그의 섬세한 감수성과 그의 영혼이 지니고 있는 음량, 그의 개인적인 진지함이 작품이 지닌 가치를 논하는 데 더 결정적인 영향을 끼친다.

만약 음악이 없다면 우리의 삶은 어떻게 될까!

꼭 콘서트 같은 거창한 것을 찾아가지 않아도 된다. 그저 피아노 건반을 살짝 눌러 보거나 휘파람을 불어 보거나, 콧노래를 흥얼거리며 노래 한 곡조를 부르는 것으로도 충분하다. 혹은 아무런 소리를 내지 않더라도 기억에 남는 음악 한 곡조를 기억해 내는 것으로도 족하다.

만약 누군가가 우리들에게 바흐의 합창곡이나 오페라 〈마법의 피리〉에 나오는 아리아나, 악곡 〈피가로〉를 듣지 못하게 한다면 어떻게 될까.

만약 그런 것들을 우리들의 기억에서 강제로 지우려고 한다면 우리는 마치 내부 기관을 상실한 것 같은 기분을 느낄 것이고, 우리 감각의 절반, 아니 전부를 잃어버린 것 같은 기분에 휩싸일 것이다.

어떤 것도 도움이 되지 않을 때, 푸른 하늘과 밤하늘의 별이 우리에게 아무런 기쁨도 되지 못하고, 시인들이 노래하는 시 한 구절도 읽어 낼 수 없을 때가 있다. 그럴 때 우리는 어찌할 것인가. 언제 어디서 들었는지 기억도 나지 않지만, 우리가 간직하고 있는 기억 속에서 슈베르트의 가곡 하나, 모차르트 곡의 멜로디 하나, 미사곡이나 소나타의 곡조 하나가 밝게 웃으며 다가와 모든 감각이 잠들어 있는 우리를 흔들어 깨우고 고통스러운 상처 위에 사랑의 손길을 올려줄 수도 있는 것이다.

그러니 아, 만약 음악이 없다면 우리의 삶은 어떻게 될까!

언어

시인이 다른 보통 사람들보다도 더 심하게 고뇌하는 부분은 바로 언어이다. 시인이 생각할 때, 언어는 언제나 충분하지 않고 늘 속세에서 뒹굴고 있다. 시인은 이따금 그 사실에 대해 크게 불평을 터뜨릴 수 있다. 아니면 오히려 이 빈약한 도구를 가지고 작업할 수밖에 없는 자신의 운명을 증오하고 저주할 수 있다.

시인은 화가를 부러워한다. 화가의 언어는 색채이기 때문이다. 화가는 색채를 가지고 북극에서 아프리카에 이르기까지 모든 사람들이 똑같이 이해할 수 있는 말을 만들어낼 수 있다. 또 시인은 음악가를 부러워하기도 한다. 음악가는 자신의 도구인 음을 가지고 역시 모든 사람들이 이해할 수 있는 언어를 만들어내기 때문이다. 단순한 멜로디의 조화부터 수백 개의 음색을 지닌 오케스트라에 이르기까지 음악가의 언어는 다양하다. 또한 피리와 클라리넷, 바이올린과 하프에 이르기까지 음악가는 그 많은 악기들이 서로 구별되어 새롭고 섬세하게 들려주는 개개의 언어에 귀를 기울인다.

시인이 특히 음악가를, 그것도 매일 부러워하는 이유가 있다. 그것은 다름 아니라 음악가는 오직 자기 자신만을 위해서, 즉 오직 음악을 하는 자신만을 위한 자신의 소리 언어를 가지고 있다는 점 때문이다!

그러나 시인이 자신의 활동을 위해서 쓰는 언어는 학교에서 아이들을 가르칠 때도 쓰이는 언어이고, 장사할 때도 쓰이는 언어이다. 사람들이 전보를 치거나 소송을 걸 때도 역시 시인이 쓰는 것과 똑같은 도구인 언어를 사용한다.

시인은 자신의 예술을 위해서 자기만 쓸 수 있는 고유한 수단을 가지고 있지 않다. 또 자기만의 고유한 집도, 자기만의 정원도 소유하고 있지 않다. 달을 바라다보기 위한 자기만의 어두운 창문조차 없으니, 그 얼마나 가련한 일인가.

시인은 모든 것을, 그야말로 모든 것을 일상과 나누어 가져야 한다! 그가 '마음'이라고 말하면 그것은 사람의 내부에서 꿈틀거리면서 가장 활발하게 살아 있는 것, 그의 가장 내밀한 능력과 나약함을 함께 지닌 것을 의미함과 동시에 심장 근육을 뜻하기도 한다. 그가 '힘'이라고 말할 때는, 그가 말한 단어의 의미가 자칫 엔지니어나 전기 기술자가 쓰는 힘이라는 의미로 이해되는 것을 막기 위해서 싸워야 한다. 시인이 '지복至福'이라고 말하면, 그가 상상하여 표현한 말 속에는 어딘지 신학적인 의미가 담겨져 있는 것이 보인다.

시인은 단 하나의 낱말을 사용하더라도, 그 낱말이 동시에 다른 의미로도 쓰일 수 있다는 점을 염두에 두어야 그 말을 사용할 수 있다. 즉 같은 낱말의 호흡 속에 낯설고 방해되고 심지어 적대적일 수도 있는 의미를 함께 떠올려야 하는 것이다. 시인이 쓰는 언어 자체에 이미 의도한 의미와 그것을 방해하는 의미가 동시에 함축되어 있으며 따라서 마치 너무 좁은 벽에 부딪쳐 제대로 울리지도 못하고 숨이 막혀 되돌아오듯이 스스로 무너지고는 한다.

그러므로 만약 자신이 가진 것보다 더 많은 것을 줄 수 있는 사람을 익살꾼이라고 부른다면, 시인은 결코 익살꾼이 될 수 없다. 시인은 자신이 주고 싶은 것의 10분의 1, 아니 100분의 1도 내줄 수 없기 때문이다. 만약 그럼에도 그처럼 멀리서, 아주 피상적으로나마 청중이 그를 이해해 준다면 그는 고맙게 생각한다. 최소한 가장 중요한 대목에서 청중이 그를 거칠게 오해하지만 않는다면 그는 만족한다. 시인이 그 이상의 것을 이루기란 드문 일이다.

시인은 도처에서 찬사를 얻거나 비난을 받기도 한다. 또한 다른 사람들에게 영향을 미치거나 비웃음을 당하기도 한다. 사람들은 그를 사랑하거나 혹은 경멸한다. 사람들은 그 시인의 생각이나 꿈 자체에 대해서는 이야기하지 않는다. 시인의 생각은 다만 언어라는 좁은 통로를 통과해서 독자들이 이해할 수 있는 수로로 침투해 들어가 겨우 100분의 1 정도만 이야기되고 이해된다.

그래서 어느 예술가든지 간에 그가 모든 청춘을 바쳐 새로운 표현과 언어를 찾으려고 모색하면서 사람들이 일상적으로 묶여 있는 언어의 족쇄를 뒤흔들어 대면 사람들은 그것에 필사적으로 저항한다. 일반 시민에게 언어는 (낱말들은 물론, 그가 힘들여 배운 언어 전체가) 성스러운 것이다. 그들에게 언어는 많은 사람들, 가능하면 모든 사람들과 공유하는 공동의 소유물이며 그들을 공통으로 엮어 주는 것이다. 일반 사람들에게 언어는 결코 고독과 탄생, 그리고 죽음을 떠올리게 하지 않는다. 그러니까 그들에게 있어서 언어란 그의 내면 깊이 존재하는 자아까지 떠올리게 하는 힘은 없는 그저 성스러운 것이다.

일반 시민의 언어도 시인처럼 세계 언어를 꿈꾸는 이상을 가지고 있다. 그러나 시인이 꿈꾸는 언어가 풍요로움으로 가득 찬 원시의 숲이며 무한한 오케스트라의 연주와 같다면, 일반 시민의 세계 언어는 그렇지 않다. 그의 언어는 아주 단순해서 마치 전보와 같은 기호 언어이다. 그것을 사용하는 데에는 힘들게 말할 필요도 없고 종이도 절약된다. 언어가 돈을 버는 데 방해가 되지도 않는다.

아아, 시를 쓰고 음악을 연주하는 사람들은 언제나 돈을 버는 데 방해를 받고 있지 않은가! 이제 일반 시민이 한 가지 언어를 배워 그것을 예술 언어라고 간주해 버리면, 그는 그것으로 만족하면서 자기가 예술을 이해하고 소유한다고 생각한다. 그러나 만약 자기가 그처럼 힘들여 배운 언어가 예술의 아주 작은 분야에서만 쓰일 수 있다는 것을 체험하면 분통을 터뜨린다.

우리 선조들이 살던 시대에는 아주 열심히 노력하면서 교양을 쌓아 간 사람들이 있었다. 그들은 음악에서도 모차르트와 하이든 외에 베토벤의 가치도 인정하려고 노력했었다. 그들은 그처럼 멀리까지 '함께 나아갔던 것'이다.

그러다가 쇼팽이 등장하고 리스트와 바그너 같은 음악가들이 나왔다. 그러나 그 음악가들을 이해하려면 또다시 혁명적이고, 젊고, 탄력 있고, 즐겁고, 새로운 무언가에 접근하기 위해 새로운 언어를 배워야 한다는 것을 깨닫자 일반 시민들은 몹시 불쾌해했다. 그들은 예술이 타락하고 그들이 사는 시대가 퇴폐했다고 생각했다. 그 가련한 사람들이 그랬듯이 오늘날 수십만의 사람들도 마찬가지로 생각한다.

그러나 예술은 새로운 얼굴들을 보여 주며, 새로운 언어를 들려준다. 새로운 곡조를 흥얼거리며 노래하고 새로운 소리와 태도를 보여 준다. 예술은 늘 과거와 그 이전의 언어만을 가지고 이야기하는 데 싫증을 느낀다. 때로는 춤도 추고 싶어

하고, 때로는 도를 넘어 방탕하게 굴고 싶어 하기도 한다. 또는 한 번쯤 모자를 삐뚤게 쓰고 싶어 하기도 하고, 지그재그로 비틀거리며 걸어가고 싶어 한다.

그러면 예술을 즐겨야 하는 시민들은 그것을 보고 분노한다. 자신들이 조롱당하고 자기들의 가치가 근본적으로 의심받고 있다고 여긴다. 그래서 그들은 자신들 주위에 욕설을 퍼붓고 자기들의 귀에다 소위 교양이라는 덮개를 덮어씌운 채 더 이상 듣지 않으려고 한다.

그들은 자신들의 개인적인 존엄성이 조금만 자극 받고 모욕당해도 즉시 심판관에게로 달려간다. 그리고는 남을 깎아내리는 데 온 힘을 다한다. 그러나 일반 시민들이 이렇게 쉽게 분노하고 끔찍할 만큼 흥분하기 때문에 그들이 자유로워지지 못하는 것이다. 내면의 짐을 떨치지 못하기 때문에 정화되지 못하며 어떤 식으로도 자기 내면에 있는 불안과 불쾌감을 떨치지 못한다.

남을 비방하기보다는 오히려 자신에 대해 성찰할 것이 더 많은 예술가는 다르다. 그들은 자신의 분노, 경멸, 쓰라림에 대항할 새로운 언어를 배우고, 찾고, 창조하려고 애쓴다. 욕설을 퍼붓는 것은 도움이 되지 않는다고 느끼며 욕설을 퍼붓는 자는 온당하지 못하다고 본다.

지금 시대의 예술가들은 자신이 지닌 이상 외에 어떤 다른 이상도 가지고 있지 않다. 그래서 그는 전적으로 자기 자신이 되려고 하는 것이다. 그는 내면에서 자연적으로 빚어지고 준비된 것을 실행하고 표현하는 것 외에 다른 어떤 것도 소망하지 않는다.

그래서 예술가는 일반 시민들이 표출하는 적대감으로부터 최대한 멀리 떨어져서, 가능한 한 개인적이고 아름다운 것을 만들어 낸다. 그들은 스스로의 분노에 휩싸여 거품을 내지 않는다. 대신 그에 알맞은 표현을 걸러 내고 반죽해서 좋은 것을 만들어 낸다. 그는 불편하고 불쾌한 느낌을 쾌적하고 아름다운 것으로 변화시키기 위해 새로운 아이러니와 풍자, 새로운 길을 만들어 내는 것이다.

자연은 얼마나 무한한 언어를 가지고 있는가! 그리고 사람들은 얼마나 무한한 것들을 만들어 냈는가! 여러 민족들이 고대 인도의 산스크리트어와 볼라픽어[1]를 이용해 수천 개가 넘는 문법들을 만들어 낸 것은 비교적 간단한 일이다. 그것을 빈약하다고 말하는 이유는 그것들은 늘 꼭 필요한 것들에만 국한해서 만들어지기 때문이다. 일반 시민들이 가장 필요하고 소중하게 여기는 것은 다름 아닌 돈벌이가 되는 것이다. 하지만 그런 것에만 집중하는 사회에서 언어는 번창할 수 없다.

인간의 언어(내 말은 문법을 뜻한다)는, 한 마리의 고양이가 꼬리를 휘두르면서, 또는 한 마리의 극락조가 자신의 혼인날 입은 의상에 은빛 보라를 일으키면서 자신이 가진 매력을 아낌없이 표현하는 것과 같은 비약과 재치, 찬란한 정신에 한 번도 도달한 적이 없다.

그렇지만 인간은, 개미나 꿀벌을 따라 하려고 애쓰지 않고 그저 인간 자체로 머물렀기 때문에 극락조와 고양이는 물론 모든 동식물을 능가하는 존재가 될 수 있었다. 그들은 독일어나 그리스어, 혹은 이탈리아어보다 전달력과 공감력이 큰 언어들을 생각해 냈다. 그것이 바로 종교, 건축, 회화, 철학, 음악이라는 마법이다. 그것들이 표현하는 풍부한 색채가 주는 유희는 모든 극락조들과 나비들이 벌이는 유희를 훨씬 능가한다.

'이탈리아 회화'라는 말을 떠올리면 그 말이 얼마나 풍요로우며 얼마나 많은 울림을 지니는지 모른다. 묵상과 아주 달콤한 합창들, 온갖 종류의 악기들이 내는 소리가 행복하게 울려 퍼지는 모습이 떠오른다. 대리석으로 만든 교회 안에서 나는 경건하고 서늘한 냄새와 열심히 무릎을 꿇고 기도하는 수도승들, 따뜻한 풍경을 지닌 그 나라를 당당하게 지배하는 아름다운 귀족 여인들의 모습도 떠오른다.

혹은 '쇼팽'이라는 말을 생각할 때면, 밤에 진주처럼 부드러운 애수를 띠며 흘러나오는 음들이 떠오른다. 현악기를 연주할 때면 먼 곳에 대한 향수가 고독한 탄식의 목소리를 내며 다가온다. 아주 섬세하면서도 개인적인 아픔이 아름다운 화음과 불협화음을 이루면서 내게 다가온다. 그때에는 나와 다른 고통을 겪는 사람들이 온갖 학문적인 언어와 숫자와 곡선과 형태를 갖고 표현하는 것보다 나의 내면에 더 무한히, 훨씬 더 적절하고 섬세하게 표현된다.

《젊은 베르테르의 슬픔》과 《빌헬름 마이스터》가 같은 언어로 쓰였다는 사실을 믿는 사람이 누가 있을까? 또 장 파울[2]이 우리를 가르치는 학교 선생님들과 같은 언어를 썼다고 믿을 사람이 누가 있을까? 게다가 그들은 시인들이었다! 그래서 빈약한 언어와 싸우고 거친 언어를 이용해 작품을 써야 했다. 원래 전혀 다른 목적으로 만들어진 언어라는 도구를 가지고 작업해야만 했었다.

'이집트'라는 단어를 말해 보라. 그 단어를 들으면 절대적으로 신을 숭배하며 찬미하는 언어가 들리는 것처럼 느껴질 것이다. 영원에 대한 기대감으로 가득 차고, 무한함에 대한 깊은 열망으로 뒤덮인 그 언어 말이다. 돌같이 무표정한 눈으로 무자비하게 수백만 명의 노예들을 내려다보는 파라오의 눈. 그러면서도 그 모든 것들을 초월하여 멀리 어두운 죽음 속을 들여다보고 있는 모습. 성스러운 동물들이 마치 흙처럼 무표정하고도 진지하게 응시하고 있는 모습. 춤추는 무희들의 손안에서 부드러운 향기를 풍기는 연꽃들. 하나의 세계이면서 수많은 세계로 가득 차고, 별들로 가득 찬 하늘이 바로 이 '이집트'라는 단어이다.

그대는 등을 대고 누워 있으면서 한 달 동안이라도 그런 환상적인 것들을 떠올릴 수 있다. 그러나 불현듯 무언가 다른 것들도 머릿속에 떠오른다. 그리고는 '르노아르'[3]라는 이름을

Mabnolienblüte

들으며 미소 짓는다. 그러자 곧 온 세계가 둥그런 붓의 움직임으로 해체되고, 밝고 즐거운 분홍색으로 변한다.

또 '쇼펜하우어'라고 말해 보라. 그러면 이 세상에서 고뇌하는 인간들의 모습이 떠오를 것이다. 밤에 잠 못 이루면서 고뇌하는 것을 신성하게 여기며 진지한 얼굴을 한 사람들, 무한히 고요하고 겸허하면서도 슬픈 낙원으로 이끌어 가는 멀고 험한 길을 배회하는 사람들, 그런 사람들의 모습 말이다.

아니면, '발트와 불트'[4]라는 소리를 떠올려 보라. 그러자 곧 온 세계가 구름처럼 퍼져 나가고, 독일식의 편협하고 고루한 속물의 둥지 주위로 장 파울 식의 유연함이 스며든다. 그곳에서 인간성의 영혼은 제멋대로 두 개로 분열된다. 하나는 변덕스러운 유언의 악몽으로, 하나는 진부한 개미들의 음모가 가득한 더미로 변한다.

일반 시민은 환상을 가진 사람을 미친 사람으로 여기기 좋아한다. 그는 만약 자신도 예술가나 종교가, 철학자처럼 자기 내면 깊은 곳으로 들어가면 그 자신이 곧장 미치광이가 되리라는 것을 잘 예감하고 있는 것이다. 우리는 그 깊은 내면을 영혼이나 무의식적인 것이라고 부른다. 늘 그렇듯이, 그곳에서 우리 삶의 모든 자극이 흘러나온다.

일반 시민은 자기 자신과 자기 영혼 사이에 하나의 보초병을 세워 놓는다. 그것은 의식, 도덕과 같은 안전장치다. 그리고 그는 영혼 깊은 곳에서 그 감시 장치의 허락을 거치지 않고 삶의 자극이 직접 나오는 것을 인정하려 들지 않는다.

그러나 예술가의 끊임없는 불신은 영혼에 대항하는 것이 아니라, 반대로 제한하려는 모든 당국을 향해서 발산된다. 그는 비밀리에 의식과 무의식 사이를, 마치 양쪽 다 편안한 집인 것처럼 드나든다. 잘 알려진 대로 시인이 일반 시민도 거주하는 밝은 낮의 측면에 머물 때면 빈약한 언어가 줄곧 그를 짓누른다. 그러므로 시인이 된다는 것은 그에게는 가시밭길의 삶을 가는 것처럼 보인다. 그러나 만약 그가 저편에 있는 영혼의 영역으로 들어가면 그때는 이야기가 달라진다. 그때는 모든 방향에서 단어들이 마치 마법처럼 줄지어 그에게 흘러들어 온다. 별들의 음향이 들리고, 산들이 미소를 짓는다. 세계는 완전해져 신의 언어가 된다. 그 안에는 빠져 있는 단어도 문자도 없다. 그곳에서는 모든 것을 말할 수 있고, 그곳에서는 모든 것이 울려 퍼진다. 그곳에서는 모든 것이 구원받는다.

---

1) 슐라이어(J. M. Schleyer)라는 신부가 발명한 인공적인 세계어.

2) Jean Paul(1763~1825): 독일의 낭만주의 소설가. 독일 낭만주의를 이해하는 데 귀중한 저서인《미학 입문》이 있다.

3) Pierre-Auguste Renoir(1841~1919): 빛과 신선한 색채들을 잘 이용한 프랑스의 인상주의 화가.

4) 각 낱말은 독일어로 'Walt'와 'Vult'라고 쓴다. Walt는 '힘, 지배'라는 뜻이 내포되어 있으나 Vult에는 특별한 뜻이 없다. 또 두 단어 사이에 어떤 연관성도 없어 보이나 아마 서로 발음이 유사하여 헤세가 이를 언급한 듯하다.

언어 취미와 언어 감각

현실적이고 흠 없이 완전하며 불의에 굴복하지 않는 사람에게 세상은 공명정대한 곳이 된다. 신은 끊임없는 기적을 보여 주면서 자신의 존재를 증명한다. 즉 밤이 되면 날씨는 차가워지고, 작업 시간이 완료되는 저녁에는 그 분위기에 맞게 황혼이 지면서 붉은빛이 자줏빛으로 넘어가는, 마치 마법과 같은 기적을 보여 주는 것 말이다. 또 한 인간의 얼굴이 수천 번의 변화를 일으키는 밤하늘처럼 미소를 지으며 변하는 것도 기적이다.

대성당 안에 방들과 창문이 있는 것, 꽃줄기 속에 수꽃술이 있는 것도 기적이다. 나무판으로 만든 바이올린 같은 악기가 있는 것도 기적이고, 음계音階처럼 전혀 이해할 수 없는 무언가 부드러운 것이 있다는 것도 기적이다. 그리고 자연과 정신에서 태어났으며, 이성적이면서도 비이성적이며, 어린아이 같은 점이 보이기도 하는 언어가 있는 것도 기적이다.

언어는 아름다우면서도 놀라운 면을 지니고 있다. 그러면서도 수수께끼 같다. 마치 영원해 보이면서도 온갖 인간적인 나약함과 병, 위험들 가까이 있는 것이다. 그 때문에 언어는 그것을 사용하고 배우는 우리들에게 지상에서 가장 신비스럽고도 경이로운 현상이 된다.

문화를 가진 모든 민족과 공동체는 자신들의 유래에 맞는 언어, 또한 아직 말로 표현하지 못한 언어를 만들어 냈고 그러면서 한 민족은 다른 민족의 언어를 배우고, 감탄하며, 조롱하기도 했다. 하지만 그들은 결코 다른 언어를 완전히 이해할 수 없었다!

그것은 개개의 사람들도 마찬가지다. 그는 아직 언어가 없던 과거에 살고 있지도 않고, 완전히 기계화되어서 다시 언어가 없어진 미래 속에서 살지도 않는다. 언어는 그저 개개인의 소유물이다. 그래서 언어를 받아들일 수 있는 누구에게나, 즉 깨져 떨어져 나가지 않고 온전함을 간직한 사람 누구에게나 그가 사용하는 낱말과 음절, 문자와 형태는 자신에게만 고유한 가치와 의미를 지닌다.

진정한 언어는 누구에게나, 특히 언어에 재능이 있는 사람에게는 개인적이고 유일한 방식으로 느껴지고 체험된다. 비록 그가 그것에 대해서 모르더라도.

어떤 악기에 대해서는 잘 모르지만 어떤 음을 특히 좋아하거나, 혹은 의심스러워서 믿지 못하는 음악가들도 있었다. 그처럼 대부분의 사람들은, 언어 감각이 있는 한, 어떤 단어나 음절, 혹은 어떤 모음이나 어떤 식으로 글자가 나열된 것에 특별히 끌린다. 반대로 다른 사람들은 그런 것을 오히려 피하기도 한다.

또 어떤 사람이 특정한 시인을 특히 좋아하거나 싫어할 때도 그렇다. 그때에도 그 사람은 그 시인의 언어 취미와 언어 감각에 참여하고 있는 것이다. 그는 그 시인의 취향과 비슷하거나 그것과는 거리가 멀 수도 있다.

예를 들어, 내가 수십 년 동안 사랑해 왔고 지금도 아끼는 수많은 시와 시구들이 있다. 내가 그것들을 좋아하는 이유는 그것들이 전해 주는 의미와 그 안에 들어 있는 지혜 때문이 아니다. 체험의 내용이 좋거나 선하거나 위대해서도 아니다. 오히려 특정한 운율이 마음에 들어서다. 즉 그것들은 특정한 리듬을 띠면서 시의 전통적인 구도에서 벗어나기 때문이다. 무의식중에 시인이 선호하는 모음들로 구성한 그 시구들을 독자인 나도 무의식중에 선호하면서 읊는다.

괴테나 브렌타노[1], 레싱[2]이나 호프만이 쓴 산문 문장들이 지닌 구성이나 리듬에서도 역시 그 작가들의 특성과 구체적인 정신적 소양을 끄집어낼 수 있다. 그 산문 문장들이 말해 주는 것보다 더 많은 것을 추측해 내는 일도 가능하다. 모든 시인들이 애호愛好하며 쓰는 문장들이 있는가 하면, 또한 특정한 언어의 음악가만이 유일하게 쓸 수 있는 문장들도 있다.

우리 같은 사람들에게 낱말들이란, 화가에게 있어서는 팔레트 위에 짜 놓은 물감과 같다. 그 낱말들의 수는 한이 없다. 그리고 늘 새로운 낱말들이 생겨난다. 그러나 정말로 좋은 낱말은 수가 그리 많지 않다. 게다가 나는 지난 70여 년 동안 새롭고 좋은 낱말들이 생겨나는 것을 보지 못했다.

화가 역시 마음에 드는 물감 색이 무수히 많지는 않겠지만 그 물감이 가지고 있는 미세한 차이와 그것들을 혼합해서 만들어 낼 수 있는 색깔은 셀 수 없이 많다.

---

1) Clemens Brentano(1778~1842) : 독일의 후기 낭만파의 시인. 자유분방한 성격으로 보헤미아 · 빈 등을 방랑하며 작품을 썼다. 가요집《소년의 마적》은 사라질 뻔했던 독일의 민간전승 문학을 보존하는 데 큰 역할을 했다.

2) Gotthold Ephraim Lessing(1729~1781) : 독일의 극작가이자 비평가. 독일에서 처음으로 시민극을 도입했다.《미스 사라 삼프슨》,《함부르크 연극론》 등을 썼다.

Herbsttag bei Caslano

조그마한 차이

작가들은 글을 쓰는 동안에는 얼마나 인내심 있고 강인하게 일을 하는지 모른다. 우리는 힘들지만 지칠 줄 모르고 일한다. 문인들은 스스로를 몹시 괴롭히며 독자들은 전혀 눈치 채지 못하는 것, 우리가 쓴 책들이 성공을 거두는 데 도움이 되기보다는 오히려 해가 되고는 하는 바로 그런 것에 가장 많은 심혈을 기울여 매달리고는 한다.

또한 우리 작가들이 쓰는 것은 근본적으로 단지 몇 사람의 동료 문인들을 위해서 써졌거나, 혹은 '영원한 지속'을 기껏해야 불과 수십 년밖에는 누리지 못한다! 그래서 마치 언어는 어머니이자 인간의 조상이고, 우리 시인들은 그것을 충실히 지키려는 하인이자 파수꾼과 같다.

또 우리들은 그 언어를 새로 바꿔 가면서 그것과 함께 삶을 살아간다. 또 근심도 함께 나누어 가진다. 우리는 그 언어가 잘 보존되는지 아니면 시련을 겪는지 관찰하고 보살피며, 늘 새로운 언어를 만들어 사용해 보고 그것을 발전시키려고 한다. 언어는 겉보기에는 우리들의 도구이고 보조물에 지나지 않는 것 같지만 사실은 우리의 주인이다.

어쩌면 변덕스러운 사람들이 내일이면 다시 잊어버리고 말지도 모르는 것을 열심히 쓰기 위해서, 수많은 문인들은 그 언어를 가지고 손과 정신을 부지런히 놀려 댄다.

우리들은 모두 언어가 주는 자극과 영향을 받아들여 그것을 사용한다. 그리고 언어의 명령에 따르려는 마음도 가지고 있다. 그렇게 해서 아마도 한순간만이라도 우리를 보고 언어가 미소를 띠거나 웃도록 만들려고 한다.

예술가는 늘 모든 시대의 문인들 가운데서 최고가 되고 싶어 하는 명예욕을 가지고 있다. 사실 일반인들이 성공에 대한 명예욕을 가지고 있는 것과, 수많은 목표를 정복하고 싶어 하는 작가들의 명예욕 사이에는 그리 큰 차이가 없다. 또, 아름다운 입과 추한 입, 훌륭한 코와 일상적인 평범한 코 사이에도 그리 큰 차이가 없다.

그러나 중요한 것은 바로 그 미세한 차이에서 온다. 앞으로는 우리들도 아주 조그마한 차이라도 진지하게 받아들이도록 하자!

언어 안에서 살기

당신들은 아마도 언어란 늘 부족한 것이고 근본적으로 빈약한 것이라고 여길지 모른다. 하지만 언어가 가진 한정된 표현 수단 바로 그것이 시인을 자극하여 그로 하여금 열심히 작업하려고 노력하게 하고 한정된 언어를 가지고 유희를 하게 한다.

어느 공장에 배치된 복잡한 기계들을 가지고 우리가 사용할 도구들을 만들어 내는 일은 쉽다. 하지만 두 손으로 몇 개의 나무토막을 연장 삼아 흙으로 머리 모형을 만들어내기는 어렵다.

물리학과 화학, 정치와 산업 분야가 그랬듯이 언어도 늘 새로운 어휘를 창조해 냈지만 그중 일부는 아주 빠르게 구식이 되어 버리곤 했다.

시인은 언어를 기계처럼 사용하는 것이 불가능하다. 그는 언어를 규범화된 도구처럼 사용할 수 없다. 언어와 싸우기도 하고 동맹을 맺기도 하며, 언어에 아첨을 하기도 하고, 그것을 믿거나 불신하기도 한다. 간단히 말해서 시인은 언어 안에서 살고 호흡해야 하는 것이다.

당신은 말한다. "우리들의 언어는 별로 쓸모가 없어."

그 말은 사람들이 "인간은 별로 쓸모가 없어."라고 말할 때처럼 맞기도 하고 틀리기도 하다. 그것은 소름이 끼치도록 맞는 말이기도 하고, 아주 틀린 말이기도 하다. 언어가 지닌 이런 모순과 양면성에 대해 깊이 생각해 본다 해서 나와 당신들에게 해가 되지는 않을 것이다.

Gartenansicht des Hesse-Hauses am Berner Melchenbühlweg 26

책들의 세계

우리들은 매년 수천수만 명의 어린아이들이 초등학교에 갓 입학하는 것을 본다. 아이들은 처음에는 알파벳을 배우며 그것을 그림 그리듯이 베껴 쓰면서 낱말의 음절들을 익힌다. 그리고 이 어린아이들 대부분은 매우 빠르게 글을 읽게 되면서, 글을 안다는 게 마치 너무나 당연하고, 그래서 별로 가치가 없는 일인 듯이 여기는 모습을 우리는 매년 되풀이해서 보게 된다.

그와는 반대로 어떤 사람들은, 해가 갈수록, 수십 년이 지나도 여전히, 예전에 학교에서 배운 언어가 지닌 마법의 열쇠를 더욱 매혹적이고 경이롭게 사용한다.

오늘날에는 누구나 글을 읽는 것을 배우지만, 글을 읽을 수 있다는 것이 행운의 화폐처럼 얼마나 강력한 힘을 지니고 있는지 알아차리는 사람은 얼마 되지 않는다.

새로 글자를 배우게 된 것을 자랑스럽게 여기는 어린아이는 어떤 시구나 격언을 읽더라도 곧 습득해 버린다. 그러고는 처음에는 짧은 이야기를 읽을 수 있게 되고, 그 다음에는 최초로 동화를 읽게 된다. 반면에 언어에 대해 재능을 별로 타고나지 못한 사람들은 자신들의 독서 능력으로 신문의 뉴스란이나 경제 기사를 읽는 데 그친다. 그러나 소수의 사람들은 여전히 문자와 단어들이 지닌 독특한 경이로움에 마음이 사로잡혀 있다. 그들에게는 정말 모든 문자와 단어들이 한때는 마치 마법의 주문처럼 신비롭게 여겨진 적도 있었다.

이 몇 안 되는 소수의 사람들이 훗날 우리 문인들이 쓴 글의 독자가 되어 준다. 이미 그들은 글을 배우던 어린 시절에 몇 개의 마음에 드는 시들과 이야기들을 발견하기도 했고, 독서를 하면서 클라우디우스[1)]의 시구나 헤벨[2)]과 하우프의 단편 소설들을 발견하기도 했다. 그리고 이미 상당한 독서 능력에 도달하더라도, 그러한 시구나 책들에 등을 돌리지 않는다. 오히려 그 책들의 세계로 한 걸음 한 걸음 더욱 깊이 파고들어가 이 세계가 얼마나 넓고, 얼마나 다양하고 행복한 것인지를 발견한다!

그들은 처음에는 이 세계가 튤립이 핀 화단과 작은 금붕어들이 노니는 연못이 있는 아름답고 자그마한 유치원이라고 간주했다. 그러다가 점차 그 유치원은 공원이 되고, 이어 멋진 풍경이 있는 도시가 된다. 그리고 더 나아가 이 지구상의 일부가 되고, 세계가 된다. 그러고는 마침내 천국이 되는 것이다. 그처럼 책 속에서는 늘 새로운 것들이 우리를 마법처럼 유혹하고 늘 새로운 색채로 빛난다.

그리고 어제는 정원이나 공원 혹은 원시림으로 보였던 것이, 오늘이나 내일은 신비롭고 황홀한 사원처럼 보인다. 수천 개의 커다란 방들과 마당이 있는 사원 말이다. 그 안에는 현재 모든 민족들과 모든 시대정신이 들어 있다. 그것은 새로 깨우칠 것을 고집하면서도, 매번 다시 자신의 여러 소리와 다양한 형태를 하나로 통일하고 체험하려는 사원이다. 그래서 진정한 독자라면 누구나 책 속에서 발견해 내는 무한한 세계가 각자 다르게 보인다. 그 안에서는 자신의 이상을 추구하고 체험할 수 있다.

어떤 사람은 동화책이나 인디언 모험기에서 시작해서 셰익스피어와 단테의 작품을 읽는 데까지 발전한다. 어떤 사람은 처음 초등학교 시절의 교과서에 실린 작문을 읽는 데서 시작하여, 별이 총총한 하늘을 거쳐 케플러나 아인슈타인에 관해 읽는 데까지 나아간다. 또 어떤 사람은 순진한 어린아이 식의 기도에서 시작하여 성스러우면서도 차가운 성 토머스나 보나벤투라[3]의 경건한 기도가 담긴 아치 성당 안으로 발을 들여놓게 된다. 또 어떤 사람은 탈무드적인 사유 속으로 숭고하게 침잠해 들어가고, 어떤 사람은 봄처럼 온화하고 비유적인 우파니샤드 사상이나 유태 경건주의 같은 사상이 전해 주는 감동적인 지혜 속으로 몰입한다. 아니면 고대 중국 현인의 간결하고 힘차면서도 다정하고 선하고 쾌활한 가르침을 읽는 데 몰두한다.

이처럼 수천 갈래의 길이 있다. 그것들은 밖에서 보기에는 알 수 없는 어둡고 신비로운 원시림을 통과하여 수천 가지의 목표 지점으로 독자들을 이끌어 간다. 그런데도 그 어떤 목표도 최후의 것이 아니다. 모든 목표 뒤에는 또다시 새로운 지평이 열려 있다.

---

1) Matthias Claudius(1740~1815): 독일의 서정시인. 그의 시들은 종교적이면서 소박하고 순수한 정서를 바탕으로 하고 있는데, 특히 슈베르트가 가곡으로 작곡한 〈자장가〉와 〈죽음과 소녀〉가 유명하다

2) Christian Friedrich Hebbel(1813~1863): 독일 사실주의의 완성자이면서 근대극의 선구자. 프랑스와 이탈리아를 여행하면서 희곡 작품을 썼는데, 〈마리아 막달레나〉, 중세 독일의 전설을 극화한 〈니벨룽겐의 사람들〉 등이 유명하다.

3) Bonaventura(1221~1274): 이탈리아의 가톨릭 신학자. 1273년에 추기경과 알바노의 주교가 되었으며, 신비적인 사색을 존중했다.

진실하게 말하는 능력

예술에서는 능력이 중요하다! 다른 사람들은 뭐라고 말해도 좋다. 하지만 내가 생각하기에 예술에서 가장 결정적인 것은 오직 능력, 즉 잠재력이다. 그것은 다른 말로 하자면 행복해지는 것이다!

사실 나 스스로는 종종 그와 반대라고 생각하고는 했다. 그래서 중요한 것은 한 인간이 무엇을 할 수 있는지, 또 자신의 예술을 얼마나 능숙하게 이끌어 나갈 수 있는지가 아니라고 주장했었다. 오히려 정말 중요한 것은 그 예술가의 내면에 무엇이 담겨져 있으며 무엇을 참되게 말할 수 있는가라고 주장했었다.

하지만 그런 생각은 어리석은 것이었다! 모든 사람들은

내면에 무언가를 담고 있다. 누구나 무언가 할 말이 있다. 그러나 그저 침묵하거나 더듬거리지 말고, 말로든 물감으로든, 음으로든 진실하게 말하는 것이 중요하다!

아이헨도르프[1]는 위대한 사상가는 아니었다. 화가 르누아르도 특출하게 심오한 사람은 아니었다고 추측된다. 그러나 그들은 자신들이 할 일을 알고 있었다! 그들은 할 말이 많든 적든 간에, 내면의 것을 완전하게 표현했다.

그렇게 할 수 없는 사람은 먼 곳으로 떠나면서까지 계속해서 연습했다. 매번 다시 시도했고 포기하지 않았다. 그 자신도 그것을 할 수 있을 때까지. 그에게도 어떤 행운이 다가올 때까지.

---

1) Joseph Eichendorff(1788~1857) : 독일의 귀족으로 후기 낭만파 시인이자 소설가. 향토색 짙은 많은 서정시를 남겨 '독일 숲의 시인'이라고 불린다. 대표작으로《어느 건달의 생활》이 있다.

돈키호테와 풍차

내가 쓴 문학 작품들은 모두 일부러 의도하지도 않았고, 어떤 경향을 띠지도 않은 채 생겨났다. 그러나 시간이 흐른 지금 그 작품들 안에 들어 있는 공통된 의미를 찾는다면, 물론 한 가지 정도는 있다. 《페터 카멘친트》에서 《황야의 이리》 그리고 주인공 요제프 크네히트가 등장하는 《유리알 유희》에 이르기까지, 그 작품들은 모두 나 자신의 개성을 옹호하려는 것이었다. 이따금 나 자신을 방어하려는 비상시의 외침이라고 해석할 수도 있다.

사람은 태어나면서 유산으로 받은 것과 가능성을 동시에 지니고 있다. 그는 이 세상에 태어나 자신의 재능과 성향을 가지고 유일한 존재로 단 한 번 살다가 사라지는 부드럽고도 연약한 존재이다. 그래서 사람에게는 변호할 수 있는 힘이 필요하다. 그가 자기 자신에게 대항하는 강한 힘을 지니고 있듯이, 국가와 학교, 교회, 온갖 종류의 집단, 애국자들, 정통주의자들이나 파시스트들에게 대항할 수 있는 힘도 그에 못지않게 지니고 있기 때문이다.

나는 내가 쓴 책들에서 늘 나 자신에 대항하여 이 강력한 힘들을 나타냈었다. 그리하여 작품들은 투쟁을 위한 수단의 기능을 가졌고 그것은 품위 있으면서도 잔인하고 천박하기도 한 것이었다. 그 작품들 안에서 수천 번이나 확인된 것은, 우리 인간들이 보호도 받지 못하고 위험한 상태로, 그리고 적대적으로 이 세계 안에서 고립되어 있다는 사실이었다. 또 우리 인간에게는 보호와 격려와 사랑이 너무나 필요한데도, 동등하게 대우받지 못하고 있다는 사실이었다.

그러나 나는 또 체험을 쌓으면서 기독교적 진영이든 공산주의 진영이든 파시스트 진영이든 간에 모든 공동체들 안에서 개인을 늘 동등하게 대우하는 것은, 물론 그 나름대로 장점과 편리한 점이 있기는 하지만, 거기에도 충분하지 않은 점들이 무수히 있음을 알게 되었다. 그러한 정통주의 안에서 고통을 겪는 것은 개인의 영혼이다.

그리하여 개인이 다소 당황스러운 질문이나 고백을 하면 집단 속에서 수천의 사람들이 거부하거나 공격을 하며 맞선다. 그런 사람들에게 내가 쓴 책들은(물론 내 책들 뿐만은 아니지만) 무언가 따스한 위로를 주면서 그들을 다독여 준다. 하지만 그들이 그런 책들을 본다고 항상 용기를 얻는 것은 아니다. 이따금 잘못된 가르침을 받고 혼란을 겪기도 한다. 왜냐하면 그들은 이미 교회나 국가의 언어, 정통주의의 언어 그리고 교리서나 미리 짜인 프로그램 언어에 익숙해져 있기 때문이다. 게다가 그들은 의심할 줄도 모른다. 다른 대답도 하지 않고 그저 믿고 복종하기만을 바라는 언어에 익숙해져 있기 때문이다.

나의 독자들 중에는 젊은이들이 많이 있다. 그들은 한동안 《데미안》과 《황야의 이리》 혹은 《나르치스와 골드문트》에 열광하다가 다시금 그들이 배우던 교리서와 그들이 숭배하는 마르크스주의, 레닌주의 또는 히틀러주의로 되돌아갔다. 한편으로는 내 책들을 읽은 후에 이제 모든 획일성이나 집단주의적인 관계에서 벗어나야겠다고 생각하고서 나한테 의지하는 사람들도 있다.

나는 우리 작가들이 만들어 내는 문학으로부터 많은 것을 받아들이는 사람들도 많다고 믿는다. 그들은 나 같은 작가를 개인을 위한 변호사, 혹은 영혼과 양심을 위한 변호사로 간주하기도 한다. 하지만 그들은 교리서와 정통주의, 행진 명령에 복종하듯이 개인주의에 복종할 필요가 없다. 또한 공동체와 조직화 사회가 내세우는 고상한 가치들을 땅바닥에 던져버릴 필요도 없다.

나의 독자들은 질서와 관계를 파괴하는 일이 나에게는 중요한 일이 아니라는 것을 느끼고 있다. 만약 그런 질서와 관계들이 없다면 인간은 함께 살 수 없을 것이다. 나에게는 개별적인 것을 신성화하는 일은 소중하지 않다. 오히려 내게는 사랑과 아름다움과 질서가 지배하는 삶이 소중하다. 그것은 함께 사는 일이다. 모두가 함께 살 때에 사람은 가축이 되지 않아도 된다. 그가 지닌 유일성을 품위 있게 유지해도 문제가 없으며 아름다움과 슬픔도 마찬가지다.

물론 나는 이따금 길을 잃고 잘못한 적도 있었다. 그러니까 나는 이따금 너무나 열정적이었다. 많은 젊은 독자들은 내가 쓴 글 때문에 혼란을 겪기도 하고 위험에 빠지기도 했다. 그러나 오늘날처럼 발전해 가는 세계에는 개인의 특성이나 완성된 인간의 삶에 방해가 되고 대적하는 힘들이 있다. 그리고 상상력이 빈약하고 나약한 영혼을 가진 사람들, 전적으로 거대한 집단주의와 이상, 특히 국가적인 이상에 적응하고 복종만 하는 부류의 사람들이 있다. 만약 당신이 그런 사람들을 관찰한다면, 당신은 왜소한 돈키호테가 거대한 풍차에 달려들어 맞서 싸우려고 하는 것을 어렵지 않게 이해하고 관대하게 보아줄 것이다.

그런 투쟁은 전망도 없고 무의미하게 보일지도 모른다. 많은 사람들은 돈키호테를 보고 웃는다. 그렇지만 그런 투쟁은 계속 존재해야 한다. 그래서 돈키호테의 태도는 풍차 못지않게 옳다.

Blick auf Breganzona

예술의 기능

예술은 인간이 가진 여러 재능 중 하나이다. 사람들은 인간의 본성과 그들이 말하는 진실이 계속해서 존재할 수 있도록 노력한다. 그리하여 이 세계와 인간 전체의 삶이 히틀러와 스탈린 식의 증오와 당파로 분열되지 않게 하려고 애쓴다. 예술가는 사람들을 사랑하고 사람들과 함께 고통을 겪는다. 그는 종종 정치가나 경제인들보다 사람에 대해 훨씬 더 깊이 알고 있다. 그래도 예술가는 마치 대통령이나 회사 사장처럼 사람들 위에 군림하여 사람들이 어떻게 살아야 할지 전부 다 아는 것처럼 행세하지 않는다.

그렇다면 도대체 '신념'이나 '의도'라는 말은 무슨 뜻을 지니는 것일까? 구세주는 물론 가난한 사람들을 사랑했고 소유욕을 나쁘다고 비판했다. 그러나 그는 결코 신념이나 당파, 혁명 따위의 어떤 프로그램을 내세워 장래에 가난을 없애겠다고 말한 적은 없었다. 다만 그는 어느 시대든지 가난한 사람들이 있다는 사실을 아주 확실하게 알고 있었고 그 사실을 언급했을 뿐이다.

전문 프로그램이나 기성품처럼 만들어낸 '신념'이나 '의도' 따위를 거부하는 것이 나에게는 얼마나 진지한 일인지를 그대는 전혀 느껴 본 적이 없는가?

내가 그런 것들을 거부하는 이유는, 그것들이 인간을 끝없이 우둔하게 만들기 때문이다. 또 내가 선과 악에 대해서도 상당히 유연하고 연약한 양심을 가지고 있기 때문이다.

예술의 비밀

이성과 마법이 하나가 되는 곳…에 아마도 모든 숭고한 예술의 비밀이 있을 것이다…….

비행기 여행

희박한 공기에 휘말리고
거친 환성 앞에서 가슴은 힘이 빠진다.
그렇게 우리들은 무의식중에
논밭 위로, 강과 도시 위로 높이 난다.

땅을 피해 멀리 달아나
조그마한 덧없는 세계로 되돌아가 침잠한다.
숨 가쁜 날갯짓을 하면서
우리는 먼 곳의 행복을 정복한다.

그러자 가까운 모든 것은 가라앉고,
세계는 가늠할 수 없이 멀리 떨어져 나간다.
우리는 놀라 도주한다, 그러나 비밀리에
무한한 고독에 취한다.......

5부

일상의 기적, 여행

어린 소년이었을 때

어렸을 때 나는 그림책을 한 권 가지고 있었다. 그 속에는 산과 강들, 이삭이 여문 들판, 알프스의 초원이 그려져 있었다. 그 그림들의 색채는 너무도 신선하고 풍요롭고 훌륭하게 느껴졌었다. 지상의 어디에서 그처럼 미소 짓는 듯 아름다운 곳을 발견할 수 있을지 의심스러울 정도였다.

그리하여 나는 꽤 오랫동안 아주 진지하게 내가 보는 그림책이 모든 현실보다 가장 아름다운 것이라고 여겼다. 언젠가 따스한 푄 바람[1)]이 불고 하늘이 파랗던 봄날에, 아버지가 나를 데리고 소풍을 가기 전까지만 해도 나는 그렇게 생각했었다.

바로 그날 내 눈이 새로 뜨이게 되는 일이 일어났다. 나는 내 눈앞에 실제로 펼쳐진 산과 숲들이, 그 아름다운 그림책 속에서 보았던 것보다 훨씬 더 변화가 많고 찬란한 것임을 보았다. 나는 태어나 처음으로 이 지상의 경이로움을 목격했다. 그리고 동시에 달콤하고 부드러운 애정을 느꼈다. 그 애정은 훗날에 가서 다시 되살아났고 그 후로 나는 종종 어디론가 훌쩍 떠나 버리고 싶은 유혹을 느끼고는 한다.

---

1) 알프스 산맥을 넘어서 불어오는 더운 바람을 말한다. 헤세의 고향 칼브 시도 바로 그 알프스 자락에 위치하고 있다.

뗏목 여행

아마 오늘날에도 지상 곳곳에서는 여전히 강물과 냇물들이 초목과 숲 사이를 흐르고 있을 것이다. 그리고 이른 아침이 되면, 숲 가장자리에는 이슬에 젖은 나뭇잎들 사이에서 부드러운 시선으로 어딘가를 바라보는 노루가 서 있을 것이다. 살고 있는 세계에서 자연을 느끼기 힘든 우리 같은 사람들의 눈에는 한때 그런 것들이 멋지고 귀하게 느껴졌다. 벌써 반세기 전의 일이다. 그때는 실제로 살아 있는 냇가와 드넓은 초원이 우리 가까이에 존재하며 숨 쉬고 있었다.

아마 오늘날의 아이들한테는 시멘트로 지은 강둑이 있는 강이나, 스포츠 경기장과 자전거를 세울 장소가 있는 놀이터가 더 친숙하게 느껴질 것이다. 그런 것에 대해서 논쟁을 해

Blick ins Seetal

보았자 아무 소용이 없다. 어쩌면 사실 그동안 세계는 더 완전하게 변했을지도 모른다. 그렇게 되었어도 상관없다. 그럼에도 우리처럼 나이든 사람들은, 40년이나 50년 전에는 무언가를 진정으로 호흡하고 맛보았고, 무엇이든 함께 체험했었다고 생각한다. 그것은 순수함 그 자체였고, 누구도 해치지 않는 시골의 모습이었다.

그 당시에는 그러한 모습을 독일의 여기저기서 만날 수 있었다. 그러나 그런 것들은 세상이 완전히 변하면서 아주 사라지고 말았다. 오늘날 우리는 그런 풍경을 폴리네시아 같은 외지에서나 찾고 있다. 하지만 그것도 쉽지가 않다.

그래서 우리들은 어린 시절을 즐겨 회상하면서, 나이 든 것의 권리를 이기적인 어린아이처럼 즐기고 있다. 지나간 시절을 찬미하기 위해서 현재를 대가로 치르고 있는 것이다. 요즈음의 나에게는 이미 전설처럼 되어 버린 유년 시절에 대한 회상이 떠올랐다.

아아, 아름다운 기억이여, 어서 오너라!

독일의 울창하고 검은 숲, 슈바르츠발트 속에 위치한 나의 고향 도시에는 강이 하나 흐르고 있다. 그 당시에는 강가에 공장들이 몇 개 없었다. 오래된 방앗간들이 더 많았고, 강 위에는 다리들이 놓여 있었다. 강가에는 갈대 우거진 숲과 오리나무 숲이 있었다. 강 속에는 물고기들이 많이 살고 있었고, 여름이 되면 수백만 마리의 짙은 하늘색 잠자리들이 날아올랐다. 지금은 물고기들과 잠자리들이, 강 주위로 점점 증가하는 시멘트 담들과 공장들 사이에서 어떻게 견뎌 내고 있는지 나는 알 수가 없다. 그것들은 여전히 그곳에 살고 있을지도 모르지만.

그러나 이미 오래 전에 사라져 버린 어떤 기억이 다시 떠올랐다. 그때 강 위에는 그 무엇인가가 있었다. 그것은 아름다운 신비로 가득 찼으며, 동화 같기도 한 아주 멋진 것이었다. 그 아름다운 전설로 남은 고향의 강이 소유하고 있던 것, 그것은 다름 아닌 뗏목을 타는 일이었다.

우리가 어렸을 때는 슈바르츠발트에서 자란 전나무 둥치

들이, 여름 내내 거대하고 튼튼한 뗏목 위에 실려 모든 강들을 지나 만하임으로, 때로는 저 멀리 네덜란드로까지 운반되었다. 뗏목 운반은 독특한 사업이었는데 강에 접한 모든 도시들에서는 봄이 되면, 그해 첫 뗏목이 강 위에 나타나는 일이 겨우내 움츠러들었던 마른 가지에서 꽃이 피는 것보다 더 소중하고 주목할 만한 일로 여겨졌다. 그런 뗏목(슈바벤 방언으로는 뗏목이라고 하지 않고 좀 둔탁하게 뎃목이라고 불렀다)들은 아주 키 큰 전나무와 가문비나무 둥치를 잘라 만든 것이었다. 껍질을 벗기기는 했지만 나무를 자르지는 않고 원형대로 짜 맞추었다.

뗏목은 여러 개의 마디로 구성되어 있었는데, 각 마디는 대개 여덟 개 내지 열두 개의 나무줄기로 짜 맞춰 그 끝을 모두 묶었다. 모든 마디와 마디 사이는 느슨하게 연결되어 있어서, 뗏목은 아무리 길어도 유연하게 움직이면서 강의 굽은 곳을 무리 없이 지나갈 수 있었다. 그런데도 뗏목이 흘러가다가 갑자기 장애물에 부딪혀 멈추는 일이 종종 일어났다.

그런 일이 일어나면 도시 전체가 흥분에 휩싸였다. 우리 같은 소년들한테는 대단한 축제인 셈이었다. 뗏목꾼들에게 그런 불상사가 일어나면, 다리 위로 사람들이 몰려들었고 어떤 사람들은 창문으로 내다보면서 뗏목업자들을 짓궂게 놀리기도 했다. 화가 치민 뗏목꾼들은 열병 걸린 사람들처럼 정신이 쏙 빠질 만큼 신속히 작업을 해야 했다. 그들은 욕설을 퍼부으면서 물이 배에 찰 때까지 물속으로 들어가 소리를 쳤다. 그들은 거친 일을 하는 사람들답게 욕을 하고 폭언을 퍼붓기도 했다.

그러나 가장 화를 많이 내는 사람들은 방앗간 주인들과 강에서 작업하던 어부들이었다. 또 강 연안에서 노동하면서 생활하는 모든 사람들, 말하자면 수많은 무두장이들도 그 뗏목꾼들을 조롱하는 말이나 욕설을 퍼부었다.

강의 수문이 열려 있는 곳까지 뗏목이 떠내려가다가 장애물을 만나 정체되면 특히 그 인근의 방앗간 주인들이 발을 구르고 욕질을 해댔다. 하지만 그럴 때마다 어린아이들은 몹시 즐거워했다. 넓이가 한 마장 정도 되는 강의 수심은 얕았고 우리는 방파제 밑에서 맨손으로 물고기들을 잡을 수 있었기 때문이다. 눈을 붉게 반짝거리는 넓적한 고기들, 재빠르게 헤엄치는 가시 돋친 농어와 칠성장어들이 우리의 포획물이었다.

뗏목꾼들은 아마 일정한 곳에 터를 잡고서 사는 사람들은 아니었을 것이다. 그들은 대개가 거친 사람들이거나 유랑하는 집시들, 아니면 유목민들이었다. 관습과 질서를 옹호하는 일반 사람들은 뗏목과 뗏목꾼들을 탐탁지 않게 여겼다. 하지만 우리 아이들은 그 반대였다. 우리들은 강가에 지켜 서 있다가, 뗏목이 하나 나타나기만 하면 모험의 기회로 여겨 흥분했다. 곧 저 질서를 좋아하는 어른들 세계가 내세우는 권위와 맞서며 갈등이 일어나게 마련이었다.

방앗간 주인들과 뗏목꾼들 사이에 영원한 싸움이 지속되어도 나는 늘 뗏목꾼들 편이었다. 학교 선생님들과 부모님들, 숙모님들은 그런 뗏목꾼들의 존재에 대해 거부감을 지니고 있어서 아이들이 가능하면 그들과 접촉하지 못하도록 애썼다. 만약 우리 아이들 중 누군가가 집에서 진짜 불순한 단어를 쓰거나 아주 긴 저주의 말을 내뱉거나 하는 일이 생기면, 어른들은 못된 뗏목꾼들한테서 나쁜 것을 배웠다고 나무라는 것이었다. 그래서 강 위로 뗏목이 흘러가는 날은 어린아이들한테는 마치 축제일처럼 기쁜 날이었고, 동시에 아버지들한테서 매를 맞는 날이었다. 그런 날에는 어머니들은 속이 상해서 눈물을 흘렸고, 경찰들은 욕설을 퍼부었다.

우리 어린아이들이 가장 좋아한 멋진 동화가 하나 있었는데, 그것은 한 소년에 관한 것이었다. 그 소년은 옛날 어느 때인가 금지 규정을 무시하고 강 위로 흘러가는 뗏목 하나에 몰래 올라탄 뒤 네덜란드까지 갔다. 그리고 마침내 바다에 이르렀다가 몇 달이 지난 후에야 다시 고향으로 돌아와 그의 실종을 슬퍼하던 부모를 다시 만나게 되었다는 이야기였다. 수년 동안 내가 마음속 깊이 남몰래 간직한 소망은, 바로 그 동화 속의 소년과 똑같이 해 보는 것이었다.

당시 나는 아주 어린 사내아이였지만, 나의 순진한 아버지가 짐작했던 것보다 훨씬 더 자주 뗏목을 훔쳐 타고 무작정 짧은 여행을 떠나고는 했다. 그런 행위는 엄격히 금지되어 있었기 때문에 나를 교육시킨 선생님들이나 부모님뿐 아니라 경찰들도 나의 적이었다. 그뿐이 아니었다. 유감스럽게도 뗏목꾼들조차 대개는 우리 어린아이들을 적대시했다. 이 세상에서 뗏목을 타고 가는 것보다 아름답고 긴장되는 일은 없다. 그 일을 생각할 때마다, 수백 가지의 마법에서 풍겨 나오는 향기가 다시 느껴지며, 과거에 고향에서 겪은 일들이 모두 다 되살아난다.

강 위로 떠내려가는 뗏목 위에 몰래 올라타는 일은, 강의 수문이 경사져 올라간 곳, 그러니까 낙수를 조정하는 곳에서 가능했다. 그것은 마치 칼날 위를 걷는 것처럼 위험해서 큰 용기가 필요했다. 또 다른 방법도 있었다. 그것은 강기슭으로부터 헤엄쳐 가서 올라타는 방법으로 전혀 어려운 일은 아니었다. 그러나 그때마다 반쯤 몸을 적시거나 혹은 온통 물속에 잠겨 헤엄쳐서 다가가야만 했다. 가장 좋은 시기는 옷도 별로 걸치지 않고 신발이나 양말 따위는 전혀 신지 않아도 되는 아주 따뜻한 여름날이었다. 그런 때는 쉽게 뗏목 위로 기어오를 수 있었다. 운이 좋아서 뗏목꾼들한테 들키지 않고 몸을 숨길 수 있으면 그야말로 황홀한 일이었다. 뗏목 위에 몸을 의지한 채, 녹색의 빛깔을 띠며 고요히 정지해 있는 강기슭들을 지나고 다리 밑을 지나고 수문을 지나 강을 따라 몇 마일이고 떠내려가는 일이야말로 정말 장관이었다.

그러나 뗏목을 타고 가는 동안에, 운이 없게도 별로 다정하지 못한 뗏목꾼이 휘두르는 널빤지에 맞기라도 하면, 우리가 그렇게도 부러워했던 그 뗏목꾼이 휘두르는 호된 연장의 맛을 영락없이 느껴야 했다. 우리들은 미끄러운 뗏목 둥치들 위에 위태롭게 서 있었는데, 그 사이로 강물이 끊임없이 솟구쳐 올라왔다. 그러면 뼈 속까지 물에 젖었고 여름 날씨가 아닐 때면 곧바로 몸이 얼기 시작했다.

그러고 나면 얼마 안 있어 쏜살같이 흘러가는 뗏목에서 몰래 다시 떠나지 않을 수 없는 순간이 다가왔다. 저녁이 다가올 즈음 우리는 몸이 축축하게 젖은 데다가 한기까지 밀려와 덜덜 떨었다. 게다가 어떤 때는 고향 도시에서와는 달리 우리가 지나가고 있는 강기슭이 도대체 어디인지 알아볼 수가 없었다. 우리들은 어디로 떠내려가고 있는지 잘 알지도 못한 채 무작정 뗏목과 함께 흘러가는 것이었다.

그럴 때에는 우리가 지나가고 있는 강기슭들을 살펴보면서, 어디쯤에서 육지로 다시 뛰어내릴 것인지 지체 없이 결정해야만 했다. 대개는 이 마지막 순간에 또다시 헤엄을 쳐야만 했는데, 그것도 꽤 위험한 일이었다. 여기저기서 불상사가 발생하기도 했는데 내 경우만 해도 그 일로 해서 죽음 직전까지 가 본 경험이 있어 그것이 얼마나 두려운 일인지를 잘 알고 있었다.

다행히도 무사히 강기슭에 도달하여 발밑에 땅과 풀을 다시 밟게 되더라도, 부모님이 있는 집으로 가기까지는 먼 길을 되돌아서 걸어가야만 했었다. 신발도 물에 젖고, 옷도 흠뻑 젖은 채였다. 머리에 썼던 모자는 어디서 잃어버렸는지 알 수도 없었다. 그리고 축축하고 미끄러운 통나무 둥치 위에 오랫동안 서 있었던 탓에 장딴지와 무릎은 힘이 다 빠져 있었다. 그런데도 앞으로 한두 시간 더 넘게 걸어가야만 했다.

기껏 집에 도착한다 해도, 나 때문에 울고 있던 어머니나 걱정하며 발을 동동 구르던 숙모들, 혹은 엄청나게 화가 나서 심각한 얼굴을 한 아버지한테 맞을 것이 뻔했다. 하지만 그들은 나같이 못돼 먹은 사내아이가 저지른 일이 위험천만하고 혼이 나야 마땅한 짓인데도 불구하고, 뗏목과 강의 물살에서 무사히 빠져나오도록 도와주신 하나님께 감사를 드리고는 했다.

이미 나의 유년 시절부터 그랬다. 공짜로 주어지는 것은 아무것도 없었다. 그 어떤 행운이라도 대가를 치러야만 했다. 오늘날에 와서 당시 그처럼 위험을 감수하면서 뗏목을 몰래 타고 가던 일이 도대체 어떤 점에서 행운처럼 여겨졌던가를 곰곰이 생각해 보면, 사실 별로 행운이랄 것이 없었다. 오히려 뗏목을 타고 가다가 어려움을 만나 투덜대고 긴장을 하고 호된 맛을 보던 일들밖에는 기억이 나지 않는다.

그러나 이 행운이랄 게 없다는 사실, 다름 아닌 그것이 바로 경이로운 일이었다. 큰 소리를 내면서 차갑게 흘러가는 강물 위로 조용하면서도 쏜살같이 미끄러져 가는 것, 아주 시끄럽게 물살을 튀기는 강물 사이로 흘러가는 것 자체가 흥분을 일으키는 일이었다.

우리들은 마치 꿈속에 있는 것처럼 강 위에 걸쳐진 다리 밑을 떠내려가곤 했다. 종종 다리 밑에 두껍게 엉켜 있는 거미줄들 사이를 헤치고 지나가기도 했다. 그것은 말할 수 없이 행복한 방랑의 느낌 속으로 빠져 들어가는 것이었다. 방랑의 길을 떠나는 것, 고향에서 떨어져 나가 세계 속으로 흘러 들어가는 바로 그런 느낌이었다. 더 나아가 네카 강과 라인 강이 만나는 곳을 바라보면서 네덜란드를 향해서 흘러가는 것이었다.

몸이 축축하게 얼고, 뗏목꾼한테서 욕설을 듣고, 부모님들의 잔소리를 듣는 대가를 치르면서 얻어진 이 얼마 안 되는 최상의 행복감은 모든 힘든 점을 메워 주는 것이었다. 그것을 위해서라면 모든 것을 바칠 만한 가치가 있었다. 이따금 뗏목꾼이 되기도 하고, 방랑자가 되기도 하고, 유목민이 되기도 하는 것, 도시들과 그 속에 사는 사람들을 지나 흘러가는 것, 고요하면서도 그 어디에도 속하지 않은 채로 방랑하는 것. 그런 것들은 우리의 가슴속에 넓은 세상을 느끼게 하고, 또 그 가슴을 이상야릇한 향수로 불태워 주었다.

그러니 그 모험의 대가가 너무 비싼 것은 아니었다.

여행의 즐거움

지난해에 나는 여섯 달 동안 여행을 했다. 재작년에는 다섯 달 동안을 여행했다.

사실 긴 시간 여행을 하는 것은 한 가정의 가장이자 정원일을 하는 나 같은 시골 사람에게는 상당히 사치스러운 일이다. 그런데 나는 여행을 다니던 중에 어느 낯선 지방에서 병이 들고야 말았다. 그리고 고향으로 돌아와 수술을 받고 난 다음에는 한동안 병석에 누워 있어야만 했다. 그때 나는, 비록 영원히는 아닐지 몰라도 이제는 가정적인 모습으로 한곳에 정착하여야 할 시간이 왔다는 생각을 했다.

여행을 하지 못하게 되자 가장 힘든 일은 곧 몸이 수척해지고 피로가 금세 몰려오기 시작했다는 사실이다. 겨우 몸을 추스르고 난 뒤에 나는 책과 씨름하며 집필을 시작했다.

그러자마자, 태양이 황금빛 가득한 모습으로 시골길 위를 비추고 있는 모습이 눈에 들어오기 시작했다. 호수 위에는 검은 나룻배 한 척이 눈처럼 하얀 큰 돛을 달고 유유히 스쳐 가고 있었고, 나는 그 모습을 보면서 인간의 삶이 얼마나 덧없는지에 대해 생각하고 있었다. 그러자 갑자기 모든 계획이나 결심, 소망, 깨달음 따위가 사라졌다. 그리고 그 자리에는 다시 여행을 하고 싶다는 욕구가 샘솟았다. 그 욕망은 결코 치유할 수 없는 것이었다.

아, 여행하고 싶은 이 욕구. 이것은 배낭을 메고 어딘가로 떠나야 하는 것이 아니라, 바로 대담하게 생각하며, 이 세계를 내 머리 위에 두고 싶어 하는 위험한 욕구였다. 그리고 모든 사물들과 사람들, 사건들로부터 해답을 얻고 싶어 하는 욕구이기도 했다. 이것은 무슨 계획을 세우거나 책을 본다고 해서 채워지는 것이 아니다. 오히려 더 많은 것을 요구하며 더 많은 대가를 치러야 한다. 마음을 다하고 혼신을 바쳐서 생각을 거듭해야 하는 일이다.

Noranco

미학적인 충동

우리처럼 평범한 사람들에게 여행이란 순수하고 아름다운 것을 열망하는 일을 대신해 주는 것이기도 하다. 그런 충동은 우리 독일 민족에게는 거의 사라졌지만, 고대 그리스인들과 로마인들, 그리고 그 후의 이탈리아인들이 전성기를 누리던 시기에 보여 줬던 것들이다. 오늘날에는 일본 같은 동양에서 그런 모습을 발견할 수 있다. 그곳에서는 현명하면서 어수룩하지 않은 사람들이 그러한 미학적인 충동을 이해한다. 그들은 조각목이나 나무, 혹은 바위를 바라보기도 하고 정원 안에 심어진 꽃 하나하나를 바라보면서 감각을 일깨우고 성숙한 지식을 향유할 줄 안다.

하지만 독일인들에게 그런 삶을 기대하기는 힘들다. 우리들의 눈에는 그들의 삶이 심심한 사람들이 시간을 주체하지 못해서 부리는 여유쯤으로밖에 보이지 않는다. 하지만, 어떤 목적이나 의도 없이 순수한 마음으로 대상을 바라보는 것, 눈과 귀와 코의 여러 촉각을 훈련하며 자족하는 것들은 섬세한 성향을 가진 사람들이 깊이 동경하는 천국의 모습이다.

여행을 하게 되면 우리는 그 천국에 가장 가까이, 그리고 가장 순수하게 들어갈 수 있다. 미학적 훈련이 된 사람이라면 언제라도 그렇게 집중하는 것이 가능하지만 그렇지 않은 사람들이라도 지금처럼 빡빡한 일상에서 벗어나 속박 없는 시간들을 즐기면서 행복을 맛볼 수 있다. 이런 때는 아무 걱정도 없다. 우리를 속박하던 어떤 지위도, 일거리도 지금은 우리를 구속하지 못한다.

이렇게 집에서도 여행 분위기를 누릴 수 있을 때에는 자주 하지 못했던 일들을 한다. 어떤 목적도 없이 그저 고요하고 감사한 시간들을 보내면서 몇몇 찬란하고 멋진 형상들을 눈앞에 펼쳐 보일 수 있는 것이다. 훌륭한 건축물들이 발산하는 아름다운 목소리에 완전히 매혹되는가 하면, 자연이 주는 수려한 풍경의 뒤를 좇으면서 내면을 채우기도 한다. 그러다 보면 평소에는 단지 우리들이 보던 대로만 보이던 것들, 우리가 살아가면서 무의식적으로 마주치던 것들이 이제 우리에게 의미 있는 모습으로 다가온다. 좁은 골목길과 시장의 소란스러움, 태양과 그림자가 물과 땅 위에서 벌이는 유희, 나무의 모습, 동물의 울부짖는 소리와 움직임, 사람들의 걸음걸이와 태도 따위가 그런 것들이다.

하지만 자신의 내면에서 그런 모습을 보려고 하지 않은 채 여행을 떠나는 사람들은 결국 여행길에서도 아무 것도 찾지 못하고 되돌아온다. 기껏해야 교양 주머니의 무게를 좀 더 늘렸을 뿐이다. 오직 참된 아름다움을 찾으려는 욕망, 그것이야말로 대상을 순수하게 바라보고 자아를 채울 수 있는 것 아닐까? 그것은 단지 새로운 세계에 대한 동경일 뿐일까? 아니면 지금까지 소중하게 생각하지 않았던 우리의 감각이 복수심에 사로잡혀 느끼게 하는 고통에 지나지 않는 것일까? 왜 만테그나[1]의 작품 하나를 바라보는 것이 귀여운 도마뱀을 바라보는 것보다 더 많은 것을 나에게 주는 것일까? 왜 조토[2]가 그린 교회의 그림을 보는 시간이 바닷가의 모래사장에서 누워 지내는 것보다 나에게는 더 많은 것을 주는 것일까?

사실 우리가 찾으려고 하는 것들은 대부분 인간적인 것이다. 나는 아름다운 산을 보면서 그 산이 아니라 나 자신을 느낀다. 나의 관찰 능력, 산의 모습이 주는 아름다움을 느끼는 감각까지 향유하는 것이다. 나는 낯설고 아름다운 풍경을 볼 때에도 결코 그 모습 그대로만 즐기지 않는다. 내가 그 속에 들어가 나의 여러 감각과 사고 능력을 동원하여 그것이 주는 다양함을 향유하는 것이다.

나는 늘 감사하는 마음을 느끼며 예술가의 자세로 돌아간다. 그리하여 내가 바라보는 창조적인 건축물, 아름답게 채색된 벽, 좋은 음악, 귀한 그림 같은 것들은 나로 하여금 자연의 미를 그냥 바라보는 것에 그치지 않고 더 많은 즐거움을 누리게 한다. 그리고 내가 추구하는 저 알 수 없는 어두운 충동을 더욱 만족시켜 준다.

우리가 아름다운 것을 추구하며 그 충동으로 움직인다고 해도 결코 우리들 자신으로부터 벗어나는 것은 아니다. 다만 우리들의 나쁜 본능이나 습관에서 벗어날 수 있고 우리들 안에 존재하는 최상의 것에 몰두할 수 있다. 즉 우리들이 몰두하는 이유는 우리가 가진 정신을 더 신뢰하기 위함이다.

그럴 때마다 마치 바다에서 기분 좋게 수영을 하듯이, 즐거운 공놀이를 하듯이, 눈을 밟으며 씩씩하게 걸음으로써 내 몸이 건강하다는 것을 확인하듯이 나는 최고의 즐거움과 좋은 기분을 느낄 수 있기 때문이다. 그렇게 기분이 좋을 때 내가 원하는 것이 무엇이었는지 알게 된다. 인간이 이룬 문화와 정신적인 업적을 바라보면 그것들은 우리의 요구에 대체로 답변을 해 주는 것이다.

만약 티치아노[3]의 그림들이 나에게 어떤 감흥도 불러일으키지 않는다면? 그것들이 내가 꿈꾸는 이상을 충족시켜 주지 않는다면 내가 무슨 기쁨을 느끼겠는가?

그러므로 내가 보기에 우리가 여행을 하고 낯선 것을 바라보고 체험하는 것은 근본적으로는 인간성이 꿈꾸는 이상을 찾아가는 것이다. 우리들은 미켈란젤로의 그림과 토스카나의 대성당이나 그리스의 사원 등을 보면서 여행의 목적과 의미를 더욱 강하게 확인한다. 인간들의 문화가 가진 의미와 그 안에 존재하는 통일성과 불멸성을 확인하고 더 강하게 굳히는 일이 바로 우리가 여행을 하면서 내밀하게 향유하는 것들이다. 비록 우리들이 그런 것들에 대해 의도한 것이 아니더라도.

---

1) Andrea Mantegna(1431~1506) : 이탈리아의 화가. 피렌체 화풍의 영향을 받았으며, 주요 작품으로 〈성 게오르그〉와 〈사망한 예수〉 등이 있다.

2) Giotto di Bondone(1266~1337) : 이탈리아의 화가·건축가. 당시의 이탈리아를 지배했던 비잔틴 미술에서 벗어나 피렌체 화풍의 새로운 국민 회화를 창시했다. 대표작으로는 파도바의 아레나 예배당에 그린 〈최후의 심판〉과 〈성 엘리자베스의 출산〉 등이 있다.

3) Vecellio Tiziano(1488~1576) : 이탈리아 르네상스 시대의 화가. 일찍부터 대가로서 '전 세계 화가들 중 태양과 같은 존재'로 인정받았다. 〈십자가에 못 박힌 예수〉, 〈예수의 매장〉 등의 종교적 작품들과, 신화를 주제로 하여 고대 그리스 시대의 이교적이고 자유분방한 모습을 담은 〈비너스와 아도니스〉 등이 유명하다.

독일의 얼굴 위에 핀 주근깨

그것은 정말로 멋진 생각이었다. 비행기를 타고 하늘을 나는 것 말이다! 나는 벌써부터 한 번쯤은 그런 여행을 하고 싶다는 생각을 하고 있었다. 그것은 전쟁이 일어나기 훨씬 오래 전인 유년 시절부터 간직해 온 꿈이었다. 비행기 여행이 막 걸음마를 떼기 시작했던 때에 그 여행을 시도한 나는 재빨리 가장 가까운 루프트한자 비행사 지점에 전화를 걸어 좌석을 하나 예약했다. 그러고는 장갑, 우산, 식량 등을 준비해서 제 시각에 비행장에 나타났다. 삼엄한 경호 아래서 몇 가지 의식을 치른 후에, 수많은 공항 관리자들의 옹호를 받으면서 허공 속으로 올라갔다. 그 정도로 나는 비행기를 타고 싶다는 유년 시절의 꿈을 계속 간직해 오고 있었다.

물론, 하늘을 나는 일에도 단점은 있다. 그것마저 부인할 수는 없다. 그렇지만 나처럼 모험심이 강한 사람들에게는 그런 비행조차 그저 좋을 뿐이다. 외딴 곳에 광활하게 펼쳐진 비행장에 머무르는 시간은 15분 정도면 충분했는데 그곳은 아주 새롭고 화려했으며 비행을 위한 장소로만 보였다. 다른 모든 것은 아름다웠고 견딜 만했다. 그렇게 나는 북쪽에서부터 첫 비행을 시작했고 곧 길을 잃었다. 여기가 어딘지 알 수 없었지만 몇 시간쯤 길을 따라서 날아가다 보니 드디어 내가 어느 지역을 날고 있는지 감이 잡혔다.

비행을 하면서 나는 가장 멋진 것을 발견했다. 그것은 바로 독일 땅이었다. 기차를 타고 여행할 때에는 우중충하고, 늘 안개가 끼어 있으며, 공장에서 나는 연기, 시멘트와 함석으로 만든 건축물들로 이루어진 풍경들을 마주치고는 했었는데 하늘에서 볼 때는 전혀 다른 모습이었다. 기차 여행을 하는 사람들이 보게 되는 그런 일반적인 독일의 모습이 전혀 아니었다! 하늘에서 본 독일은 시멘트와 함석으로 이루어진 것도 아니고 공장이나 기차역으로 채워져 있지도 않았다. 그저 순수한 숲과 땅, 농지와 언덕, 흐르는 강물로 덮여 있었다. 매혹적인 불그스레한 색으로 덮인 땅들이 대부분이었고 크고 작은 도시들과 그 안에 있는 온갖 공장, 기차역, 시멘트 건물들은 사실 독일의 넓은 땅덩어리 가운데 우스울 정도로 작은 일부에 지나지 않았다. 그것들은 마치 몸에 난 몇 개의 작은 흉터에 불과했다. 그 사실을 깨닫자 나는 한없이 기분이 좋았다. 베를린, 할레, 라이프치히 같은 도시들은 독일의 자연 풍경을 해치는 작고 하찮은 점들에 불과했다. 독일이라는 얼굴 위에 난 작은 주근깨들 말이다.

그 밖의 다른 지역들은 모두 단단한 흙으로 덮여 있고, 찬란한 녹색을 띠며 펼쳐져 있었다. 파랗고 부드럽게 반짝이는 호수의 눈, 고요하게 빛나면서 하늘 속으로까지 이어진 강들이 아름답고 평화롭게 내 쪽을 올려다보고 있었다. 지평선에는 부드럽고 차가운 수많은 색채가 어우러져 있었고 그것들이 차례로 뒤바뀌면서 울리는 음향 때문에 어떤 것이 하늘이고 구름인지, 어떤 것이 산맥이고 도시이고 강물인지 구별할 수가 없었다. 멀리까지 펼쳐진 대지가 밝게 빛나고 있었고 그 사이로 숲들이 계속 이어지고 있었다.

나는 베를린 따위는 신경도 쓰지 않았다. 땅 위로 여기저기 이어져 있는 아스팔트와 기찻길들에 대해서도, 기술이나 돈, 정치에도 신경을 쓰지 않았다. 그저 나는 나 자신과 땅 사이에 있는 몇백 미터 높이의 상공으로 오르기만 하면 되었다. 그제야 모든 것은 아주 다정하게 느껴졌고 마음은 평화로워졌다. 하늘에서는 곤궁함도, 전쟁도, 비천한 것도 나를 전혀 괴롭히지 않았다.

San Mamette

베른의 고지대
알프스 산중의 오두막 앞에서

나는 아침 햇살이 비치는 동안 높게 쌓인 눈 속을 뚫고 오두막과 과일나무 사이를 지나 산을 오른다. 올라갈수록 나무는 점점 줄어들고 그나마 있던 나무들도 점점 내 뒤로 물러난다.

내가 걷고 있는 산줄기부터 정상 끝까지는 전나무들이 활활 타오르는 불길처럼 이어져 서 있다. 그 위쪽으로는 더 이상 어떤 나무도 자라지 않는다. 오염되지 않은 하얀 눈은 여름이 될 때까지 그 자리에 그저 가만히 머물러 있을 것이다. 분지 깊숙한 곳으로 들어가면 나무들은 융단처럼 부드러운 느낌으로 점점 사라져 간다. 마치 가벼운 외투를 걸친 듯, 혹은 보초를 서듯 그렇게 바위 기슭에 환상적으로 매달려 있는 것들이 보일 뿐이다.

나는 그 산에 오른다. 등에는 배낭과 스키 도구를 메고서 가파른 숲 속 길을 한 걸음 한 걸음씩 내딛으며 산 위로 향한다. 길은 미끄럽고 간혹 얼음이 얼어 있다. 끝이 뾰족한 쇠로 되어 있는 내 대나무 스틱은 얼음 속을 파고들어 가면서 삐걱 소리를 내곤 한다. 걸어가는 동안에 몸에 열기가 더해지면서 턱수염에는 입김이 얼어붙는다. 모든 것이 하얗고 푸르다. 온 세상이 차가운 백색과 청색으로 찬란히 빛나고 산꼭대기는 티끌 하나 없이 빛나는 하늘 속으로 단단하며 차갑게 솟구쳐 있다.

나는 길을 따라서 빽빽한 침엽수림 속으로 들어선다. 등에 멘 스키 막대가 움직임 없이 서 있는 나뭇가지들에 붙어 있는 눈을 스치고 지나간다. 혹독하게 추운 날씨다. 잠시 멈춰서 웃옷을 다시 입지 않을 수가 없다.

숲 위쪽으로는 눈 덮인 기슭이 가파르게 펼쳐져 있다. 길은 좁고 더 나빠졌다. 종종 내 넓적다리까지 눈 속에 파묻히곤 한다. 나는 눈 속을 뚫고 나아간다. 얄밉게도 여우 발자국이 숲에서 이쪽을 향하여 나 있다. 그리고는 길 오른쪽으로 났다가 왼쪽으로 났다가 하면서 마치 장난하듯 섬세한 띠를 만들면서 산 쪽으로 돌아 올라가고 있다.

이쪽 산 위에서 한낮의 휴식을 취할 생각이다. 마지막으로 보이는 오두막이 초원 기슭 위에 서 있는데 문과 창문들은

Im Gebirge

얌전히 잠겨 있다. 그 앞에 남쪽으로 앉아 휴식을 취할 수 있는 작은 벤치가 놓여 있고 그 위쪽에 샘이 하나 있는데, 그것은 눈 밑 깊숙한 곳에서 마치 투명한 유리 같은 맑은 소리를 내면서 깊이 흐르고 있다. 나는 알코올에 불을 붙이고 냄비에 눈을 넣어 끓인다. 물건으로 가득 찬 배낭 속에서 차 봉지를 찾는다.

하얀 알루미늄 냄비 속에서 햇빛이 현란하게 반짝인다. 끓는 냄비 위로 열을 받은 공기가 거품처럼 선회하면서 움직이고 있다. 눈 밑으로 가라앉은 샘은 희미한 소리를 내며 부글거린다. 이것 말고는 하얗고 푸른 겨울의 세계 속에는 어떤 움직임도 없고 아무 소리도 들리지 않는다.

오두막 주위로는, 오두막 지붕이 가려준 덕택에 눈이 쌓이지 않은 좁은 길이 이어져 있다. 거기에는 전나무 널빤지들과 가지들, 갈라진 나뭇등걸 따위가 이상할 만치 헐벗은 채로 황량한 눈 위에 아무렇게나 여기저기 널려 있다. 깊은 고요가 이어진다. 끓는 냄비 속에서 눈덩이가 슛슛 소리를 내며 녹는다. 산 아래의 뾰족한 나무 꼭대기에서 까마귀 소리가 까악 까악 들려온다. 그것은 고독하게 홀로 남은 자를 놀라게 하는 두려운 소음이 된다.

나는 앉아서 반쯤 졸다가 꿈을 꾸었다. 몇 분간이었는지 모르겠다. 확실하지 않지만 아마도 15분 정도였지 싶다. 돌연 희미하지만 부드럽고 연약한 음이 끊임없이 들려온다. 분명 낯설지만 마치 마법을 불러일으키듯 귀를 기울이게 만드는 소리다. 그것이 어떤 소리인지 알기는 힘들다.

하지만 그 소리 때문에 주위의 모든 것이 달라져 버렸다. 눈은 더 청명해지고, 공기는 더 부풀어 오르고, 햇빛은 더 감미롭고, 나를 둘러싼 세계는 더 따뜻해졌다. 다시 소리가 들려온다. 반복. 그것은 빠르게 들렸다가 짧게 멈추었다가를 반복하며 끊임없이 들려온다.

아, 이제야 나는 그것이 무슨 소리인지 알았다. 그제야 미소를 지으며 소리가 나는 곳을 바라본다. 범인은 지붕에서 땅으로 떨어지는 물방울이다! 세 개, 여섯 개, 열 개의 물방울들이 동시에 떨어진다. 함께 재잘거리며 손을 잡고 꾸준히 떨어진다. 그렇게 작은 물방울이 견고하고 단단한 것을 부셔 버린다.

지붕에서 얼음이 녹고 있다. 겨울이라는 두터운 갑옷 속에 작은 벌레가 숨어 있다. 그 조그마한 파괴자가 구멍을 뚫으면서 봄을 재촉한다. 탁, 탁, 탁 소리를 내며.

땅바닥에 널따랗게 나 있는 물줄기가 반짝거린다. 그 위를 뒹구는 예쁘장하고 둥근 돌 몇 개도 반짝거린다. 메마른 전나무에서 떨어진 뾰족한 잎들 몇 개가 내 손바닥보다 훨씬 작은 물웅덩이 위를 헤엄치면서 몸을 돌린다. 오두막 지붕 위로 한낮의 해가 내리쬐고 그 자리를 따라서 물방울들이 무거운 몸을 늘어뜨리며 아래로 떨어진다. 하나는 눈 위로, 다른 하나는 돌 위로, 투명하고 차갑게.

또 하나의 물방울이 마른 판자 위로 둔탁한 소리를 내며 떨어지고 판자는 떨어진 물방울을 게걸스럽게 흡수해 버린다. 맨땅 위로 펄썩 하고 넓게 떨어진 물방울도 있다. 하지만 땅은 너무도 깊고 단단하게 얼어붙어 있어서 물방울을 아주 서서히 빨아들인다.

앞으로 4주에서 6주 정도 지나면 땅은 녹아 열릴 것이다. 그리고 그 자리에는 바람에 날려 온 풀씨가 자랄 것이다. 하지만 지금 그것은 우리 눈에 보이지 않는 곳에서 작고 둔한 모습으로 잠들어 있다. 돌들 사이에는 난쟁이처럼 조그마한 잡초들과 섬세한 꽃들이 숨어 있다. 작은 니겔라 꽃, 광대수염, 연약한 뱀딸기, 더부룩한 민들레 따위들이.

한 시간 사이에 이 작은 장소의 모습이 변했다! 주위에는 여전히 사람 키 높이만큼 눈이 쌓여 있고 앞으로도 오랫동안 그럴 것이다. 그러나 오두막 근처는 벌써 겨울의 옷을 벗고 가벼운 몸짓으로 얼마나 탐욕스러운 호흡을 내쉬고 있는지 모른다!

땅 위의 판자 더미 위에 쌓인 눈의 가장자리로부터 야트막하게 물방울이 소리 없이 흘러나온다. 물방울은 주위에 쌓인 눈 주위를 감돌며 흐르다가 나무 속으로 소리 없이 흡수된다. 얼음이 녹는 물소리는 지붕에서부터 즐겁게 졸졸거리며 내려온다. 지붕 위에는 아직 눈이 남아 있는 모양이다. 문지방 앞에 있던 축축한 땅이 한낮의 햇빛을 받아 가느다란 구름 같은 수증기를 내뿜는다.

나는 식사를 마치고 웃옷을 벗었다. 조끼도 벗어 버렸다. 그리고는 햇빛을 쪼이면서 이 작은 섬이 들려주는 봄이 오는 소리에 귀 기울인다. 내 발밑에서 햇빛을 반사하는 작은 물구덩이와 반짝이며 떨어지는 녹은 물방울들은 몇 시간만 지나면 다시 얼음이 되리라는 것을 안다. 그럼에도 그 안에서 이미 봄이 살아나려고 꿈틀거리고 있는 모습이 보였다.

도처에 적들이 있고 겨울의 곤궁한 삶을 견뎌 내느라 빈약하고 헐벗은 산의 봄. 그런데도 그 산은 생명을 띠고 꿈틀거리면서 스스로를 움직인다! 그래서 다른 것들을 생각할 수 없는 동안에도, 풀이나 꿀벌은커녕, 앵초나 아주 작은 개미조차 움직일 생각을 할 수 없는 때에도 봄은 계속 꿈틀거리며 작업을 시작한다. 보잘것없는 것으로도 손에 쥐어 주면 즐거워하는 사내아이처럼, 봄도 그렇게 작은 것에 만족하며 열심히 일어서고 있다.

바야흐로 가장 달콤한 봄의 유희가 시작된다. 지금은 단지 오두막과 그 주위 좁은 장소에서만 일어날 뿐, 다른 것들은 아직도 깊은 땅속에 묻혀 있다. 봄은 오직 유일하게 생명을 지니고 있는 나무 조각에 지탱하여 유희를 벌인다.

또 집의 박공과 판자문도 빼놓을 수 없다. 판자 지붕 아래 있는 나무 조각들이나 지붕 널빤지, 장작 패는 받침대, 땅속의 뿌리 따위와도 유희를 벌이는 것이다.

산속의 봄은 그것들을 한낮의 햇빛으로 적셔 목마르게 만들어 버리고는 눈 녹은 물로 갈증을 풀어 준다. 봄이 잠들어 있던 것들의 숨구멍을 열게 해주면, 방금까지만 해도 죽은 것처럼 보였던 것들, 이제는 살아날 수 없을 것처럼 보였던 나무도 다시금 생명을 느끼기 시작한다. 나무와 태양에 대한 기억, 유년과 청춘에 대한 기억을 느끼기 시작한다. 나무는 꿈을 꾸면서 힘겹게 숨을 쉬고, 마치 갈증이 난 듯이 습기와 햇빛을 빨아들인다. 겨우내 굳어 있던 섬유질의 몸이 드디어 기지개를 편다. 여기저기서 삐걱거리면서 자신의 몸을 느릿느릿 움직인다.

그리고 내가 나무판자 위에 몸을 눕히고서 꾸벅꾸벅 졸기 시작할 때쯤, 반쯤 죽어 있던 나무들로부터 경이롭게도 가볍고 내밀한 향기가 나에게 다가온다. 희미하고 힘이 없는 듯하면서도 땅의 감동적이고 순수한 깨끗함으로 가득 찬 향기이다. 봄과 여름, 이끼와 시냇물 그리고 주위 동물들의 냄새이다.

외롭게도 혼자서 스키를 타러 온 나는 책과 사람, 음악과 시, 그리고 혼자 하는 여행에 이미 익숙해져 있다. 그렇게 기차와 우편 마차 등이 있는 풍요로운 인간 삶으로부터 벗어나 스키화를 신고 오로지 걸어서 여기까지 올라왔다.

햇볕을 받아 따스해진 나무는 그런 나에게, 마치 어린아이에게서 나는 향긋한 냄새를 전해 주면서 내 영혼을 더욱 강력하게 자극하며 다가온다. 그것은 오래 전부터 인간 세계가 내게 준 것보다 더 오랜 옛날의 기억, 더 오래된 유년 시절에 대한 기억을 되살려 준다.

옮긴이의 말

헤르만 헤세는 독일 작가이면서도 가장 비독일적인 특성을 보여 주는 작가이다. 헤세는 여러 특성을 동시에 지닌 복잡한 작가이기도 했다. '독일의 내면성'을 가장 잘 표현한 작가로 불리기도 하고, 또 한편으로는 최후의 독일 낭만주의자로 간주되는가 하면, 일반적인 독일인의 눈으로 볼 때는 아웃사이더이면서 비정치적인 작가였다.

전체적으로 그의 작품들은 그의 자화상이다. 그 어떤 작품도 자신의 체험과 관찰을 토대로 하지 않은 것이 거의 없다. 그는 시대 소설이나 역사 소설은 쓰지 않았다. 그가 관심을 가진 것은 시대가 아니라 인간의 본성이었다. 그는 자신의 문제와 관심사에서 출발하여 개인적인 삶의 측면을 캐어내 시대의 일반적 상황을 규명하려고 했다.

그가 태어난 남부 독일의 조그마한 산간 도시인 칼브는 그에게 많은 영향을 주었다. 그곳의 자연은 유년 시절부터 그에게 꿈과 예리한 관찰력, 그리고 인간과 자연의 근원에 대해

사색하도록 해주었다. 그리하여 그는 성인이 되어서도 싸구려 밀짚모자를 쓰고 뜨거운 햇볕이 내리쬐는 남쪽 지방을 홀로 배회하는 소박한 농부나 정원사가 되어, 구름과 안개와 햇빛, 산과 호수와 같은 자연을 끔찍이 사랑하면서 작품을 쓴 서정적 작가였다. 또 한편으로는, 중국의 정신세계와 인도의 고대 브라만교나 불교 등에 대해서 깊이 이해하고 큰 공감을 느꼈던 작가였다. 그래서 그가 쓴 작품들에는 동양의 지혜와 신비로움에 대한 이방인으로서의 향수와 동경이 깊이 서려 있기도 하다.

자연을 깊이 사랑한 헤세는 한동안 알프스 산맥의 산간마을 몬타놀라에 은거했다. 이 산문집은 그 당시의 작가 헤세의 심경과 근황을 잘 보여주는 것으로서, 그의 여러 작품들 가운데서 주로 헤세의 자연관을 잘 말해 주는 작품들을 뽑아서 실은 것이다.

이국적이고 동양적인 세계를 서정적으로 그리며, 문명에 찌든 독일인들, 특히 많은 청소년들에게 여행과 방랑과 모험에 대한 향수를 일으켰던 헤세의 작품들은, 과거의 괴테가 그랬듯이 많은 독일인들에게 읽혔고 사랑을 받았다.

독일이 제1차, 제2차 세계 대전을 치르던 가장 어려운 시기에 등장한 헤세는 양면적 고뇌를 겪으면서, 독일의 상황에서 벗어나 자연에 침잠하여 조화와 이상을 추구했다. 깊은 통찰력과 감미로운 서정적인 필치로 그는 전쟁에 의해 몰락해

가던 독일과 유럽 문명에 동양 세계와 자연 세계로의 접근을 통해 새로운 희망과 생명을 부여하려고 끊임없이 노력했던 작가였다. 여기에 번역된 잔잔하고 포근한 산문집을 읽으면서 독자들은 헤세의 인생관과 자연관, 예술관, 그리고 인품을 충분히 느낄 수 있을 것이다.

작품 출처

1부 나를 부르는 환희, 자연

자연의 언어_ 1935년에 쓴 〈나비에 대하여〉에서 발췌. 《작은 기쁨들》(프랑크푸르트암마인, 1977)
자연과 제도_ 1919년에 쓴 〈알레마뉴의 고백〉에서 발췌. 《작은 기쁨들》(프랑크푸르트암마인, 1977)
자연은 어디에서나 아름답다_ 1907~1908년에 쓴 〈자연의 즐김〉에서 발췌. 《한가로움의 예술》(프랑크푸르트암마인, 1973)
아름답고 우울한 구름_ 1904년에 쓴 《페터 카멘친트》에서 발췌. '헤르만 헤세 전집' 1권 (프랑크푸르트암마인, 1970)
하늘에 떠가는 지상의 존재_ 1907년에 씀. 《한가로움의 예술》(프랑크푸르트암마인, 1973)
즐거운 정원_ 1908년에 씀. 《작은 기쁨들》(프랑크푸르트암마인, 1977)
숲으로 이어진 길_ 1905년에 쓴 〈가을에 떠난 강의 여행〉에서 발췌. 《단편 소설집》(프랑크푸르트암마인, 1977)
고독하고 의연한 나무들_ 1920년에 쓴 〈방랑〉에서 발췌. '헤르만 헤세 전집' 6권 (프랑크푸르트암마인, 1970)
농가_ 1920년에 쓴 〈방랑〉에서 발췌. '헤르만 헤세 전집' 6권 (프랑크푸르트암마인, 1970)
봄의 발걸음_ 1920년에 씀. 《한가로움의 예술》(프랑크푸르트암마인, 1973)
나비_ 1935년에 쓴 〈나비에 대하여〉에서 발췌. 《작은 기쁨들》(프랑크푸르트암마인, 1977)

여름_ 1904년에 쓴 〈대리석 톱〉에서 발췌. 《단편소설집》 (프랑크푸르트암마인, 1977)
오래된 나무에 대한 탄식_ 1927년에 씀. 《한가로움의 예술》 (프랑크푸르트암마인, 1973)
대립_ 1928년에 씀. 《한가로움의 예술》 (프랑크푸르트암마인, 1973)
여름에서 가을로 가는 길목_ 1930년에 씀. 《작은 기쁨들》 (프랑크푸르트암마인, 1977)
지나간 여름날의 빛_ 1928년에 쓴 〈방 안의 산책〉에서 발췌. 《작은 기쁨들》 (프랑크푸르트암마인, 1977)
가을의 숲_ 1926년에 쓴 〈가을 - 자연과 문학〉에서 발췌. 《작은 기쁨들》 (프랑크푸르트암마인, 1977)

2부 유년 시절의 기억, 향수

유년 시절의 마법사_ 1923년에 쓴 〈유년 시절의 마법사〉에서 발췌. '헤르만 헤세 전집' 6권 (프랑크푸르트암마인, 1970)
고향의 다리_ 1918년에 씀. 《한가로움의 예술》 (프랑크푸르트암마인, 1973)
소박한 욕구_ 《서한집》 1권 (프랑크푸르트암마인, 1973)
또 다른 환상_ 1925년에 쓴 〈인도에 대한 동경〉에서 발췌. 《작은 기쁨들》 (프랑크푸르트암마인, 1977)
고향의 낯선 풍경_ 《서한 선집》 (프랑크푸르트암마인, 1974)
마울브론 수도원 회랑에 서 있던 분수_ 1914년에 씀. 《한가로움의 예술》 (프랑크푸르트암마인, 1973)
자신 속에 간직하는 고향_ 1920년에 쓴 〈방랑〉에서 발췌. '헤르만 헤세 전집' 6권 (프랑크푸르트암마인, 1970)

3부 나를 움직이는 힘, 인간

안과에서_ 1902년에 씀. 《한가로움의 예술》 (프랑크푸르트암마인, 1973)
인간의 위대함_ 1946~1947년에 쓴 〈풍경의 묘사〉에서 발췌. '헤르만 헤세 전집' 8권 (프랑크푸르트암마인, 1970)
낙원의 발견_ 1904년에 쓴 《페터 카멘친트》에서 발췌. '헤르만 헤세 전집' 1권 (프랑크푸르트암마인, 1970)
외면 세계의 내면 세계_ 1917년에 쓴 《데미안》에서 발췌. '헤르만 헤세 전집' 5권 (프랑크푸르트암마인, 1970)
우주의 리듬_ 헤세의 작품에 대한 한 인터뷰에서 발췌. '헤르만 헤세 전집' 12권 (프랑크푸르트암마인, 1970)
풀 베는 사람의 죽음_ 1905년에 씀. 《보덴 호수》 (지그마링겐, 1977)
진정으로 아름다웠던 풍경의 잔재 앞에서_ 1927년에 쓴 〈시골로의 귀향〉에서 발췌. 《한가로움의 예술》 (프랑크푸르트암마인, 1973)
꿈_ 〈꿈의 선물〉에서 발췌. '헤르만 헤세 전집' 8권 (프랑크푸르트암마인, 1970)
수채화_ 1926년에 씀. 《한가로움의 예술》 (프랑크푸르트암마인, 1973)
최초의 발견_ 《서한 선집》 (프랑크푸르트암마인, 1974)
글쓰기와 필체_ 1960년에 씀. 《책의 세계》 (프랑크푸르트암마인, 1977)
고요히 꽃에 몰두하듯이_ 《서한 선집》 (프랑크푸르트암마인, 1974)
내면의 문_ 《서한 선집》 (프랑크푸르트암마인, 1974)
선한 마음_ 1917년에 쓴 《게르투르트》에서 발췌. '헤르만 헤세 전집' 3권 (프랑크푸르트 암마인, 1970)
평준화에 대한 저항_ 1917년에 쓴 〈베른에서 보낸 편지〉에서 발췌. 《작은 기쁨들》 (프랑크푸르트암마인, 1977)

4부 존재의 의미, 예술

어린 예술가_《서한 선집》(프랑크푸르트암마인, 1974)
자연을 바라보는 예술_ 출처 없음
음악_ 1914년에 씀. 《한가로움의 예술》(프랑크푸르트암마인, 1973)
언어_ 1917년에 쓴 〈관찰〉에서 발췌. '헤르만 헤세 전집' 10권 (프랑크푸르트암마인, 1970)
언어 취미와 언어 감각_ 〈행복〉에서 발췌. '헤르만 헤세 전집' 8권 (프랑크푸르트암마인, 1970)
조그마한 차이_ 〈리기의 일기〉에서 발췌. '헤르만 헤세 전집' 8권 (프랑크푸르트암마인, 1970)
언어 안에서 살기_《서한 선집》(프랑크푸르트암마인, 1974)
책들의 세계_ 1930년에 쓴 〈책의 마술〉에서 발췌. '헤르만 헤세 전집' 11권 (프랑크푸르트암마인, 1970)
진실하게 말하는 능력_ 〈수채화 그림〉에서 발췌. 《작은 기쁨들》(프랑크푸르트암마인, 1977)
돈키호테와 풍차_《서한 선집》(프랑크푸르트암마인, 1974)
예술의 기능_《서한 선집》(프랑크푸르트암마인, 1974)
예술의 비밀_《서한 선집》(프랑크푸르트암마인, 1974)

5부 일상의 기적, 여행

어린 소년이었을 때_ 1906년에 쓴 〈추억의 여행〉에서 발췌. 《작은 기쁨들》(프랑크푸르트암마인, 1977)
뗏목 여행_ 1928년에 씀. 《한가로움의 예술》(프랑크푸르트암마인, 1973)

여행의 즐거움_ 1910년에 쓴 <관찰>에서 발췌. '헤르만 헤세 전집' 10권 (프랑크푸르트암마인, 1970)
미학적인 충동_ 1913년에 쓴 <여행의 하루>에서 발췌. 《한가로움의 예술》 (프랑크푸르트암마인, 1973)
독일의 얼굴 위에 핀 주근깨_ 1928년에 쓴 <비행기 여행>에서 발췌. 《한가로움의 예술》 (프랑크푸르트암마인, 1973)
베른의 고지대 알프스 산중의 오두막 앞에서_ 1914년에 씀. 《한가로움의 예술》 (프랑크푸르트암마인, 1973)

그림움이 나를 밀고 간다

지상의 아름다움과 삶의 경이로움에 대하여

초판 1쇄 발행 2013년 8월 30일
개정판 2쇄 발행 2024년 4월 10일

지 은 이 헤르만 헤세
옮 긴 이 두행숙
펴 낸 이 한승수
펴 낸 곳 문예춘추사

편 집 이상실, 구본영
디 자 인 박소윤
마 케 팅 박건원, 김홍주

등록번호 제300-1994-16
등록일자 1994년 1월 24일
주 소 서울특별시 마포구 동교로 27길 53, 309호
전 화 02 338 0084
팩 스 02 338 0087
메 일 moonchusa@naver.com

I S B N 978-89-7604-561-4 03850